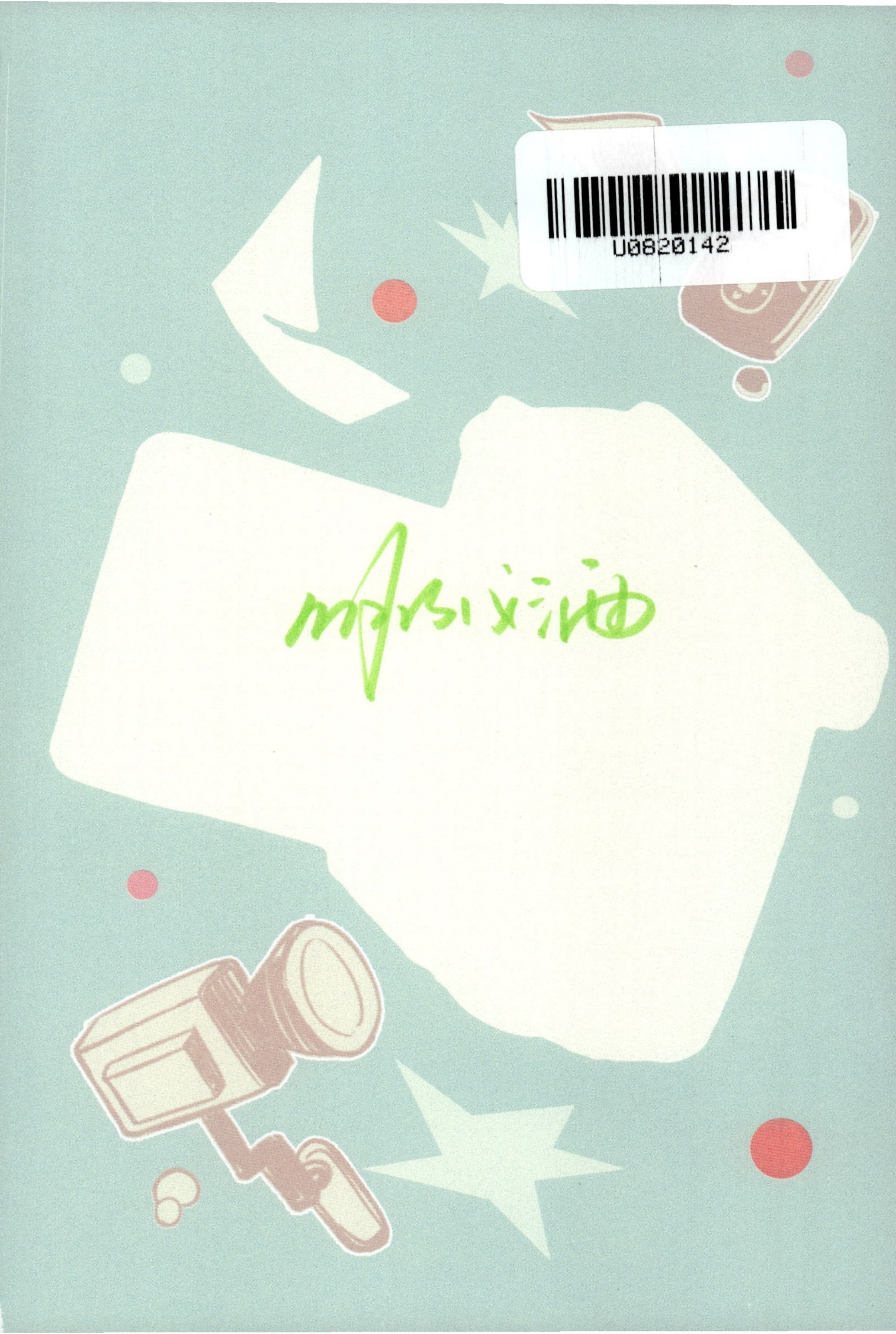

Feixiari
Xian Ding
FEIXIARI · XIANDING
非夏日限定
完结篇
Finale
限时心动
限时心动 【非夏日】
明桂载酒 MingGuiZaiJiu Author
[著] JiangShu And ShenFu
四川文艺出版社

They met early and fell in love not too late.

Finale

JIANGSHU AND SHENFU

目录

CHUWEI　JIANGSHU　WENZHENGHAN
XIANGLINGYUN　GUZHIDAO

XianShiXinDong

限时心动 × 【非夏日】限定·

JiangShu And ShenFu

Fei XiaRi Xian Ding

FEIXIARI

Finale

XIANDING

Contents.

FeixiaRixianding | MINGGUIZAIJIU AUTHOR

然而，像是打开尘封许久的佳酿一样，两人事到如今才明白，
原来在很久之前，他们就已经开始互相试探了。

FEI
XIARI

XIAN·DING

Finale

那些年里他们从相识到情窦初开，经历了春夏秋冬，雨天、晴天、雪天，中间暗藏了多少秘密般的小心思，只有他们自己知道。

FEI
XIARI
XIAN·DING

Finale

Feixiari Xian Ding

Jiang Shu And Shen Fu

MingGuiZaiJiu Author

Finale

Chapter 07

第 7 章 . 念念不忘

第 8 章 . 双向暗恋

第 9 章 . 笨拙试探

空气凝固了会儿。

江恕看了一眼怀里的外套，又看了一眼沈拂，一头雾水："节目组提供的是什么破衣服，我这什么也没干，它就破了？"

沈拂看了他彻底松开的衬衣衣襟，脸有点热，用手往脸上扇了扇风，欲盖弥彰地垂下眼去："还怪节目组呢，你的反应是不是太慢了？自己衣服绷开了都不知道？"

江恕诧异："这怎么就怪我了？"

"不怪你能怪谁，是我把你扣子扯开的不成？"沈拂忍不住打量了他一眼，"你是不是午饭吃多了？"

江恕怒道："我午饭根本没吃多少好不好？我坐在你身边吃的饭，我吃多少你完全没有在意是吧？"

他忽然气不打一处来："不是，就算我午饭多吃了点，也不可能把衬衣绷开啊！你现在是觉得我身材差？"

江恕越说越"义愤填膺"，还有点苦涩："你到底对男人的身材有没有认知，我这样的极品你还嫌弃？"

不喜欢他就算了，还嫌弃他吃得多？

"你就喜欢褚为那种五花肉？"

沈拂脑瓜子嗡嗡的。天地良心，她就评价了一句。虽然褚为身材是不如他的，但说人家是五花肉就纯属造谣了吧。

江恕怒道："我这辈子都没穿过质量这么差的衣服！"

沈拂闭眼："行行行，都怪衣服质量差。"

江恕："……"

"还站着干什么？"沈拂把他往浴室推，"快去换衣服。"

江恕还是气不顺："我一米八八点九，经常健身，全是肌肉，绝对不可能是我吃多了把衣服绷开的。"

沈拂竖起大拇指："行行行，你的身材是男人中的极品。"

江恕快要被气死了："沈拂，你是故意的吧？"

"我怎么就是故意的了？"沈拂一个头两个大，"我又没说你什么，你是不是在无理取闹？好吧，你要这么想我也没办法。"

江恕觉得自己的高血压都快要被这个女人给气出来了。

见他站在原地不挪步，沈拂忍不住催促："现在门也坏了，待会儿节目组来了看见就不好了，你赶紧换衣服去。"

江恕深吸一口气："你先让让，不让开我怎么去浴室？"

"谁要看你？"沈拂退了两步，把一整条过道都让给他。

虽然这么说，但江恕转身进浴室的时候，沈拂还是没忍住悄悄瞥了他一眼。

沈拂对异性身体的启蒙还是来自当年的少年江恕。

当时他和他的一群朋友载她去钓鱼，摩托车开得太快，她迫不得已抓住他腰侧的衣服。少年的身体强健有力，线条优美流畅，极具力量感。虽然全是迎面吹来的风，但下他的车子时，少女沈拂垂着眼，掌心全是汗水。

现在的江恕显然已经彻底没了当年的青涩，只剩下年轻男人的荷尔蒙，宽肩长腿，脱掉衬衣后只穿着一条长裤，肩胛骨线条十分优越。

江恕在浴室里脱掉衬衣，感觉到身后的视线，飞快扭头："别看我啊！"

沈拂哪里在看他，正走到窗边若无其事地翻着一本杂志呢。

江恕为自作多情红了脸。他飞快地拿起自己原先的衣服，正要套上——

沈拂忽然出声道："等一下，你这里怎么回事？"

沈拂脸色变了变，丢了杂志快速走过来，扒着江恕的衣领，试图让他再次把右边的肩膀露出来。她踮着脚动作不太稳，手在江恕胸膛上撑了一下。

江恕突然面红耳赤，小声嘀咕道："有话好好说，突然上手干什么？"

沈拂解开了他的衣服，露出了他右边的肩膀。

果然不是自己方才看错了，从肩膀到肩胛骨下方，有一条淡淡的蔓延的疤。因为颜色已经变浅了，不仔细看就看不出来，但靠近一看，便发觉这伤口曾经无比狰狞。

江恕倒也没拦着，等她看完，重新穿上衣服。

沈拂皱眉："怎么回事？"

"之前出过一场小车祸。"江恕抬起手腕，扣上袖扣，说得轻描淡写。

沈拂问："这几年的事？地点、时间、原因？"

江恕动作忽然一顿："你怎么知道我以前没有这条疤？"

沈拂："……"

江恕猛然反应过来，狐疑地盯着沈拂，一副恍然大悟的样子："你在我家住的时候，偷看过我？"

沈拂："……"

"什么时候偷看的？"江恕穷追不舍，死死盯着沈拂看，"地点、时间、原因？"

沈拂被问得脸上越发燥热起来，真是恨不得抽他一巴掌："偷看你个大西瓜，少做梦了，你游泳的时候我不小心看到过。"

江恕还要说什么，沈拂赶紧拎起自己的东西离开房间："我先去和节目组会合，你收拾好了赶紧下来。"

外面的工作人员也正在找这两人呢。

要不是导演拦着，说已经确认过了两人不在上面，工作人员早就把两人找到了。

此时见到两人一前一后地从上面下来，摄制组工作人员有点意外："沈拂老师、江先生，我们还以为你们去山庄外面了呢。"

沈拂道："房门好像出了点问题，我们被关房间里面一段时间。"

工作人员连忙赔罪："对不起，是我们工作失误，没提前检查。"

"没事，不是什么大问题。"沈拂道。

工作人员又问："那你们是怎么出来的？"

"不谈这个，你们可能得先去和山庄沟通一下，看要不要赔钱。"沈拂看了后面手插裤兜、戴着墨镜、跩得二五八万跟着下楼梯的江恕一眼，"他把门板拽下来了。”

工作人员：“……”

江恕：“……”

这话就不用强调了吧，你那眼神怎么好像还是在说我中午吃得多呢？

“你们提供的衣服也有点问题。”江恕走过去，把手里拿着的衬衣随手扔给导演，“质量差成这样。”

导演满头冷汗，手忙脚乱地接住，道：“不可能啊，我们买的都是很贵的衣服。”

就算想在这上面省钱，也不可能在提供给江恕的衣服上省钱啊。

闻言，江恕又看了一眼那件衣服。

他戴着墨镜，不说话的时候，有几分冷酷，谁也不知道他在想什么。

这边，褚为一个人待在别墅里，快要待得发霉了。

别墅里还有一部分摄制组工作人员在，他的一举一动仍在直播中，也不能用手机看山庄那边的直播。

他忍不住在群里问：“情况怎么样了？”

向凌云正在拍第二组画报，还没结束。温铮寒倒是和左玫已经结束了，正僵着气氛坐在山庄接待处喝茶。

沈拂和江恕拍完了画报，也在接待处找了个地方坐下来，等节目组收工。温铮寒朝两人看了一眼。

沈拂和江恕面对面坐着，虽然没说话，但一人手上拿着一个节目组提供的游戏机在打游戏，看起来根本没有因为褚为制造的事件而觉得尴尬。

温铮寒皱了皱眉，在群里回复：“你出的什么损招？沈拂的态度根本没任何变化。”

他甚至怀疑沈拂和江恕此时打的游戏是联机的。

“这不可能。

“他在沈拂面前弄裂了衬衣，沈拂都不嫌弃他？”

褚为斩钉截铁道：“我和沈拂谈恋爱那会儿，我有一次练舞结束没来得及穿上上衣，被沈拂看到了，她都一周没理我。她明明很反感男人失礼。”

温铮寒不想理他："那看来沈拂对你的感情并不深厚，甚至连你的腹肌都没兴趣多看一眼。"

褚为被温铮寒这么说，像是被狗咬了一口，立马跳脚："你一个被她耍着玩的有什么资格说我？好歹我们分手后，她用小号给我留言了几百条。"

向凌云结束拍摄，刚拿起手机就看见他们在群里吵："不是说好的暂时一致对外吗？怎么又吵起来了？"

向凌云发送："刚才打听了下，不知道哪个神经大条的工作人员把他们两个人关在房间了，平白无故让他们多单独相处了半小时。"

"哪个傻子干的？"褚为骂，"真晦气。"

"你还有什么别的办法吗？"向凌云冷冷地问，"不要这么废物。"

三番五次被江恕下面子，从手里抢人，向凌云也咽不下这口气。

这一栋山庄只提供拍照，另一栋才是嘉宾们晚上吃饭和住的地方。

山庄这边的直播在拍照结束后结束了。几组海报过两天会上传到节目官网，由观众进行投票评选，最终票数最多的赢。

今天直播结束得这么早？

弹幕观众看不到山庄那边的剧情，只好拥到独自待在别墅的褚为这边讨论：啊啊啊，可恶，刚才沈拂动作怎么那么快？什么都没看到。

有人不禁问：大家觉得现在沈拂对江恕有"箭头"吗？她马上扔外套帮他盖上了欸。

老实说，看不太出来。

这不能证明什么吧。感觉即便是别人，她也会帮忙的，毕竟在直播，衣服破掉的画面传出去也不好。

即便是江恕和沈拂超话里的CP粉，看到这个问题，也不由得哽咽了。

目前江总对沈拂的"箭头"算是明朗了，但沈拂的确看起来对江总没什么感觉的样子。

除了ID是数字乱码的大哥造谣的那一次，其他时候沈拂还真没表现出对谁特别在意。

褚为的粉丝看着他们讨论，莫名有点得意。

即便是江恕，不也在褚为面前输了一头？

至少褚为和沈拂谈过恋爱天下尽人皆知啊！

即便是过去式的，但他们也曾经双向奔赴过啊！

你们嗑的什么假CP，不如来嗑我们苦命小情侣——被公司拆散，在人群中再度命运般重逢，沿途多障碍，埋头撞未来！

山庄。

导演想方设法地打听到了江恕喜欢吃些什么，晚上才有了这一桌子菜。

然而不知道为什么，江恕没动几下筷子。

导演小心翼翼地问："是不合胃口吗？"

合胃口倒是合胃口。

江恕犹豫了下，看了沈拂一眼，还是没吃什么。

沈拂冷静道："想吃就吃。"

江恕淡淡道："我减肥。"

沈拂："……"

她不就随口问了一句他中午是不是吃多了吗，他要记到下辈子？

向凌云和温铮寒忍不住朝两人看了一眼。

怎么感觉褚为闹那一出后，沈拂和江恕之间的关系反而更加亲密了？现在都有他们不知道的眼神交流了。

江恕抬起眼皮，瞪向两人。两人皱了皱眉，收回了视线。

左玫瞥了温铮寒一眼，心头越来越不痛快。

顾清霜则不动声色地琢磨着餐桌的氛围。怎么感觉自己一直像个局外人，他们都在互相看什么呢？

当然，局外人不只她一个，许迢迢还在盯着左玫拿走的、明明是她先瞧上的那张餐垫，心里愤愤不平。

"送葬"晚餐吃完，节目组给七人安排了房间。

山庄旁边是一家民宿，房间并不多，摄制组人多，住得满满当当，所以全都计划好了，嘉宾一人一间，再没有多余的房间了。

江恕、沈拂、温铮寒、左玫住在二楼。向凌云、许迢迢、顾清霜和导演住在三楼。其他工作人员都挤在一楼。

江恕走进自己的房间，随手扔掉墨镜和外套，进浴室洗了个澡。

换上浴袍出来，他蹙眉往天花板看了一眼。楼上仿佛在搬家一样，不停拖动椅子，不断发出刺耳的噪声。声音结束后，江恕本以为消停了，结果又传来了“咚咚咚”的跑步声。

江恕打了前台电话，工作人员很快赶过来。

“要不联系导演为您换一间吧？”

江恕问：“我上面安排的是谁？”

工作人员有些为难，总不好说住在他上面的刚好是向凌云吧。民宿本身就没那么隔音，如果上面的人在房间里跑步，那下面更是听得一清二楚了。

“可能有嘉宾在健身。”工作人员含糊道，“还是为您换一间吧，我们工作人员挤挤就行了。”

“不用。”江恕打开窗户，朝上面看了一眼，道，“你先出去。”

“折腾不死他。”褚为在群里道，“向哥，你继续拖动椅子，制造噪声。”

江恕除非换房间，否则别想睡好。

江恕换房间又得收拾行李，一番折腾。其他工作人员还有装备，一堆行李，江恕又有洁癖，等人家收拾出来，必定得熬到大半夜了。他没睡好的话，至少明天白天回别墅后需要休息，没办法和沈拂接触了。

他们这边有三个人，江恕只有一个人，熬不死他。

“你故意的吧褚为？”向凌云骂道，“你这是什么蠢办法，真是杀敌八百，自损一千，折腾了江恕，也折腾了我。”

大半夜的，他还得继续跑步健身，这里甚至还没有跑步机。

但想到江恕脸色铁青地看着天花板，想发作又碍于大家都是嘉宾，不能因为别人在房间里健身就发作的样子，向凌云还是爽到了。

活该嘛这不是，谁让他先不择手段的？

温铮寒也在二楼，和江恕同一层，他从猫眼往外面看，道：“工作人员出来了。”

褚为乐坏了：“江恕呢？”

温铮寒道：“也出来了，一只手抱着枕头，另一只手拎着行李呢，八成是去找导演换房间的。”

话刚说完，温铮寒就见江恕抱着枕头走到了沈拂的房门口。

江恕穿着睡衣，敲开了沈拂的门。

沈拂觉得有点莫名其妙，朝江恕身后看了一眼，见只有他一人，问：“大半夜的，你怎么还不睡？”

江恕语气沉沉：“他们排挤我，我的房间现在不能睡了，天花板漏水，我的床都湿透了。”

沈拂刚才也听见隔壁有声音，不过自己这边还好，不是很吵，但江恕那边应该是吵得他无法入睡了，她没忍住，问：“谁住你楼上？”

江恕幽幽道：“你觉得呢，姓向的。”

说完，他叹了口气，道：“我可以去找工作人员换房间，但人家工作人员忙了一天比我们更累，我又要给人家添麻烦……你觉得呢？”

后面的话温铮寒已经听不清了，因为沈拂已经让江恕进去了。

群里另外两人：“……”

这人怎么这么绿茶①啊？！

他们什么时候弄得他天花板漏水了？！

他们根本没想到这一招！

江恕在沈拂房间打地铺。沈拂盘腿坐在床上，看着他手腕一抖，熟练地把被子抖开铺在木地板上，然后把他的枕头放上去。做好这一切，他舒舒服服地躺下来，后脑勺枕着手臂，长腿悠闲地屈起，闭上了眼。

他是不是过于惬意了？

沈拂忍不住道：“你这就睡了？”

“不然呢？”江恕翻了个身，背对着沈拂那边，“我来你房间就是为了借住一晚，你不会以为我对你有什么企图吧？你也快睡。”

---

① 网络用语，指装作无辜、可怜的模样，其实野心比谁都大的表里不一的人。“茶”则指扮演该人设的行为。

真是狗嘴里吐不出象牙。

沈拂伸手关灯，身体朝后一倒，把被子盖上。

离开江家之后，沈拂一直都是一个人住。

一开始公司给她提供了合宿公寓，但她处理不好和那几个练习生的关系，梁晓春就单独给她安排了一间公寓，之后沈拂用赚到手的片酬买了两套房。

这几年不拍戏的时候她也不爱出门，除了去医院，大多数时间都一个人待在屋子里，发呆、压腿或者睡觉，因为常年不在家，也没办法养猫养狗。

她倒是拍过家庭剧，虽然演得很好，但总觉得不真实。要是晚上灯一关，有人和她在同一个房间里，甚至同一张床上，她能睡得着吗？

有时候半夜听见一点动静，她都要坐起来在床上侧耳听半天，手里拿着电钻出去，害怕是盗贼，或是忘了反锁门。

但此时，黑暗中，沈拂安静地看着从窗户照进来的月光，发现自己并不是很排斥江恕在房间里。尽管床上和地上隔了几米的距离，但知道他在旁边，她心里就变得格外踏实。

就像以前她住在江家。

江家别墅那么大一栋，夜间偶尔吹过的风的声音也足以令人害怕，但因为江恕睡在楼下，她在楼上，好像从没担心过晚上会发生什么。

“江恕。”沈拂放轻声音，叫了一句。

地上的江恕含含糊糊地“嗯”了一声，但好像已经沉沉地睡着了，不是很清醒。

沈拂放下心来，动作很轻地翻了个身，背对着窗户，面朝着黑暗中江恕打地铺的方向。

管他呢。综艺还剩十几天就要结束，这一切迟早会消失，她要先享受这一晚的安心再说。

听见床上的人的呼吸逐渐变得均匀后，江恕缓缓睁开眼。他非常缓慢、非常轻地翻了个身，枕着手肘，面朝着床那边。他视线定定地落在被浅浅的月光照亮的沈拂的脸上。

徐徐图之。

这一次一定要一步步地让她习惯，不能再把人弄跑了。

第二天沈拂醒来的时候，江恕已经不在她房间里了。地上空荡荡的，地铺也收拾了。

沈拂从床上爬起来，看见床头上贴着一张龙飞凤舞的字条："免得被人看见误你清白，先回房了，你醒了下来吃早餐。"

节目组给七个嘉宾准备了早餐，吃完后再回别墅。

因为昨天的"爆衫事件"，直播刚打开，无数观众就赶紧拥了进来。

只见嘉宾已经坐在餐桌前开始吃早餐了。

昨天直播结束得早，我们是没见到江总的美色，但沈拂应该见到了啊。

弹幕观众等了一晚上，就想看沈拂和江恕之间的氛围有什么变化呢。

结果却完全猜不出来发生了什么。

沈拂神色如常，一如既往地没什么表情。江总更不用说了，戴着墨镜吃早餐，宛如盲人，叫人根本看不清他的眼神和神色。

可恶，怎么见过了江恕的美色还脸不红心不跳啊？

不会真的对江总没什么兴趣吧？

其他几家粉丝一打开直播，就看见满屏弹幕，从昨天讨论到现在，居然还是沈拂和江恕的那点破事，他们的心情都不是很愉悦，尤其是左玫家粉丝。

上次"匡悦奕事件"差点坑了左玫一回，所以这段时间他们安分下来了，不敢轻举妄动。

但现在想着其他几家粉丝可能也因沈拂、江恕的CP粉用弹幕刷屏而有点不爽，于是他们趁机嘲讽：CP粉还在那儿嗑呢？昨天叽叽歪歪那么多，视频证据拿出来了吗？全网居然没有一个人有视频，这合理吗？！

餐桌上。

沈拂想到昨晚的"噪声事件"，忍不住用异样的眼神看了向凌云一眼。

虽然沈拂这眼神可能谴责的情绪占多，但江恕还是不太满意自己就在她旁边，她还看别的男人。

上面那条追问视频的弹幕刚发完。

观众见江恕冷不丁转过头，对沈拂道："再看？"

沈拂："……"

弹幕观众：……

嗑江恕和沈拂的一群CP粉差点爽死：哈哈哈哈，听见没听见没？我们虽然拿不出视频，但江总亲自"打"肿你们的脸！

这边，办公室里。

王轩衡刚带着一群高层人员加班加点地彻底解决完前天晚上破坏形象的事件，助理就拿着放着直播的手机冲了进来，号哭道："完了啊，江总刚才随随便便就自爆了，这次是白天，观众已经十几万了，删不掉了啊！！"

王轩衡：麻木了。

真的麻木了，愿下辈子再也不要认识一个姓江的大冤种①。

王轩衡："那就放弃吧，不白费工夫了。"

反正江恕本人也彻底不要脸了。

节目组和嘉宾在开车回去的路上，江恕在刚上节目时用的那种纸袋子里装了一整袋的水果递给沈拂，里面还有晕车药。

中途其他嘉宾过来要，江恕冷笑一下，让他们自己去买。

弹幕观众又因为这事尖叫了一路。

目前为止，江总是最直接、最专一的男嘉宾了吧？

时隔这么久，我终于猜到第一次春日约会那天的袋子里装的是什么了，八成也是晕车药啊。给我锁死！！！

褚为粉丝在夹缝中生存，愤怒地骂江恕、沈拂的CP粉全都有病：就这么爱嗑强取豪夺的戏码？你们自己也觉得沈拂完全对江恕不感兴趣吧？全都嗑的是假糖！

左玫粉丝和不喜欢沈拂的一群观众简直无语凝噎。

老天爷啊，事情怎么就发展到这个地步了啊？

江恕好端端的，为什么突然连装都不装一下，追沈拂追得这么凶啊？

除草还要留点缝隙让草肆意生长呢，江恕完全不和其他女嘉宾接触，

---

① 网络用语，指做傻事的人，即冤大头。

这让他们有什么活路啊？

向凌云粉丝看着弹幕观众吵，只觉得嫌弃且吵闹：得，彻底确认了，江少也拜倒在沈拂的石榴裙下了。迄今为止，是不是只有我哥哥一个是清醒理智的，还坚守着呢？

温铮寒粉丝还试图抢救一下：还有我们哥，现在还不能证明在翠路基亚他对沈拂好，到底是不是因为和左玫吵架想气她。

向凌云粉丝：得了吧，你们铮哥早就开始追了，别想和我们唯一正常的男嘉宾攀关系。

弹幕里吵吵嚷嚷，而嘉宾们终于回到了别墅。

回到别墅后，节目组出于好心，照顾褚为的面子，特意将其他要回房间的嘉宾留了下来。

“四组拍摄照片我们会在明天放上官网，这里是一些拍摄花絮，因为我们褚为老师没能参加我们这个环节，所以现在大家一块儿看一下拍摄花絮，让褚为老师有点参与感，可以吗？”

坐在沙发上玩手机的褚为：“……”

他真的不太想看沈拂和姓江的拍摄照片时的花絮啊。

然而直播还开着呢，他总不可能拒绝，于是尴尬地站起来：“那可太好了，我很好奇大家都拍成什么样了。”

其他人也都各怀心思。

向凌云和温铮寒倒是想看看江恕和沈拂拍照片时是什么状态。

于是他们三三两两地坐了下来。

褚为隔着几人，瞅了沈拂和江恕一眼，摸出手机，在群里发：“昨天做的事情难道没起一点效果吗？他们俩还是坐在一块儿。”

向凌云简直不想提昨晚的事了，只简洁地发了四个字：“你这傻子。”

他就不该相信褚为有什么好办法能拆散沈拂和江恕。

害得他一宿没睡。

温铮寒的手机一直在振动，他蹙眉看了褚为和向凌云一眼，掏出来手机，避开一边的左玫，看了一眼。

褚为问："江恕是什么时候从 208 房出来的？"

208 房是沈拂昨晚在山庄住的那间房。

温铮寒："不清楚，但他们应该并没有待一整宿，凌晨的时候就见他离开了，两人应该无事发生。"

褚为松了一口气。

无事发生，这说明什么？

江恕送上门去，但沈拂理都不理。

江恕落座不久后，不动声色地起身，绕到沙发后。他倒要看看这三个傻子在搞什么鬼。

他也掏出手机，给王轩衡发消息："技术部是不是有能远程操控屏幕共享的人？"

王轩衡很快回复："你想干什么？"

江恕冷笑。他要看看这三个傻子天天都在私聊些什么。

敢剪他扣子？他要掀了桌子让他们集体完蛋。

观众昨天虽然也看了直播，但想着节目组应该还特意剪了一些场景外好玩的事情放进花絮，于是也全都兴致勃勃地跟着镜头看向客厅里的投影屏幕，准备和沙发上的嘉宾一块儿回顾一遍。

然而不知道为什么，屏幕上刚出现了两秒向凌云和许迢迢在泳池拍照的花絮，就忽然变成了一个微信聊天框。

弹幕观众缓缓打出问号：？

褚为对此一无所知，还在低头发消息："这样下去不行，必须想办法拆散他们两个，不然沈拂喜欢上江恕就完了。"

他"@"了向凌云："你说我的办法傻，那你倒是想想办法啊，你不会胸大无脑、虚有其表吧？"

向凌云蹙眉低头打字："傻子，我现在感觉你一开始的方向就完全错了，什么先想办法把江恕弄出局，现在的问题是根本没办法把他弄出局！我看我们还是各凭本事直接追沈拂吧。"

温铮寒此时也感觉被褚为利用了。

退一万步讲，即便沈拂在耍他，但他总不至于连褚为都不如。先前褚为一直强调沈拂对他无情，完全是在贬低他，以报复先前的储藏室之仇。

他在群里语气冷冷地发："解散吧，还剩下四次约会环节，最没魅力的人才会心急。"

三人正要让褚为解散群，忽然发现周围格外安静。

几乎是死寂的程度，一根针掉下来都清晰可闻。

向凌云和温铮寒最先反应过来，忍不住看向屏幕，褚为紧接着意识到不对，赶紧抬起头。

而弹幕观众：……

群名居然还叫"抗江联盟"。

向凌云和温铮寒的粉丝终于彻底崩溃。

他们捶胸顿足、抱头痛哭。

啊啊啊啊啊啊，什么鬼啊！！

《限时心动》自从开播以来，几乎每天都在热搜上，然而这一次绝对是有史以来阵仗最大的一次。微博直接瘫痪，几个娱乐版块的显示画面变成了"404"。

综艺官网宣布直播暂时无法继续，将停播两天。

褚为垂着头坐在公司高层人员的办公室里，被训得狗血淋头："祖宗，我叫你祖宗了行吧！上次就和你说过谨言慎行，你非不听劝是吧？人设一崩再崩，你就等着查无此人吧！

"你知不知道我们花了多长的时间才把你捧到这个地位啊？就算你自己不想混了，也得想想公司上下几百口人还要吃饭吧。你想和沈拂复合，可以，公司拦着你了吗？你居然还拉个群？

"拉群也就算了，你还在群里骂向凌云胸大无脑、虚有其表？现在被向凌云粉丝骂死了，知不知道？"

褚为出道几年从没在公众面前说过一个脏字，维持的形象一直是单纯无辜的"小狗"。得，现在被发现单纯"小狗"在私底下一直狂吠。

褚为忍不住抬头直面经纪人的唾沫星子："可这怎么能怪我？江恕先

和我抢人不说，还不择手段地侵犯我的隐私权，我看我们应该去告他！”

“还隐私呢，你有什么隐私！”经纪人把一本合同砸在他身上。

向凌云这边，他的经纪人和助理就和气得多。

他们虽然忙得焦头烂额，但还在流着汗给向凌云解释。

“凌哥，上节目之前咱们和节目组签了艺人隐私合同，按照合同第十八条，节目组提供的手机是完全对观众公开的。

“以往签的合作合同中大都有这一条，可能你没仔细看。

“当然，这不能怪你，怪公司没把好关，我们根本没想到会出这种事故。”

“事故？”向凌云暴怒，“你管这叫事故？”

虽然拿不出直接的证据，但光是看看谁渔翁得利就知道了，百分之百是姓江的搞的鬼。

向凌云在业界要风得风、要雨得雨，红了这么多年，还从没遭遇这样丢脸的事情。他和褚为的破罐子破摔不一样，他好面子。他现在简直想和江恕鱼死网破。

“不是鱼死网破，是以卵击石。”经纪人尴尬地提醒他，“哥，无论你粉丝有多少，你都是艺人，不可能拗过江恕这条大腿。”

向凌云气不打一处来：“你到底是谁的人？怎么长他人志气，灭自己威风？”

经纪人拉了把椅子在他对面坐下来，叹了口气，道：“公司分析过了，这事只能这么算了。还有，其实除了丢点脸，凌哥，你也没损失什么。”

向凌云皱眉：“所以你们给出的解决方式到底是什么？”

温铮寒的个人工作室里。

“这次对我们的影响其实最小，铮哥，你在群里又没说什么，只是提出让褚为解散群聊。”经纪人道，“比起另外两个人，咱们人设可没崩。”

温铮寒虽然脸色不太好，但也勉强认同这一分析。

“本来就是恋综，嘉宾之间谁想对谁求爱都是自由的，要是这事发生在素人[①]恋综上，可能动静根本没这么大，观众只会看乐子并且激动，感

① 指平常人，在综艺节目里通常指娱乐行业外的人。

叹这是什么精彩的修罗场[①]。

“只是因为咱们本身的知名度就很大，所以要维护面子的地方比较多。

“咱们不如干脆坐实了‘爱而不得’的人设。”

之前温铮寒去剧组见沈拂的照片，这两天也被扒了出来，原先经纪人还在想方设法解决，现在看来，瞒都不用瞒了。

他对温铮寒道：“就说以前在剧组偶然遇见过，那时候你见沈拂无论什么角色都演，就非常欣赏沈拂的敬业品质。现在在恋爱综艺上遇见，更有缘分，于是你想试着了解一下，却没想到遭到江恕先生百般刁难。”

温铮寒沉吟了一下。目前来说，这的确是最好的补救方式。

观众说不定还会倒到他这边来。

“至于左玫小姐那边，咱们就说只是朋友。”

向凌云的经纪人道：“我们分析出来，最好的解决方式就是直接坦率大方地承认你确实对沈拂小姐有好感。

“但因为江恕根本不给你机会去了解她，在褚为拉群时，你实在没办法，才不得不加入。

“追一个人又不是什么难以启齿的事情，观众反而还会因为咱们的坦诚而被吸引。”

褚为的经纪人骂道：“你瞧着吧，他俩那边肯定把拉群的错全都推给你。现在解释已经来不及了，只能坐实‘疯狂求爱’的人设！等节目再开播，你要更疯，疯出话题！

“疯，勉强比你之前‘单纯无害’的人设更加时髦。虽然剑走偏锋，但也没办法了，这是你唯一扳回一城的办法！”

三家公司想办法补救时，向凌云和温铮寒的粉丝一整天没吱声，是因为心态实在崩得不能再崩了。

虽然在他们哥哥上综艺之前，他们就已经做好了心理准备——哥哥上这档综艺是要谈恋爱的，是会对别的女嘉宾产生好感的。但现在突然发现

---

① 网络用语，指人际关系错综复杂，在场的人互相之间拥有多重关联或身份认知不对等的场面。

几个男嘉宾的心动女嘉宾全都是沈拂，他们还是有点受不了。

这不是相当于“打脸”他们吗？

综艺刚开播时他们还在弹幕上骂沈拂，说这种十八线女艺人绝对没人选，但现在仔细想想，其实也能理解——几个女嘉宾中，沈拂确实是最吸引人的。

一开始他们也以为沈拂像网上说的那样，“花瓶”、拍烂剧、带资进组，但半个月节目看下来，发现她完全不是那样。她长得好看，但她的性格也吸引人；她拍烂剧，但她演技并不差；至于什么带资进组，就更是无稽之谈了。

这样一来，她身上竟然没有什么实质性的问题。而且在频繁上热搜的情况下，她微博涨粉的速度越来越快。眼瞧着她的地位往上蹿得飞快，一转眼又接了三个代言。

他们现在心态崩了，大半都是因为被哥哥亲自“打脸”带来的痛苦感罢了。

粉丝痛苦的同时，路人观众却宛如过年。因为直播没开，大家无处发弹幕，只有挤到论坛里去。

笑死我了，这是什么可以留名互联网的神级修罗场，感谢半个月前打开直播入坑①的自己，最近每天都有新乐子。

我现在很担心有嘉宾因为觉得社死②而退出节目，千万别呀！那我还看什么。求求快点恢复直播。嘉宾们快回来，我们绝对不嘲笑你们。

赞同，对一个人心动没有错！

半个月前生怕自家没人选的沈拂粉丝哪能料到今天。

短短半个月，世界都发生了颠倒。因为男嘉宾们的“箭头”一个接一个地暴露，现在骂沈拂的都少了。

---

① 网络用语，“坑”常指代某种爱好，例如小说、电视剧、动漫等。“入坑”常用来形容一些人追小说、追剧的一种状态。

② 网络用语，“社会性死亡”的缩写，指在大众面前出丑，也泛指在社交圈中做了很丢人的事情，抬不起头。

以前骂沈拂的除了左玫粉丝，可不就是那三个男嘉宾的粉丝吗？现在他们被他们哥哥亲自“打脸”，脸都肿了，哪还有心思损人？

“笑死。”小真在聊天软件道，“现在咱们家的粉丝多得根本数不过来。”

“霸王花”也道：“今天打开首页，全是和我们家有关的CP视频。”

眼看着风向一天天变了。

低谷时大家都踩两脚，盛名时全都慕名而来。

现在不仅骂沈拂的人少了，夸她的还疯狂增长。

容晓臻带着粉丝度过综艺刚开播时被各种恶意弹幕压得喘不过气来的时期，大家被骂哭后眼圈红了一整宿的情景还历历在目。

他们现在看着那些营销号开始吹沈拂，心中自然觉得那全是一群逐利的、虚伪的人，但同时，自然也难免地，有一丝终于翻身的暗爽。

论坛里还在讨论。

现在我最好奇的是四个男嘉宾都对沈拂有意思，那沈拂呢，她的“箭头”到底指向谁？

我也是。可恶，看个恋综仿佛在看悬疑推理节目，这一环套一环。

有人统计了各大论坛CP向的tag①热度，分享过来。

“江恕沈拂”现在算是一骑绝尘的，有十一万多热度；其次是“褚为沈拂”，有八万多热度；紧随其后是“向凌云沈拂”，五万多热度；最后是“温铮寒沈拂”，两万多热度。

除此之外，“all拂”有一万多热度，“许迢迢沈拂”也有八千多热度。

笑死，影帝家不行啊，反省一下为什么向凌云和沈拂互动最少，都在你们家前面？是不是温铮寒没有男性魅力？

温铮寒粉丝本来心态就崩，现在又被路人观众点名嘲讽，全都憋屈至极。

某个粉丝悄悄在网上道：“哪儿来那么多人嗑褚为和沈拂？肯定是褚为家那群粉私底下偷偷刷了，我们要不然也刷刷？”

论坛讨论CP热度时，“温铮寒沈拂”的热度凭空多了好几千，全是拥入的温铮寒粉丝刷的。

---

① 标签，现多指网络平台的话题。

直播一直没开，凑热闹的人都找不到乐子了。

有人忽然在论坛发：大家快去看B站的PK视频，笑死我了，哈哈哈。

B站最近有无数《限时心动》的视频。剪沈拂和江恕的，基本上都配的是甜甜的初恋类背景音乐。

剪沈拂和褚为的，基本上都配的伤感背景音乐。

另外两个男嘉宾和沈拂的视频，就更杂了，甜向、虐向的全都有。

有个人新发了一个视频，将四个男嘉宾的名场面全都剪到了一起。

他剪了春日约会时江恕从褚为手中将沈拂抢过来，隐藏任务时江恕亲自将八样食物送到沈拂房门口。

剪了褚为三番两次邀请沈拂，但全都惨遭拒绝的名场面。

剪了每次在餐桌前，向凌云坐在沈拂对面，似乎暗含深意的眼神。

还剪了温铮寒在飞机上朝沈拂靠近。

而视频最后，是“砰砰砰”三声，除江恕外的三个男嘉宾被关在房门外的目瞪口呆的画面。

论坛的路人观众赶过去看的时候，几家粉丝已经在这个视频底下争起来了。

“博主就是个江恕、沈拂的CP粉吧？沈拂又不是没拒绝过江总，凭什么把我们哥被关在门外的镜头单独挑出来剪？”

“而且我发现了，这博主还给沈拂、江恕‘长’达一分钟十五秒的镜头加上了滤镜，其他人全都没加滤镜！”

“为什么沈拂江恕时长这么长，其他几对都没超过一秒？！”

博主被这群人闹着，迫不得已出来解释：“之所以江恕镜头多，是因为他和沈拂同框比较多。之所以没他被关门外的镜头，是因为我重新看了一遍《限时心动》，根本没找到这样的镜头。至于滤镜，你们纯属找碴，我根本没加滤镜！”

“……”

一群路人观众边围观边要笑死了。

谁说没直播就无聊了？这几家粉简直人人搞笑！

另一边。

褚为被经纪人留在公司，让他冷静冷静再思考下一步。几天没碰自己手机，此时他忍不住拿了出来。不能看微博，因为肯定一片嘲讽，他怕看了忍不住掉人。

他东搜西搜，搜到了一些博主剪的自己和沈拂的视频。其中有一个视频的背景音乐是《那些你很冒险的梦》。

“当你瞳孔学会闪躲。”

配的是沈拂打开房门见到他，脸上的冷淡表情逐渐放柔的画面。

“距离像影子被拉拖。”

是那天“黑暗三分钟”的晚上开灯的一刹那，他的影子与沈拂的影子交叠在一起的画面。

“你却不想懂，只往反方向走。”

是春日约会时，沈拂与他背道而驰，一步一步走向江恕的画面。

“那些你很冒险的梦，我陪你去疯。”是以前在一起的时候，他们被拍到的欢笑过的照片。

然而镜头一切换。

欢笑走向散场，光逐渐变暗。

“当爱的故事剩听说。”当年分手时闹得沸沸扬扬的新闻出现在屏幕上，铺天盖地。

视频逐渐淡出，只留下歌手一声轻轻的叹息。

屏幕上打出了一行字：“虽然他和她已 be①，但我相信他们曾热烈过。”

褚为抱着手机，差点哭出声来。

连外人都看得出他们以前的感情啊。

沈拂趁着直播停播的工夫，刚好被梁晓春接过去拍摄像机的代言广告了。

江恕事不关已，高高挂起，悠闲地吃完一个苹果，开车离开别墅，打算先去王轩衡那边处理一些事情，晚上等她拍完去接她。

---

① 指悲剧结局。

他还没开出多远呢，车载手机就弹出相关推送。

不知道是什么垃圾网站的新闻。

“《限时心动》四大热门CP，四大男嘉宾激烈角逐，你看好谁？”

江恕转着方向盘，靠了边，下意识点了进去。

他本骄傲地以为排在第一的肯定是自己和沈拂，结果一点进去——

“……”

这个网站的投票观众全是傻子。

居然是“温铮寒沈拂”一骑绝尘，另两人和沈拂的CP紧追其后，自己和沈拂的票数则少得可怜。

“怎么回事？”江恕脸上乌云密布，立刻打电话给王轩衡。

那边道：“淡定，总体来说，网上看节目的观众站你和沈拂的还是比较多的。这种营销号搞的有的没的投票，你平时不关注娱乐行业可能不懂，都是粉丝在投，为了数据。

“你不是影视行业里的人，没什么粉，肯定被另外三家比下去了啊。”

江恕心想，他和沈拂是天造地设的一对，轮得到那三个傻子来碾压？

王轩衡道：“那三家全是真情实感的粉丝，把他们男嘉宾吹得上天入地、厨房厅堂无所不能，你有什么好吹的呢？”

江恕差点噎到。

他怎么就没什么好吹的了？他全身上下都是优点好不好？

“我还在开车，你让那群公关想办法，养他们是吃白饭的？”

江恕说完就恼火地把电话挂了。

过了几十分钟，江恕终于开车进了市区。

手机上猝不及防弹出一条推送，还是刚才的网站投票。

“惊天大逆转！投票结束之前的短短三十分钟内，最神秘的男嘉宾江恕的票数忽然狂涨，直飙第一！

“我们采访了几位投江恕票的粉丝，问‘为什么会这样选择’‘江恕有什么优点让你们认为他能够斩获沈拂芳心’。

“他们的回答竟然是——男德！”

江恕手一抖，差点撞上旁边的树。

什么鬼?

论坛里沈拂、江恕的CP粉也忽然从中汲取灵感，发现了如何赢过其他几家的办法。

他们赶紧自豪道：其他几家都滚开！

看看男嘉宾中最纯情、最洁身自好、最守男德的江恕吧。不自爱，犹如烂白菜。其他几位嘉宾都和别人拍过吻戏，只有我们江恕没有。

来加入我们超话吧！你不投我不投，你我嗑的CP如何能成真?

虽然很想骂人，但其他三家粉丝竟无力反驳。

这一点，他们哥哥真的输了。

江恕眼看着这宣传一发出去，自己和沈拂的tag热度又翻了个番，投自己和沈拂的画报的票数都噌噌地往上涨。

江恕表情微妙，觉得自己雇的那群公关好像也不全是废物呢。

沈拂最近的代言接到手软。

路上有点堵，她人还没来，助理先抵达拍摄场所。对方广告商高层人员亲自过来，把助理迎到遮阳棚下去。

“沈拂老师还在路上是吧？”

助理小霄连忙道：“对，有点堵车，您别急，我打电话催催哈。”

“不用催不用催。”广告商忙道，“现在这个点，堵车是正常的，不要吵到沈拂老师休息了。摄像轨道还没就位，我们为您和沈拂老师准备了饮品，您先过来休息一会儿吧。”

他说完就在前面带路。

助理小霄跟着沈拂整整三年，头一回享受到这种待遇，就连肩膀上的背包都有人过来接。

他不由得吓一跳：“没事没事，我自己背着就行。”

里面可是有沈拂的化妆品等小东西，他还不放心让别人保管呢。

一个月前，他和沈拂要是来这样的场合，受到的待遇估计和现在天差地别。

沈拂自己又怎么会没感觉?

但她算了算已经攒到的钱，完全没有小霄那么开心。

接下来的拍摄异常顺利，完全没有之前“再等等”“还没轮到你”之类的话出现。

广告商完全配合沈拂的时间，一天就拍完了。

“我们会让后期尽快把正片和花絮剪出来，发给您过目，到时候还请您在宣传平台上帮忙配合宣传一下。”

沈拂道：“好。”

她进保姆车时也是被工作人员送进去的。

沈拂去了一趟医院后，回到公司。

公司大老板和一些其他高层人员正在梁晓春的办公室等她呢。几人看着最近的热搜词条和艺人热度指数，虽然竭力想掩饰，但还是忍不住咧开嘴笑。

“我早说过她早晚会爆红。”

梁晓春听见高层人员在自己耳边这么说，翻了个白眼。

这是什么马后炮？当时她签沈拂的时候，这些人明明说沈拂虽然长得美，但不爱说话，能不能红很难料，现在从沈拂身上获得利益了，就想来分一杯羹。

在梁晓春办公室仔细看过几份新的代言合约，确认没问题后，沈拂就签了字。

有个高层人员也一直在追直播，看完了最新的，好奇得要命。此时好不容易等到沈拂回公司，他立马拿着手机跑了过来，追到楼梯拐角问当事人：“到底什么情况？”

他给沈拂看的是此时微博上正在疯转的几条微博。一条微博正在被褚为粉丝疯转，上面是综艺上的几张动图，应该是下飞机那天的。沈拂和褚为站得极近，和其他人比较远。

下面CP粉的评论：啊啊啊，嗑到了嗑到了，其他人站的都是“人人”的状态，就他俩站得真的好近，几乎变成了“从”！

“摄像角度问题。”沈拂自己都不知道有站这么近过。

“那这条呢？”高层人员又翻开一条“限时心动年龄差”这个博主发

的微博。

也是一条上了热搜的。

内容是吃完晚饭后，沈拂站在温铮寒身后，朝他呆呆地伸出手，像是想要触碰他后背，却又收回了手。

底下的评论：把头放这里了，沈拂绝对对温铮寒有点好感。

爱是想伸出又收回的手。

沈拂差点被这些乱嗑的评论噎住："他背上趴了只苍蝇，我下意识抬了下手想赶走，然后想苍蝇趴他背上和我有什么关系，就收回了手。"

高层人员："还有这条。"

内容是向凌云坐在沙发上，沈拂站在露台，正透过玻璃，往他的方向看。

这两人的互动最少，但老实说，越有感觉，越可能在镜头下避嫌，不是吗？反正我先开始嗑了，"型男酷哥顶流 × 面瘫美丽女星"，不比江总那个脑子有洞的好嗑？

沈拂一言难尽："我就是发呆，根本没往他身上看。"

高层人员的一颗 CP 心顿时被沈拂本人击得稀里哗啦碎了一地。

"那还有这条呢？被转了八千多。"

沈拂不用看就知道是她和江恕的，但她的视线还是在那张动图上短暂停留了一下，是春日约会当天，下车时有路人差点撞上来，江恕不动声色地抬手拦了一下。要不是被单独截出来，她自己都不知道这个细节。

沈拂没有多说，拎起包，快速下楼。

这个也没好感？

高层人员看着她的背影，心里拔凉拔凉的。不是吧，难道网上现在疯狂嗑的四组 CP 全是假的？！

谁能想到，他们家女明星修的是无情道，一心赚钱！

左玫也趁着节目停止，回到了公司。她把包往沙发上一扔，满肚子火。

"这到底上的恋综还是沈拂的个人秀？"

经纪人宽慰道："虽然沈拂吸眼球比较多，但是咱们上综艺以来，热度也起来了很多啊。"

他说着把数据表格拿过来要递给左玫看。

左玫却看都不看一眼，恼火道："我要的是这点热度？《限时心动》现在天天上热搜，阿猫阿狗上去都能吸粉，那条节目组带来的柯基都涨了十几万粉！我要的是什么你不知道？没有大爆的事件，怎么复出？！"

经纪人的面色僵了僵，道："玫姐，早和你说了，复出不是那么容易的。与其指望温铮寒把咱们推回原来的位置，不如早点认清事实，先接触几部电视剧。现在虽然没有大制作的电影找咱们，但电视剧本子还是可以挑一挑的……"

"沈拂都开始有电影资源了……"左玫咬牙，"你现在让我自降格调回去拍电视剧？"

经纪人叹了口气："那怎么办？"

还有一些事情她没和左玫说。自从她上了这档综艺，别说吸粉了，左玫粉丝简直是唰唰地往下掉。

现在的粉丝最是慕强，谁能忍受左玫每次 PK 都输给沈拂啊。

"你不是认识节目策划组的组长吗，他们有没有告诉你第五个男嘉宾什么时候出现？"

经纪人愣了一下："应该是第六期。"

"第六期？太晚了。"左玫烦躁道。

按照节目组之前透露的策划，一共九期。

第一期"春日约会"，第二期"礼物抉择"，第三期"捉迷藏"，第四期"限定画报拍摄"，第五期"家人会面"，第六期"旅行合宿"，第七期"自由表白"。

这节目到第七期就差不多快结束了，因为第八期就是"最终选择之夜"。

第九期的内容听说是提供给组成 CP 的蜜月旅行，没有组成 CP 的嘉宾自然是参加的机会都没有。

如果第五个男嘉宾第六期才来，她怎么翻盘？那第五期岂不还是沈拂的个人秀？

左玫低头思考了下，现在着急的应该不是她一个人吧？另外两人的风头几乎也被沈拂抢光了吧？

她让经纪人联系到许迢迢和顾清霜的经纪公司，很快加上了那两人的微信，拉了一个群。

许迢迢：“哇，怎么还敢拉群啊左玫姐，你也想像男嘉宾一样社死？”

顾清霜：“我这边用的是私人手机，没事，不会带上节目。玫姐是不是有话要说？”

左玫发：“你们就没什么想法？”

好好上个恋综，男嘉宾全围着沈拂转了，她就不信这两人坐得住。她们指不定心里比她还着急，只是不好意思说罢了。

许迢迢：“我能有什么想法？他们，玩物罢了。”

她的确对向凌云有好感，还没上节目之前就有，但眼下这情况，向凌云应该对她没什么感觉。

她才懒得抢呢，她身边要什么男人没有？

“我会继续参加节目，片酬还没拿完呢，别指望我会参与你们的小心思。”

许迢迢发完就退了。

左玫本就火冒三丈，又被她气了一把，更是堵得心口难受。

到了这一步，已经不是温铮寒到底在乎谁的问题了。

他们靠得住，母猪会上树。更重要的是她的事业。

她本来以为上节目后，可以通过和温铮寒组 CP 提升热度，完美复出，但没想到热度没炒起来，风头倒是全被沈拂给压了。再这样下去，哪来的第二次机会？之后像《限时心动》这样大制作的综艺会不会请她都难说。

顾清霜光从聊天框的沉默就能感觉到左玫的恼火和烦躁。

“我明白玫姐现在的困境，你想怎么做？”

见顾清霜还是站在她这一边的，左玫多少舒心了一点。

左玫道：“我在想，第五个男嘉宾能不能安排认识的人？如果他站在我这边的话，接下来无论是什么 PK 环节，都方便我找机会赢。”

赢了就有高光时刻[①]，就有机会翻盘。

---

① 网络用语，指巅峰时刻、精彩时刻的意思。

第六期再出现肯定晚了，必须让能够帮到她的第五个男嘉宾提前出现。

顾清霜想了想，道："我倒是有个人选——我哥。"

顾之岛完全不认识沈拂，而且作为她哥，总该一心一意帮她们吧。

直播暂停两天后，终于在万众瞩目中重新开始。

虽然内心互骂，但表面还要装作无事发生，这就是成年人的生存法则。

褚为、温铮寒、向凌云三人回到别墅时打了个照面，都默契地装作那天的滑铁卢事件没有发生，但褚为拎着行李，经过江恕的房门时，暗暗地咬了咬牙，向凌云忍不住攥起拳，温铮寒的脸色则冷了几分。

三人已经将江恕视为头号仇敌。

江恕晨跑回来，摄制组已经把摄像机架好了。直播开始，三个男人已经在客厅了。

江恕摘掉运动护腕，挑眉扫了他们一眼，抬起手活力满满地打招呼："早啊三位！"

直播一打开，就有一大群弹幕观众拥了进来。

见到江恕和他们打招呼，弹幕观众甚至有点欣慰：江总居然会主动打招呼了呢，是半个月的合宿生活培养出了感情吗？

就算三人心里都在幻想将江恕那张俊脸揍成猪头，但还是不得不维持表面的和平。

温铮寒淡淡地看了江恕一眼："江先生起这么早，为了利益如此进取，我真是自愧不如。"

江恕摆摆手："你不要太自卑了啦，人老了体力不支很正常。"

温铮寒："……"

向凌云冷冷道："江先生从小就是这个性格吗？你不怕走在路上被人打吗？"

江恕："我活得这么好，和你走的会是一条路？"

向凌云："……"

褚为忍不住了，刚要开口："你……"

江恕："你什么你，个子矮矮，话多像海。"

褚为：“……”

一瞬间击败了三个人，江恕神清气爽地绕过客厅，回房间洗澡去了。

观众看得目瞪口呆。什么和气，全是假象！

在场的四个男人全是情敌，能一团和气才怪呢，没打起来都算他们自制力不错了！

温铮寒粉丝和向凌云粉丝原本想逃避现实，忘掉那天的集体掉马[①]事件，然而一打开直播就是四个男人连掩饰都懒得掩饰一下的“后宫”争宠现场，简直让他们痛苦万分。

而弹幕里的一群路人只管把快乐建立在粉丝的痛苦之上，还在看热闹，不怕事大地分析局势，兴致勃勃地讨论目前的四个追求者中谁最有可能获得沈拂的芳心。

虽然褚为以前和沈拂有过恋情，但感觉赢面最小的就是他啊。要是没有别的人选，沈拂还有可能和他复合，但现在其他三个男嘉宾个个条件比他好，他还有机会吗？

是，难过欸，初恋是不是总是 be？

温铮寒倒是挺不错，听说是在剧组见过沈拂之后就一直默默关注着她，这种年长者对后辈温和的凝视，就像种花人看着玻璃罩子里的玫瑰，简直是男女之间最具张力的模式，大家不觉得吗？

而且有一说一，在国外的时候，那个环节温铮寒被沈拂那样拒绝都不生气，真是这四个男嘉宾里脾气最好的了。

能在事业上对沈拂有所帮助就已经赢很多了。我先投温铮寒一票。

说得好像能在事业上帮助到沈拂的就只有温铮寒一个人一样，向凌云又不是不可以，而且他的路线才和沈拂的相似。

这年头谁要嗑年龄差啊，老不老土？“酷哥 × 美艳”才是最时髦的好吗？

笑死，向凌云在江总面前还能称“酷哥”？他处处比江总差，在江总面前车子不敢开、墨镜不敢戴，我看他只能沦为仿冒品吧。

---

①“掉马甲”的缩写，意为隐藏的真实身份、性格等暴露。

就是就是，我们青梅竹马才是最好的，“凶跩纯情大少爷 × 冷面咸鱼[1]漂亮女明星”。我们江总有钱、有颜，还守男德。

褚为粉丝一向冲动：be个头，初恋才是最好嗑的！

其他粉丝十分痛苦，只想赶紧转移弹幕观众的注意力：别吵了，没人发现女嘉宾都没出现吗？

客厅里的向凌云等人也注意到了，四个女嘉宾居然一个都不在。

他过去问了一下节目组。

节目组道：“还有一个男嘉宾今天会参与我们的节目。按照我们的规则，他是最后来的，所以有机会一次性见四个女嘉宾。现在女嘉宾都已经过去和他见面了。”

第五个男艺人这就来了？

之前不知道从哪里听到的小道消息，说是他第六个环节才来，现在怎么提前了？

第五个男嘉宾一来，好不容易稳定下来的局面又要被打破。

本来现在四个男嘉宾的“箭头”都已经明朗，接下来就是看他们谁能得到沈拂的芳心，但加入了新人，接下来必定每一个环节都有人落单。

“春日约会”和“春日限定画报拍摄”这两个环节，褚为已经落单两次了，每次都十分没面子，还必须强装无所谓。

他实在不想落单第三次，那肯定会被嘲笑的。他不由得面色有异。

“第五个男嘉宾是谁？”向凌云不动声色地问了一句。

男性对于自己的领地划分都很看重，现在已经有个让人对付不了的江恕，再来个男嘉宾，万一又是那种竞争力很强、咄咄逼人的类型怎么办？

“现在还得保密，晚上你们就见到了。”工作人员道，“不过好像是位作曲家。”

作曲家，那应该是顾清霜的圈子啊。

说起来，顾清霜在这个节目上的确一直都被边缘化了，不知道新来的第五个男嘉宾会不会和她擦出火花。

---

① 网络用语，比喻没有理想、没有梦想的人，或是不做事、不想动的人。

听见工作人员这么一说，在场的三个男人多少都安心了一些。

听起来不像是什么对手。他们对视一眼。

现在包括江恕在内，大家都在同一起跑线，既然一切都挑明了，那就各凭本事好了。

距离别墅五公里的地方有家玻璃栈道咖啡馆。

直播开始之前，女嘉宾都接到了任务卡，要求她们跟随节目组的工作人员来到这里等待。

栈道上有一张盖着雕花布、摆着鲜花和水果的长桌，四个女嘉宾被安排坐在同一边。

这还是头一回只有四个女嘉宾参与的环节，许迢迢不由得有些好奇，东张西望了一下，用肩膀碰了碰坐在自己旁边的沈拂："怎么只有我们四个？男嘉宾呢？"

沈拂数了下桌上的咖啡杯，道："我猜是第五个男嘉宾要来了。"

"第五个男嘉宾要来了她们不好奇？怎么像是提前知道了一样？"许迢迢掠过沈拂，打量了坐在长桌靠左的顾清霜和左玫一眼。

沈拂低头玩着扫金币手机游戏，没有兴趣猜测左玫又想干什么。

顾清霜在家中受宠，昨天她提出想让堂哥上节目帮自己的忙，家里人几乎都同意了。

顾之岛的态度倒是模糊不清："所以你是希望我上节目替你教训她？"

"也不至于教训。"

顾清霜的心理很微妙。一方面，沈拂和她无仇无怨，没任何过节，她去找沈拂的麻烦不是闲着没事干吗；但另一方面，顾清霜很难不对沈拂产生微妙的嫉妒，尤其是发现节目刚开始的那晚，江恕特地回去取的纸袋子出现在了沈拂的手上。

自己一直自作多情，她却顺风顺水。

顾清霜没打算和沈拂为敌，但左玫想干什么，她也不介意搭一把手，至少可以给沈拂添添堵。

"希望你能给她泼泼冷水。"顾清霜道，"让她知道世界不是围着她转的。"

顾之岛看出来顾清霜对江家那位是有好感的，稍微思忖了一下："那我让她喜欢上我，然后再甩了她？"

"你有这个能力吗？"顾清霜很怀疑地看着自己堂哥，"她对江恕都不是很感兴趣欸，你能行？"

顾之岛不以为意："说不定她就喜欢我这一款呢？"

顾清霜内心有点无力吐槽，虽然知道堂哥年纪轻轻已经是圈内顶级的作曲家了，有那自信的资本，但如果非得和江恕比，还是太自信了。

她这个堂哥虽然算半个公众人物，但不爱露面，常年都在外面旅行写歌，一年到头见不到他几次。上次能求到他来参加捉迷藏游戏，还是因为她的唯一联系人设置成了他，如果他不来，她这个堂妹会很丢脸。家里老爷子给他施加压力，他才同意来参加。

她本来以为这次要费很大工夫去说服他，结果没想到稍微一提，他就同意了。

因此，顾清霜也不愿意打击他，不然他拒绝帮自己的忙怎么办？

"你可以试试，不过最重要的是，你要表现出对我的疼爱，让我重新有面子，以及让她感觉你对她丝毫不在意，让她受受挫。"

顾之岛没说"可以"，也没说"不可以"，只耸了耸肩，说："了解。"

此时此刻，咖啡店。

没让女嘉宾等多久，节目组就带着第五个男嘉宾过来了。

"各位老师好，这是我们新的男嘉宾顾之岛老师，本计划在第六期和大家见面，但是出了一些意外。经过策划考虑，决定让五号男嘉宾提前和大家见面。"

说着，他开始指挥旁边的摄制组打开女嘉宾这边的直播。

顾之岛穿了一身白色的西装，微微欠了欠身，和几个女嘉宾挨个握手："你们好。"

"上次是不是见过？"左玫装出惊讶的表情，"节目组居然还邀请了第五个男嘉宾？没有提前告知呢，很意外啊。"

女嘉宾这边的直播一打开，观众切换过来就大呼刺激。

真的有第五个男嘉宾啊，等等，这不是上次捉迷藏环节——

对，上面的没记错，是顾清霜堂哥顾之岛，在作曲圈子挺有名的，前几年还去国外演出过，但他本人好像比较低调，很少出现在公众视野中。

刚刚在男嘉宾那边听节目组说第五个男嘉宾是作曲家，还以为会和顾清霜有戏呢，没想到……那现在第五个男嘉宾岂不是只能和剩下三个女生搭？

旁边的工作人员抹了下额头上的汗水，忍不住瞧了左玫和顾清霜一眼。

原本节目组计划的第五个男嘉宾确实是出来制造鲶鱼效应搅局的，但是昨天不知道为什么，策划组那边突然换了提案，把第五个男嘉宾变成了顾清霜哥哥。

顾清霜也惊讶地看着顾之岛："之岛哥，居然是你？"

顾之岛在女嘉宾对面坐下来，笑了笑："可能是节目组准备的惊喜吧。"

说完，他看了沈拂一眼。

他进来时沈拂视线在他身上停留过一秒，她短暂地愣了愣，之后就继续看自己的手机。

笑死，沈拂还在闯关。

我急死了，她这个关卡不能选这边啊，等下几百块金币都清零了。

节目组道："是这样的，因为很快要回到别墅和所有人聚在一起，所以我们的会面时间不长，由两部分构成。一部分是男嘉宾和四位女嘉宾一块儿见一面，喝杯咖啡，算是认识了。

"另一部分，是接下来会让男嘉宾选择想对哪位女嘉宾进行初步了解。有十分钟的谈话时间，这个时间我们节目组会关掉麦克风，观众只能看到画面，无法听到声音。"

顾之岛不是许迢迢好的那一口。许迢迢没什么兴致地看向别处。

于是顾之岛道："那就沈拂小姐吧。"

怎么又是沈拂？

沈拂听到自己的名字，才抬起头。

顾之岛看着她，问："单独聊聊？"

沈拂顿了一下。

哈哈哈哈，恭喜这位哥哥挑中了最断情绝爱的一位女嘉宾。

又要被沈拂拒绝了吧。

然而沈拂拿着自己的包起身：“行。”

弹幕观众顿时目瞪口呆：什么情况？

没拒绝，对这位有点好感？

新来的成为一匹黑马了？

沈拂、江恕的CP粉顿时一片哀号：不会吧，我刚嗑上没几天，就要被“打脸”了？

另外三家粉丝更是有点急。这不是让他们没面子吗？

他们哥哥明里暗里地追了半个月，沈拂都无动于衷，这个新来的到底什么来头，居然一句话让沈拂答应和他单独聊天？

系统刚上线，道：“是他啊。”

“还不是你干的好事？”沈拂道。

之前系统第一次带人，经验不足，资料弄错了，导致沈拂攻略了顾之岛半个月，系统考完试，上线才反应过来弄错了人。

好在当时顾之岛母亲看沈拂这个没名没姓的女明星不顺眼，将她羞辱一番后，给她钱，想把她打发了，让她离开顾之岛。

沈拂没收钱，但将计就计跑了。

左玫看着两人去了另一个卡座的身影，回过头来看了顾清霜一眼。

顾清霜在她耳边，以观众听不到的声音小声说：“放心吧，我哥就是来针对她的。”

沈拂跟着顾之岛在临窗的双人卡座落座。

服务员上了两杯咖啡过来。

啊啊啊，听不到声音好着急。

弹幕观众只能见到两人在说话，却不知道两人在说什么。

顾之岛道：“来之前我看过这些天的直播转录了。”

沈拂喝了口咖啡：“哦。”

她明明上着恋综，却不主动和其他男嘉宾交流沟通。

当时五百万对她而言不是小数目，她却不收。

顾之岛深深地看了沈拂一眼，决定开门见山：“你是不是还忘不了我？”

“噗。”沈拂顿时没忍住，一口咖啡喷了出来。

顾之岛：“……”

他冷静地摘下金丝框眼镜，擦了擦。

弹幕观众已经快急死了：老天爷，我很少看到沈拂笑。这位第一天就能把沈拂逗笑，不会真的是沈拂的菜吧？

还以为最后的胜负会在江恕和另外三个人中分出呢，没想到这位才是王者。

忽然有人道：快转楼下视角，江恕的车子来了！

“抱歉，不小心把咖啡喷了出来，如果衣服很贵我可以赔给你。”

顾之岛扯了张纸巾擦了擦西装肩膀上的咖啡，镇定道：“没关系，不必。”

“你为什么这么认为？认为我对你，嗯……”沈拂很难忍住不笑。

顾之岛不答反问：“你为什么没收那钱？”

“我当时不是为了钱。”

当时系统还没告诉她钱可以抵人头呢，不然她会放着那钱不要？

蚊子腿再小也是肉啊。

顾之岛微微前倾身体，定定地望着她，眼中含有深意：“那你是为了什么？”

沈拂抚额。这个她可答不上来，系统和生命管理局的事情全都是保密的，要是透露出去，她不就功亏一篑了吗？

顾之岛却错误地领会了她的意思，一副“果然如此”的表情，抱着双臂靠回椅背上，悠悠地看着她。

系统：“我真的会笑死，怎么办啊沈拂？”

沈拂问：“你认定我忘不了你，就是因为我没收那钱？”

顾之岛没说话，只淡淡地看着沈拂。

“这样吧。”沈拂努力忍住不笑，道，“我们把当时的情况模拟一遍。现在令堂不在，你饰演她好了，现在给我钱让我离开。”

顾之岛微微蹙了蹙眉：“什么意思？”

由于刚返回节目，节目组还没没收私人手机，沈拂自己的手机还在包里。

她翻开身边的包，摸出手机，打开收款码，递到顾之岛面前："你倒是看看我会不会收。"

顾之岛迟疑地看了她一眼，只当她在开玩笑。

毕竟也不是什么大数目，写一支曲子的版权费就够了。顾之岛随手扫了她的码，转了账过去。

她当真会为了区区金钱离开自己？

可他下一秒就见沈拂以迅雷不及掩耳之势果断收下，起身告辞："谢谢顾阿姨，我这就马不停蹄地离开您儿子身边，有多远离开多远。"

顾之岛："……"

如果不是卡座还有摄像机，沈拂简直要眉开眼笑了。

弹幕观众听不见两人在说什么，只见两人交谈甚欢。

自从上了节目就很少笑的沈拂居然接二连三被顾之岛逗笑，最后她甚至肉眼可见地喜上眉梢，还激动地站了起来。

他们拿出手机干什么？

前几天发生了手机屏幕连上投影的事件，节目组怕再出问题，现在的摄像机都尽量不朝着嘉宾的手机屏幕了，免得暴露了嘉宾们的任何隐私，到时候吃不了兜着走。

所以观众根本看不清沈拂手机上是什么。

只依稀辨别出好像是个二维码。

该不会是微信名片二维码吧？这第五个男嘉宾有点魅力啊，一见面就加上沈拂微信了，其他几个男嘉宾要哭晕在厕所了吧。

啊啊啊，江恕怎么还没上来？老婆要被抢了啦！

虽然他们对新来的第五个男嘉宾很警惕，但新仇从来都比不上旧恨，其他几家更不满的是江恕、沈拂的CP粉无时无刻不提及江恕。

江总粉怎么和江总一样霸道啊，现在是沈拂和别人的专场，给新嘉宾一点尊重好不好？现在就替江总喊"老婆"了？小心被沈拂"打脸"啊。

江恕、沈拂的CP粉立刻撑回去：那不然呢，你们哥哥又没来，输人一筹还怪别人积极进取啊。

江恕赶上来时，这场谈话已经结束了。

顾之岛的脸色有点糟糕，白色西装上还有咖啡渍，跟出场时一表人才的形象比，已经狼狈了些许。当然，毕竟他才参与这档节目，面子还是要维持的，脸上暂时还看不出半分异常的情绪。

节目组拦不住江恕，扛着摄像机紧跟着跑上来。

江恕挤到正在下楼梯的两人之间，冷冷地睨了顾之岛一眼，肉眼可见地不大高兴："第五个男嘉宾是你？"

楼梯很窄，江恕身形高大，顾之岛直接被堵住了去路。

"江先生。"顾之岛索性停下脚步，淡淡道，"如果不遵守规则，大家都别玩了。"

之前几期他都看过了，江恕绝对是最不按理出牌的一位。大家明争暗斗，他总把桌子掀了，像狗一样护食。

既然上了这档综艺追人，就要遵守综艺的规则，不是吗？

全国观众都看着，他还真不信江恕会到那种不择手段的程度。

江恕怒道："咖啡馆是你开的？我怎么就不遵守规则了？刚好路过这条楼梯不行？"

顾之岛："我指的是，刚才是我和女嘉宾的谈话时间，因为后出场，所以按照规则，我有这个荣幸和沈拂单独认识，你来打断是为了什么？"

江恕冷冷道："你还想单独认识。"

顾之岛见和江恕说不清，看向前面的沈拂。

要完，第五个男嘉宾向沈拂求救了，总觉得江总直来直去的，搞不过这个表面斯文但实际有点"腹黑"的第五个男嘉宾呢。

江恕不太放心地回头看了沈拂一眼。

沈拂有点心累地开口："他突然跑来，的确……"

顾之岛提起嘴角，瞥了江恕一眼。

不管如何，沈拂和自己谈过，要论起旧情，江恕可未必赢得了……

"的确没有犯规。"

顾之岛："……"

沈拂斩钉截铁道："我们的谈话十分钟就结束了，江恕没犯规，顾先生你的指责毫无道理，你快让让。"

顾之岛："……"

要他让什么啊？！现在是江恕堵住了他的去路，她看不见吗？

哈哈哈，沈拂是站在江总这边的欸。

江恕冷哼一声，嚣张地将挂在衣领上的墨镜戴上，底气十足地瞪了顾之岛一眼，转身下楼。

顾之岛蹙眉朝两人的背影看了一眼，顿了顿，这才下楼。

弹幕观众已经讨论开了。

怎么感觉沈拂好像还是偏心江恕一点？

但她刚刚不还对着第五个男嘉宾笑吗？录节目这么久了，都没见过她对江总笑欸。一般来说，言语上的护着不能代表什么，但下意识开心的肢体语言绝对是心动的表现啊！

弹幕观众这一拨分析看得江恕、沈拂的CP粉提心吊胆。

三人从楼上的卡座下来，外面栈道上的顾清霜赶紧迎上来，笑着挽住顾之岛的胳膊："哥，要回别墅了吗？待会儿让我来给其他人介绍你啊。"

顾之岛没什么反应，脸色看起来比方才进去时难看不少。

"……"顾清霜忍不住悄悄掐了顾之岛一下。

她这堂哥怎么了，不是说好了来节目上表现一下兄妹情，帮她找回场子吗？怎么进去和沈拂说了两句话就魂不守舍了？

还是节目组的工作人员回答她的话："是的，顾老师。大家收拾好东西，别掉在咖啡馆啦。"

顾之岛径直迈开脚步，朝外走了。

顾清霜："……"

左玫拎着包起身，待沈拂一行人和摄制组走在前面后，才低声对顾清霜道："你确定你哥刚才奚落沈拂了？怎么看起来脸色不太对的是他？"

沈拂反而是一副捡了钱的样子。

顾清霜咬了咬唇："肯定是江先生来了，发生了冲突。"

左玫忍不住朝江恕的背影看了一眼："这江恕也是，着了魔一样，怎么那么护着沈拂啊？"

顾清霜可不乐意听到这话："听说以前认识，可能有什么渊源吧。别急，这还早着呢。”

别墅里。

半小时前，三人从工作人员那边打听出第五个男嘉宾是顾之岛。

他们还没什么反应呢，那边刚洗完澡出来还没吹头发的江恕听见了就火急火燎地抓起车钥匙跑出去了。

“他干什么去了？”褚为现在尤其在意江恕的一举一动，“不会追去女嘉宾和第五个男嘉宾见面的地方了吧？”

“顾之岛。”向凌云思忖道，“这个名字有点耳熟，不是顾清霜哥哥吗？上次短暂地做了一次飞行嘉宾①的那位。”

这人相貌出众，身上有股艺术家的气质，向凌云虽然没和他合作过，但还是有了印象。

“就是他。”褚为道，“人还不错，性格温和。”

一直坐在单人沙发上看杂志的温铮寒听着两人说话，实在没忍住，语气淡淡地问了一句：“是竞争者吗？”

反正现在“箭头”已经暴露了，三个人都懒得装了。

“绝对不是。”褚为压低声音，“上次他当飞行嘉宾，我和他聊天的时候说了我和沈拂的关系，他一点反应都没有。”

褚为这话一说，温铮寒没有再问，一旁的向凌云虽然脸上看不出什么，但也稍稍放心了。

他倒不是真的非沈拂不可，但现在已经骑虎难下了。

他们的声音不高，有一句没一句的，但弹幕观众还是能听得一清二楚的。

褚为哥哥，你真是，让我说你什么好，天天误导别人。大家都在第五层，就你天天在第一层自得其乐。

哈哈哈，这三个人还在这里一副松了口气的表情呢，等下要知道第五个男嘉宾又是个竞争者，又要争得头破血流。

三家粉丝眼瞅着他们哥哥被评头论足，心里吐血，但事到如今，负隅

① 网络用语，指的是节目中的非常驻嘉宾。

顽抗的力气都没有了。

咖啡馆距离这里只有五公里，顾之岛的车子第一个抵达，节目组的车紧随其后。

江恕因为急匆匆地从别墅跑出去，漆黑短发湿漉漉的，还在滴水，沈拂让他找咖啡馆的工作人员借了条毛巾擦干，他因此耽误了点时间，最后一个开车回来。

江恕虽然启动车子晚，但到达的时间也就比节目组的车晚了一点点。

他从电梯里出来时，沈拂刚换完鞋，站在吧台那边喝水，而顾之岛早就和顾清霜一行人进去见其他嘉宾了。

江恕走到玄关的鞋柜前，正要换鞋，忽然发现自己的拖鞋不见了。

“怎么了江先生？”摄制组工作人员赶紧小跑过来。

江恕皱眉：“我拖鞋呢？”

其他男嘉宾都已经把四双原来的男士拖鞋穿走了，玄关前就只剩下一双未拆封的白色男士拖鞋。

摄制组工作人员把那双未拆封的递给他：“您穿这双。”

“我之前穿的那双上面有‘暴富’两个字！”江恕说着，视线在已经进去了的嘉宾里梭巡，一眼看见顾之岛现在穿的那双拖鞋是他之前的那双，他脸色登时一变，“姓顾的穿走了？！”

刚才大家一块儿进来，未拆封的放在角落，顾之岛没看到，可能就随便穿了一双男士的。

摄制组工作人员道：“要不您穿这双吧，全新的呢。”

江恕俊脸发黑，用一种“你觉得我很好打发”的眼神盯了摄制组工作人员一眼。

摄制组工作人员脖子一凉，道：“如果您非要之前的那双拖鞋的话，那我们去和顾之岛老师说一下，让他还回来。”

江恕恼怒道：“还回来？小爷我还嫌脏呢，谁知道他有没有脚气！”

摄制组工作人员：“……”

那怎么办啊江总？

弹幕观众全在笑：哈哈哈，他好在意哦。

江总是不是狮子座？怎么占有欲这么强？

前面的别说我们江恕了啦。

江恕、沈拂的CP粉快要哭了：好不容易和沈拂是同款拖鞋，忽然就被抢了，呜呜呜，怎么办啊现在？

沈拂喝完水，见江恕一直在玄关那边没进来，戴着墨镜也掩不住他气急败坏的俊脸。

“怎么了？”沈拂走过来。

江恕往下扫了一眼她脚上有“暴富”字样的女士拖鞋，只觉得心情更加阴郁了。

现在好了，她和别人成一对了。

然而这么点小事，他怎么好意思说？

心里烦躁又委屈。

“没什么。”他心不甘情不愿地换上了新的白色拖鞋。

听见他说“没什么”，沈拂点了点头就走开了。

江恕：“……”

江恕忧郁地拿了一盘意大利面，去露台上找了个角落坐下来，然而盯着脚上的拖鞋，完全没胃口，他臭着脸用叉子将面条捣得稀巴烂。

顾之岛老师要完，现在想必已经上了江总的头号猎杀名单。

沈拂遥遥地看了独自待在角落的背影一眼，走过去找工作人员：“有多余的拖鞋吗？要男士女士一套的那种。”

江恕刚吃了几口意大利面，摄制组工作人员就匆匆跑过来，拿着一双绣了太阳简笔画的男士拖鞋：“江先生，刚才那双是备用的，现在才是嘉宾的，要不您换这双？”

江恕瞥了眼那双拖鞋，没什么兴致。

他刚才心情不快又不是因为对脚下这双拖鞋不满意，但摄制组工作人员都特意跑来一趟了，他还是接过来扔在脚下，换了。

江恕三两下吃完意大利面，拿着盘子回到客厅去，视线下意识地找沈拂。

忽然，他瞥见沈拂脚下也换了一双拖鞋，从“暴富”的字变成了太阳的简笔画。

沈拂见他盯着自己的脚看，也看了看两人的拖鞋，发出疑惑的声音：“咦？好巧。”

见他还盯着自己，沈拂双手插兜，漫不经心道：“我的拖鞋刚才被水打湿了，就随便换了一双。”

原来是巧合啊，但也瞬间化解了他的不爽。

江恕心情瞬间“多云转晴”，墨镜下的耳根甚至都有点红。老天都在支持他勇敢追爱！

他走过去，用大拖鞋踩了沈拂的小拖鞋一脚。

沈拂：“……”

有病啊！

看见了全过程的弹幕观众：啊啊啊啊啊！

Chapter 08

第7章．念念不忘

第8章．双向暗恋

第9章．笨拙试探

第10章．漫长爱意

FEI XIARI XIAN·DING Finale 限时心动 [非夏日]限定 FeixiaRixianDing

沈拂主动找工作人员要的拖鞋啊，她还装是巧合，怎么办？我感觉她其实是对江总有点好感的吧。

那她和顾之岛也聊得很开心啊。而且“黑暗三分钟”那个小游戏时，江总坐她身上，被她一把推开了，可顾之岛现在还没被她拒绝过，这一点就甩其他男嘉宾一大截了。

啊啊啊，到底是什么情况？

粉丝只觉得现在扑朔迷离。

唯一可以确定的是，现在褚为竞争力最低。

褚为粉丝快气死了。几个男人竞争，单单说他们哥哥竞争力差，不就是说他们哥哥没有雄性魅力吗？

事情怎么会变成现在这个样子？

早知道节目刚开播的时候他们就疯狂给两人凑对，说不定现在褚为和沈拂就成了！

可能性低又怎么样？我们好歹上了新闻头条，是本人“盖章”谈过的，一群假CP在那里嗑来嗑去的。祝你们嗑的全是演的！

褚为粉丝在弹幕里无能狂怒[①]。

这边，褚为帮顾之岛拖着行李箱，带他走到了房间长廊那边。

“哥，从客厅那边过来，就是我们八个人的房间。男嘉宾在这边，女嘉宾在那边。”

---

① 网络用语，指某人没有一点能力，又不知道自省，一旦遇到暂时无法处理的问题就开始暴怒，又想不到处理方法。

反正顾之岛不是竞争者，多帮帮新来的嘉宾融入，也能在观众面前刷刷好感。

被褚为遗忘很久的事业心终于又被他眷顾了一下。

顾之岛问："这是谁养的鱼？"

褚为也热情解答："沈拂经常会喂，其他时间都是节目组在照顾。对了，我们还有条柯基，叫小演。"

温铮寒："小闹。"

他冷淡地强调道。

"噗。"褚为继续道，"它在外面草坪上，也是节目组在喂，你可以去和它玩。"

顾之岛点点头："好的。"

向凌云抱着手臂，皱眉道："但是这层楼只有八个房间，全都住满了，那新来的要住哪儿？"

顾之岛也大致看了一眼八个房间，发现男嘉宾中，褚为的房间离沈拂的最近。

摄制组工作人员道："四楼还有空的卧室，顾老师可以去四楼住，或者看哪位男嘉宾愿意和老师挤一挤，分享半个房间出来。"

江恕甚至没过来参与这个为新人介绍的环节。

向凌云自然是不肯和别人一个房间的。

温铮寒……他就算愿意，节目组也不敢这么对他要求。

褚为适时笑着开口："要不然和我一个房间吧？反正房间很大。四楼太冷清了，距离大家太远了。"

说不定新来的还可以给他出谋划策，艺术家不都有很多灵感吗？

顾之岛含笑道："褚为，那就麻烦你了。"

弹幕观众笑得停不下来：哈哈哈，救命，褚为你在想什么，你在引狼入室啊！

褚为粉丝心如死灰：笑什么啊，我们哥哥只是单纯了点。

分完房间，顾之岛把行李拖进了褚为房间。

片刻后节目组送过去了一张床，褚为还留在房间里，帮顾之岛收拾了一番。

房间里的摄像头基本上都被嘉宾摘掉了。

顾之岛看着褚为摆在桌上的平板电脑，道：“你这是在播放什么？”

在综艺上，不能用联网的私人手机或是平板电脑，但来之前褚为已经下载了好几个视频留在平板电脑里，晚上睡不着时会戴上耳机看看。

“B站上的一些博主剪辑的我和沈拂的视频啦。”褚为碰了一下屏幕，拿给顾之岛看，语气还有些忧伤，“我都没想到素材居然还挺多的，都有几千个视频了，最高的那个视频有十几万点击量。我看了心情就蛮复杂的，心里很酸，唉，但又忍不住看。”

顾之岛：“……”他现在心情也蛮复杂的。

根据时间来看，沈拂和褚为分手不到一个月就遇见了他。

如果告诉褚为，沈拂可能根本对他不是真心的，不然也不会那么快喜欢上自己，褚为岂不是得从楼上跳下去？

出于人道主义，顾之岛还是默默闭嘴了。

收拾了东西，顾之岛出去。

顾清霜坐在沙发上，对他撒娇：“哥，给我倒杯橙汁。”

弹幕观众也注意到了：这对堂兄妹关系不错欸。

顾清霜在家里年纪最小，是最受宠的吧。

顾之岛看了她一眼，懒洋洋地走过去打开冰箱，拿出大瓶橙汁，给她倒了一杯。

顾清霜心满意足地喝上了橙汁。

然后就见顾之岛又给另外三个女嘉宾各倒了一杯。

顾清霜：“……”

沈拂看了看其他人，发现其他女嘉宾都有，自己不接反而显得特立独行。她便道了声谢，随手接了。

然后顾之岛的那种复杂难辨的眼神又出现了。

沈拂：“……”

沈拂冷静地放下橙汁，快步回房间睡觉。

顾清霜看见了这一幕忍不住了，趁着顾之岛转到鱼缸那边时，将他拉进了自己房间。

“干什么啊哥，你忘了你来节目是做什么吗？”

顾之岛在她床旁边的单人沙发上坐下，随手翻了翻杂志：“知道啊。”

顾清霜简直气死了：“那你还给沈拂倒橙汁？

“不仅是沈拂，其他人也不许倒。”

本来她在综艺上就没什么高光时刻，请来的亲戚居然还不帮着自己。

顾之岛抬头道：“其他女嘉宾都在客厅，我就给你倒，其他人不是很尴尬吗？不过一杯橙汁罢了。”

顾清霜：“你知不知道什么叫恋综？就是一个‘自己有面子别人就尴尬，别人有面子自己就尴尬’的地方！我让你来是指望你给沈拂冷脸的，你倒好。”

顾之岛沉默了下，道：“我有没有和你说过那个被顾家赶走的小明星前女友？”

顾清霜忽然有种不好的预感：“你别告诉我——”

“对，是沈拂。”顾之岛叹了口气，“你伯母给了她一笔钱，羞辱她，让她离开我，她却没收那笔钱。”

顾清霜愣住了：“钱都没收？她不是见钱眼开吗？而且之前没红的时候她应该很缺钱吧？”

顾清霜诧异：“那她对你有点真心啊！”

“可不是嘛，这么多年唯一一个连钱都不要的。”顾之岛无奈道，“这件事要说起来，还是我对不起她。”

刚才沈拂眼睛都不眨地从他这里拿走了钱。

但对于顾之岛而言，此时的钱和当年的不是一个概念。

她当年那么困难都不要钱，现在身价已经暴涨了，又怎么会在乎这点钱？

顾清霜听他这么一说，笃定道：“她还在恨你。哥，我很了解女孩子心理，要是她半点不在乎了，现在不会对你有恨。你还有戏。”

虽然心里有点不悦关系亲近的堂哥被沈拂夺走，而且如果他们以后真的成了，自己说不定还要和沈拂成为亲戚。

但是这样一来，自己和江恕的事情说不定就有转机了。

顾清霜忽然改变了主意："你赶紧把人追回来，我帮你。"

晚餐的时候，加上顾之岛，一共九个嘉宾，终于集合了。

节目组宣布了第五期的规则："恋爱不只是两个人的事，让长辈满意也很重要。明天我们会邀请各位的长辈，参加为期一天的'家人见面'环节。在这之前，今晚我们还是先玩一个小游戏，来欢迎新嘉宾的加入。"

因为嘉宾变成了九个人，餐桌不得不延长。

节目组在许迢迢和褚为那边加了一张等高的桌子，但晚饭结束后，顾清霜和顾之岛兄妹两个却把桌子搬到了沈拂这边。顾之岛如愿以偿地坐在了沈拂旁边。

餐桌前的人都莫名其妙地看着两人。

他们在干什么？

江恕好不容易"多云转晴"的脸又黑了。

褚为也满头问号地看了顾之岛一眼，可碍于节目组还在宣布规则，不能直接问。

"游戏规则是判断空气锤什么时候落下。

"我们会选两个女嘉宾来PK，还是赢的人会获得一积分。每位参赛女嘉宾抓阄选择两位男嘉宾来帮助自己，站在自己后面提醒自己空气锤什么时候落下。

"如果女嘉宾被空气锤砸到，男嘉宾会受到惩罚哦，一盆冷水直接会从上面不留情面地倒下来。至于哪位男嘉宾受惩罚，由女嘉宾来选。"

光听规则弹幕观众就激动了：那岂不是有机会能看到男嘉宾湿身？

沈拂率先被抽中。

紧接着她将手伸进盒子里抽两位男嘉宾。

导演瞥了眼江恕，将盒子递到沈拂面前时，刻意晃了下。

很快，宣布沈拂抽中的是江恕和顾之岛。

顾之岛微微一笑，将西装外套脱了。他现在只穿一件衬衣，待会儿受惩罚时，沈拂总不至于选他被淋吧。

顾老师不愧是艺术家，很敢玩哦。

江恕则看了一眼露台上被吊起来的一个个放了冰块的透明水桶，默默加了件黑色外套。

要不要这么守男德，被我们看看怎么了？

沈拂抽完了，和两个男嘉宾去露台游戏场地站着了。

“接下来有哪位女嘉宾想尝试吗？”节目组问。

左玫用余光看了顾清霜一眼。

这个环节，沈拂的队伍里既然有顾之岛，那沈拂就无法赢吧。

不是说好了顾之岛会帮助她们吗？她必须多一点高光时刻，洗掉上次捉迷藏那一期的游戏黑洞[1]的污名。

这样想着，左玫含笑站起来：“好久没参加游戏了，我来吧。”

顾清霜心虚地摸了摸鼻尖。

左玫抓阄选中了向凌云和温铮寒进入她的队伍。

褚为：“……”

怎么连抓阄这种随机的事情都是他被剩下来？

然而万万没想到，接下来左玫连输七次。左玫选择七次集中惩罚。

锤子砸下来的时候，沈拂那边仿佛能感应到一样，动作快到令人不敢置信。

江恕倒是提醒得都很准。

明明有两次，在节目组的嘈杂干扰下，站在这边的左玫都听不清到底该不该躲，沈拂却以迅雷不及掩耳之势躲掉了。

江恕有点得意，这点默契在年少时期和王轩衡他们一块儿钓鱼时还是培养出来了的。

“那么，请左玫老师选择被惩罚的男嘉宾。”

左玫脸色尴尬，转过头去看着向凌云和温铮寒：“对不住了。”

反正温铮寒也一而再，再而三地让她没面子，那就两个一起浇好了。

“随机吧，一人四次，另一人三次。”

向凌云：“……”

---

① 网络用语，指的是玩游戏时玩得不好，老是输的人。

温铮寒："……"

向凌云被连浇四次，温铮寒则被浇了三次，两人冷着脸抹了下脸上的水。

弹幕里两家粉丝都在生气：左玫怎么回事？不会玩游戏就不要玩。

"温左"CP粉哭成一片，彻底死心。

左玫粉丝则迅速回撑：还是男人吗？被浇点水就叽叽歪歪的。

连输七次，节目组都有点替左玫不好意思。

摄制组工作人员过来小声对策划道："导演不在，要不然您决定一下，接下来要让沈拂输三次吗？不然观众可能要怀疑我们节目组有黑幕，得给玫姐留点面子。"

策划斟酌了下，道："行。"

第八回合，空气锤砸偏了一点，沈拂果然被砸到了。

左玫松了口气。她也不是总输嘛，之前完全是手气不好。

"那么，请沈拂老师选择被惩罚的男嘉宾。"

沈拂回头朝顾之岛和江恕看了一眼，看得弹幕观众莫名紧张。

她会选谁啊？这么一大桶冰水从头上浇下来可不是好玩的。

会不会选江恕？毕竟和江恕上了半个月的综艺，比较熟，而且江恕在追她，不会生气，但顾之岛是新来的，她还……

弹幕观众还没分析完，沈拂指了指顾之岛，毫不犹豫道："浇他。"

弹幕观众：……

沈拂话音刚落，一盆冰水就猛然劈头盖脸地浇在了顾之岛身上。

他的衬衣整个湿成一片，本来没刘海，现在都变出了盖头刘海。

他一脸不可置信地抬手将头发掀起来。

还没缓两秒呢，沈拂又输了。

这一次不可能再选顾之岛了吧，一人一次不让人太尴尬。

"选顾之岛。"

弹幕观众：……

头顶透明桶一翻，又一盆冰水朝顾之岛劈头盖脸地浇下来。

顾清霜都站了起来。

顾之岛闭了闭眼，试图冷静地抹掉脸上的水。

“第十回合，还是沈拂老师输。”工作人员抱歉地看着沈拂。

沈拂都忍不住皱眉了。怎么回事？她明明感觉躲开了，除非空气锤根本没按照工作人员发出的提醒来移动。

不过好在赢七次、输三次，积分也拿到了。

现在就剩下选谁的问题。

她回头看了一眼后面的两个人。

顾之岛浑身湿透了，简直狼狈得像落汤鸡。

江恕若无其事地站在一边，但是被她一看，心里也咯噔了一下。

已经浇顾之岛两次了，第三次怎么也该浇他了吧。

这样想着，江恕朝后捋了捋漆黑短发，做好被浇的准备。

弹幕观众也是这么想的：左玫都一人各浇几次呢，沈拂总不会偏袒得那么明……

话没说完，沈拂：“还是顾之岛老师吧，对不住了。”

最后一盆冰水浇下来。

顾之岛：“……”

弹幕观众：啊啊啊啊啊！

江恕没忍住，转过身对着后面的墙。

可恶，他的脸要红了。

江恕、沈拂的CP粉宛如过年：啊啊啊，沈拂对江恕是偏心的吧！有点意思吧这是！

就算被人诟病也要护着你！沈妹牛！

另一群人却持相反意见：先别急着下定论，怎么反而感觉沈拂和顾之岛之间才是有点猫腻的啊？左对温的“箭头”很明显，但也顾全大局，让两个男嘉宾平摊惩罚。沈拂之前那么明哲保身，让人挑不出错，怎么这次做得这么明显？

她是不是和顾之岛有什么过节？有大神知道八卦吗？

有个叫“没有谁比我更会嗑”的论坛大佬分析：两人一个影视行业，另一个音乐行业，哪儿来的什么仇？也有可能是有好感啊。学生时代咱们对谁有好感，可不就经常引起对方注意吗？大家没发现顾之岛加入节目后，沈拂已经提及他好几次了吗？

这么一说，弹幕观众发现还真是，沈拂之前都断情绝爱，绕着男嘉宾们走。

但第五个男嘉宾一上场，短短这么一下午，她和他同框的时间居然比除江恕外的其他三个男嘉宾一整期的加起来都多。

江恕、沈拂的CP粉本来正兴奋，忙着给超话换“太阳拖鞋”的头像，就差没喊出“我们才是真的”了，见“没有谁比我更会嗑”论坛大佬这么一分析，虽然并不认同他的话，但心底都犹如被泼了一盆冷水，多少有点失落。

工作人员赶紧抱着浴巾，去给被淋湿的三位男嘉宾擦拭。

褚为站在玻璃门后看着大家忙活。

刚才他还在为这个环节又是自己被剩下而尴尬，现在见这三人狼狈不堪，忽然庆幸自己没有参加。

要是参加了，去沈拂的阵营，沈拂要浇他；去左玫的阵营，左玫指不定也要浇他。

顾之岛无奈地看了沈拂一眼，接过工作人员递来的浴巾，一条披在身上，又拿了一条，走到遮阳棚角落去擦拭头发。

难怪都说不要惹女人。

女人的因爱生恨有多可怕，他现在算是见到了。

温铮寒也正坐在那里用毛巾擦脸上的水。他没想到左玫会毫不犹豫地让工作人员浇自己，水泼下来时他的眼睛都没闭。

因此，虽然他只挨了三桶水，却比早有准备而躲开了一些的向凌云更惨。

顾之岛走过去时，温铮寒抬起头。

两个落汤鸡对视一眼。

顾之岛觉得自己和他同病相怜。温铮寒觉得自己和他一个天上一个地下——这新来的被沈拂讨厌得这么厉害，看来目前是食物链底端。

由于男嘉宾湿身的场面太过刺激，摄制组没有多拍淋湿的几个人，移开了镜头。

顾清霜也是目瞪口呆，反应了好一会儿后，才匆匆抓着毛巾过去帮顾之岛擦身上的水。

“沈拂是真的恨你啊。”她小声道。

之前综艺上，就算褚为对沈拂穷追不舍，沈拂都没这么狠。

顾之岛擦着头发的手一顿，看了一眼远处看都不看他一眼的沈拂，惨淡一笑。

褚为也拿了吹风机，过来给顾之岛送温暖：“顾哥，要是擦不干，还是回房间换身衣服吧。”

他原本还有点担心新嘉宾导致局势改变呢，现在看沈拂这么对顾之岛，他就放心了。

看来头号敌人还是江恕。

虽然摄像机没有正对着湿身的几个男嘉宾，但褚为拿着吹风机朝着顾之岛的方向走过去，弹幕观众还是能辨别的。

唉，褚为弟弟，你可长点心吧。

笑吐了，每次被褚为叫过“哥”的人，最后都会变成他的对手，防不胜防。

小游戏环节结束后，导演匆匆赶回来。

一见到策划和摄制组他就气急败坏：“我出去打个电话，你们就给我整幺蛾子？！”

提前塞第五个男嘉宾进来这事也没经过他同意。

导演试图冷静下来，问：“刚才淋的是谁？”

“三次都是顾之岛老师。”一个工作人员尴尬地道。

导演是不是也觉得太尴尬了？

导演一喜：“哦，那没事了。”

摄制组工作人员：“……”

转急为安。导演继续打他的电话去了。

男嘉宾见擦不干，都回房间换衣服去了。

一团混乱中，左玫脸色不大好，将顾清霜拉到自己房间。

刚上综艺的时候大家都在意面子，不会轻易到房间私聊，怕被观众发现端倪，但现在面子早已飞了个七七八八，哪儿还能顾及那么多。

“你不是说你哥哥会帮我们吗？”

刚才顾之岛在沈拂队伍里，分明没起到任何干扰作用。

顾清霜无比心虚，看着自己的脚尖：“刚才大家都在，直播镜头就差没摔到我们身上了，他总不可能当着那么多人的面故意干扰沈拂，让沈拂输吧？观众最讨厌猪队友，到时候我哥被骂惨了，谁负责？玫姐你负责？”

左玫现在只恨自己错信了顾清霜。

以她公司和策划组组长的交情，早知道安排另一个更靠谱的男嘉宾进来了。

但现在后悔也晚了，她总不可能连顾清霜这个唯一的盟友都丢掉。

左玫在床上坐下，试图让自己冷静下来。

一个小游戏而已，又输给了沈拂也没什么。

仔细回忆了刚才那个环节，她忽然觉得哪里不太对：“但是沈拂是不是看出了你哥哥是我们请来针对她的？不然为什么她三次浇水都往你哥哥身上浇？”

顾清霜：“……”

“之前还以为沈拂真的不争不抢，看来她心眼多着呢，居然连消带打，还没等我们出手，就先反客为主，开始针对你哥哥了，真是个难缠的对手。”

顾清霜：“……”

姐，猜得很好，但不要再猜了。

男嘉宾回房间换衣服的换衣服，女嘉宾进房间私聊的私聊。许迢迢换上运动服出去直播夜间遛柯基。客厅只剩下了江恕和沈拂两个人。

节目组送来了夜宵。

江恕坐在吧台前拨弄玻璃杯，悄悄用余光看了一眼坐在吧台另一侧高脚凳上正打开外卖盒的沈拂，虽然脸上竭力装作若无其事、风轻云淡，但还是克制不住地翘了翘唇角。

沈拂没有淋他。

沈拂没有淋他！

和其他几位前男友比如何，他还不知道，但至少比起顾之岛，他已经赢了一大截。

“看什么？”沈拂瞥了他一眼。

江恕收回视线：“随便看看。”

沈拂：“随便看看还一直往我这边扭头？”

江恕恼羞成怒：“活动脖子筋骨，懂？”

江总你这样真的会没老婆，懂？

冷场了会儿。

“要不要出去骑自行车？”江恕瞥见电视上一男一女骑自行车环岛的绿色结婚广告，忽然冷不丁地问。

“大半夜的，马上就要上床睡觉了，还出去骑自行车？”

沈拂懒得理他，继续吃夜宵。

又冷场了会儿。

江恕真正想问的不是这个，可越是真正想问的，越是问不出来。

因为难以启齿。

他如坐针毡地在位子上坐了会儿。

就在观众以为两人要变成“图片”时，他忽然起身，戴上墨镜，自言自语了一句“这个凳子怎么有点不稳”后，猛然起身，朝右挪了两个位子，冷酷如风地坐到了和沈拂只隔了一个位子的座位上。

哈哈哈，救命，哪里不稳了？！

沈拂又看了他一眼：“？”

江恕冷酷地直视前方，看也不看沈拂，装作只是随口一问：“刚才怎么不浇我？”

总算问出来了。

他都做好了被冷水浇的准备，结果一桶冷水都没浇下来。这感觉就像是本以为自己一个人一直走夜路，忽然，想见之人扔了一盏想要已久的灯给自己。

沈拂的筷子顿了顿。

还能为什么？

十个人和他分别站在悬崖两端，她会选他。

相反地，沈拂也没有怀疑过这个环节换江恕来，江恕会浇自己。

抛开以前暗恋不暗恋的那点陈年尴尬事，他们既是朋友，也是曾经的家人。

但现在他问这话又是什么意思？

他明明五年前就知道她的心意了，现在搁这儿给她装不懂？

沈拂真是越来越搞不懂江恕的心思了。

五年前，他吃火锅把海鲜摆在她面前，无论去哪儿都带着她，发现她在学校被人欺负了立刻暴怒地教训回去——他总干些让人误会的事。

要不是他总给人一些错误的信号，她醉酒那天至于胆子大到理智全无地强吻他？

他当年是这样，现在又是这样，甚至比当年更甚。

恨不得将她圈起来。

不知道的人，站在上帝视角，可能还会以为他喜欢她。

但如果真的有亲情之外的感情，自己离开江家那天，他为什么不挽留一下？

沈拂像是泥浆里的一叶扁舟，被江恕的强势搅成的一团漩涡卷入，只觉得脑子里乱得很。

她想知道答案，但又不敢知道。

系统那边有爱情好感度测量机器。先前判定几个任务对象对她的好感度是否达标，都是用这个来测量的，达到一百就算任务成功。

昨天回到公司，看见网上疯狂转发四个男嘉宾和她的剪辑视频时，系统问过沈拂要不要对江恕测一下。

但沈拂处于纠结当中。如果真的用了，就相当于真的把他当成第四个攻略目标了。

这几年沈拂总在别人面前演戏，无论是剧本里，还是现实中。

她也希望自己能收获一段完全与攻略无关的纯粹感情。

她又没做错过什么。为什么从十五岁到现在，就非得抓着她，让她倒霉？

何况，这些天她总想起十五岁初见时那天，她在桥上哭，眼前这个人开他家车子绕了一圈，最后停在她面前。

他问她是不是走丢了，要不要送她去目的地。

少年的眼神锐气、傲慢、意气风发，却干净。

她也不想对江恕用这种冷漠的测量感情的机器。

见沈拂长久地沉默，江恕不免紧张起来。

这下顾不上面子，他忍不住转过头去直勾勾地盯着她，视线落在她垂着的眼睫上，那里因为灯光而产生了一点阴影。

他心脏扑通扑通地跳，也许别人不知晓，但他自个儿知道，他的耳膜都快被震破了。

然后就听沈拂开口："还能为什么？你太虚了。"

江恕："……"

沈拂卷起面条，咬断，慢条斯理地吃完，才道："你就当我好心，怕你感冒。"

江恕："……"

说他虚？！是可忍孰不可忍。

江恕毛都奓了，黑着一张俊脸猛然站起来，摘掉墨镜往桌子上一拍。

沈拂："？"

干什么，想打架？

下一秒江恕委屈地趴下去怒做俯卧撑。

"虚吗？"江恕飞快地以最标准的姿势做俯卧撑，抬头对沈拂怒道，"你管这叫虚？三个你家顾之岛老师都没我能打！"

沈拂："……"

什么叫她家顾之岛老师？

沈拂一头黑线，用拖鞋的脚尖踹了踹他："你快起来，直播还在呢。"

弹幕观众：啊啊啊，不用在意我们，我们可以装死。

"不起。"江恕边做边说，越想越气。她选择浇顾之岛居然是这个原因？

不行。要不还是打一架吧？

他从地毯上爬起来，愤怒地洗了下手，脱掉外套就朝房间那边走去。

“……”沈拂赶紧叫住他，“江恕，不是说想出去夜骑吗？走吧。去骑自行车。”

“现在？”

沈拂：“就现在。”

江恕猛地冷静下来，甚至还有点害羞。

“哦……那好吧。”他红着脸，一副不情不愿的样子。

别墅门外就有共享单车，两人一人选了一辆，见沈拂选了辆白色的，江恕瞄了她一眼，紧跟着选了一辆黑色的。

黑白配？救命，江总你的心思实在是太明显了。

因为还没到直播结束的时间，摄制组赶紧安排人跟着。

江恕骑在沈拂后面，衬衣被夜风吹得鼓起来，因为身材高大，腿太长，普通的单车被他骑起来像玩具。

他平日里总戴着墨镜，遮住了挺直的鼻梁和漂亮深邃的眼睛，还总穿黑色，让人觉得冷漠矜贵。此时他穿了件白色衬衣，额发微湿，方才游戏环节被溅到的水还未干，被夜风吹拂，露出英挺的额头，多了几分少年气。

沈拂没忍住回头看了他一眼。

可恶，怎么又看他？

沈拂最近是不是有点变化？看他的次数比之前加起来都多。

明明他身上也没什么变化，数十年如一日地帅。

江恕也不知道是不是自己的错觉，反正他的心跳又擅自加快了。他虽然没戴墨镜，但大着胆子加了点速，直到与沈拂并肩才缓缓降低速度。

“你以前骑自行车都不稳，现在能骑得这么好了。”江恕忽然道，听不出来是什么语气。

夜色中，沈拂偏头看了他一眼，瞧不出他的神色。

沈拂道：“之前在剧组学会的。拍戏时在旁边的宾馆睡，宾馆距离大路有一段保姆车开不进去的路，我和助理会下车，骑单车过去。”

“不是认床吗？为什么不回家睡？”

话题跳跃得太快，沈拂一下子没反应过来，道：“回家的话，太远了，太麻烦司机了。”

怪不得他总等到半夜却不见她回来。

江恕语气有几分委屈：“也没有很远，才十三公里，夜间走三环开快点十五分钟就过去了。我可以……”

话没说完，沈拂愣了一下。

弹幕观众也愣了一下。

见沈拂愣住，江恕自己也愣住了。

他暴露了什么？

沈拂刹住了自行车，定定地看着他：“等一下，你怎么知道我家离常拍戏的剧组才十几公里？”

江恕宛如被当场抓包，紧张到大脑嗡嗡响。

他一个没留神，连人带自行车摔进草丛里。因为身形修长，将草丛摔出一个人形大坑。

沈拂：“……”

啊啊啊啊啊。

摄制组只感觉又要上头条，赶紧把跟拍的镜头关了。

论坛里已经炸了。

不是小说文案通常描述的那种炸，而是激动难耐、奔走相告的炸。

“所以我现在有没有理解错江总在话里不小心暴露出来的信息？第一，他知道沈拂的家；第二，他知道沈拂经常拍戏的地方；第三，他戛然而止的话是不是‘我可以去接你’？”

“啊啊啊啊，楼上你和我理解的一模一样。”

“他如果是上节目后才喜欢上沈拂的，又怎么会对沈拂之前的事情了解得这么清楚？”

“现在问题来了，他到底喜欢沈拂多久了？？”

千言万语汇成一句话：“这对‘臭情侣’之间以前到底发生了什么？”

论坛里一片“啊啊啊”，江恕、沈拂的 CP 超话也整个化成尖叫鸡聚集所。

“大家的关注点都在江总说的话上了，没人意识到沈拂态度也比较含糊、特别吗？江总说去骑车，她就答应了。谁还记得褚为刚上节目被四连拒？哈哈哈哈哈，‘女儿’也很给力啊！”

“嗑死我了！嗑死我了！”

江恕、沈拂的CP粉欢天喜地，其他几家就觉得没面子了。

几个男人争，他们家哥哥却输了，不就说明他不够强吗？

上节目时大家几个男嘉宾都在同一起跑线，江恕到底是什么时候抢跑十万里的？

就算过去有不为人知的故事在，刚上节目时沈拂也没表现出对江恕特别在意啊？

几家粉丝看了论坛的号叫感到不爽，还要去偷看江恕、沈拂的CP粉超话，看完更加怨气十足，心里暗骂：现在越笑，将来be的话哭得越惨。

他们骂完了，还要去弹幕阴阳怪气：某家这就叫上“臭情侣”啦？迄今为止还都是你们江恕在追，女方的心意根本没表明吧？

就是，谁家还没点过去的不为人知的故事了？

褚为粉丝抱着B站的那些视频看，越看越觉得真实，不仅默默流泪，还暗自多了一群CP粉。

最终选择之夜还没到，别高兴得太早，走着瞧。

外面骑自行车的跟拍摄像机关了，别墅里的可还没关。

这边的众人完全不知道两个人出去夜骑单车了。

顾之岛洗完澡换完衣服出来，就见客厅空荡荡的：“人呢？”

摄制组也是一拨人负责一拨嘉宾。江恕和沈拂出去得突然，急匆匆地跟出去的是负责拍他们两个的几位摄像大哥，没给其他工作人员留下话，因此其他工作人员也都不知道他们去哪里了。

摄制组工作人员摇摇头。

顾清霜和左玫这时候从房间里出来。

等左玫朝餐厅那边走过去后，顾清霜走到男嘉宾房间那边，拍了一下顾之岛的背：“哥，你没事吧？”

“能有什么事？”顾之岛双手插在裤兜里，比较轻松的样子。

顾清霜低声道：“既然你真的想把人追回来，我就奉劝你一句——必须争分夺秒，趁着其他几个男嘉宾对你还没防范。”

这栋别墅里的竞争可激烈了，顾之岛来之前还只是看了一些视频，但真实的“大战”可比镜头里的激烈多了。

就顾清霜所知，在山庄拍摄画报那晚应该也发生了点什么，否则向凌云的房间不会一直传来“砰砰砰”的声音。

“防范？什么防范？”刚好从房间里跟着顾之岛出来的褚为听见了这一句。

“没什么。”顾清霜迅速把顾之岛拉走了。

现在应该兄妹一条心。他攻略他的沈拂，她趁机攻略江恕。

她现在就是顾之岛和沈拂的 CP 唯粉。

当年她毅然转身离开，多年后重逢，她恨意森然，连浇他三桶冰水，这放在哪儿都是一个震撼人心的故事。

褚为靠边站吧。

褚为站在原地摸了摸脑袋，一头雾水。

说起来，他还没问过顾之岛为什么会上综艺，难道他也是为谁来这档综艺的？

刚才顾之岛好像在找谁。

褚为环视一圈，发现许迢迢不在。

难道这两人有点关系？许迢迢以前参加过音乐节。

这样想着，褚为决定助攻一把。

他走到玄关边上，蹲下来，把许迢迢的拖鞋和顾之岛的皮鞋摆到了一起，这样许迢迢回来时，就会下意识注意到顾之岛。

弹幕观众：褚为哥哥，有时候真的不是月老不给机会，真的。

摆完许迢迢和顾之岛的鞋子，褚为正打算要走，忽然又瞥见沈拂和江恕的拖鞋摆在一起。

这两人的拖鞋不知道是巧合还是意外，居然穿着穿着变成了情侣款。

褚为看着心生不爽，一脚将两双摆在一起的拖鞋踢开。

一双踢到东边，另一双踢到西边。

弹幕观众快要笑死了：褚为彻底放飞自我。

顾之岛去温泉酒窖，以及四楼转了一圈，都没找到沈拂。

温铮寒和向凌云换完衣服出来，见他刚从楼上下来，像是在找人，也都下意识地以为他在找许迢迢。毕竟之前褚为斩钉截铁地说过新来的男嘉宾对沈拂没兴趣，而且今天空气锤环节顾之岛被沈拂淋成那样，还能有好感？

向凌云在沙发上坐下来看球赛，不太爽一直有人走动，皱眉道：“别找了，出去遛狗了。”

顾之岛看了向凌云一眼，意识到他对自己的态度不太好。

难道刚才空气锤环节他看出自己和沈拂有点什么了？

虽然他来之前确认过江恕是最大的劲敌，但这几位同样也是沈拂的追求者。其中，比起已经是过去式的褚为和吃闭门羹次数不算少的温铮寒，向凌云算最有竞争力的一位。

顾之岛不得不防。

他不动声色地在沙发上坐下来，道：“之前向兄为什么会选她？”

顾之岛指的是画报拍摄之前向凌云敲沈拂的门的事。

追许迢迢就去追，怎么把自己当成情敌了？

不过也是，男嘉宾中就自己前期和许迢迢互动最多，难免会让他在意。不过其实大部分时候都是巧合，比如选礼物那次。

向凌云耐着性子道：“都是意外。”

都直接去敲门了，目的性那么强，还是意外？

顾之岛看向凌云的眼神不由得多了几分深意——他这是在防自己，还是他本身就是个死要面子活受罪的人？

“看什么看？”向凌云的脾气都快被这综艺给磨没了。

顾之岛朝摄制组那边抬了下下巴，道：“我是最后一个加入的，所以节目组让我挑一件礼物，送给其中一位女嘉宾，算是填补没参加那次选择礼物的遗憾。”

所以他是来问自己应该送许迢迢什么的？

毕竟镜头还在，向凌云放下遥控器，瞟了顾之岛一眼，还是帮忙出主意：“送餐垫吧，我看她好像很喜欢收集花花绿绿的餐垫。”

还真的这么大方地给自己出主意?

虽然顾之岛并不打算用向凌云的方案，但还是颇感意外。

难道这位已经放弃追沈拂了？

倒也好，少一位竞争者，自己会轻松许多。

顾之岛微微一笑，站起来，伸出手去与向凌云握手。

向凌云一头雾水地和顾之岛握了一下手，就听顾之岛道：“不过我打算送眼罩。”

向凌云：“……”

他现在真是想摔遥控器了。

既然根本不会参考他的意见，那问他干什么啊？！

弹幕观众：他们刚才有在一个频道上过吗？

顾之岛走到餐桌那边去，用节目组提供的礼物包装纸，将自己带来的那个深蓝色盒子包起来，最后再放进节目组提供的礼品袋子里。

他选择在外面干这个，就是为了宣示主权，但温铮寒、向凌云、褚为三个人都对他的行为不太感兴趣，只看了一眼就移开了视线。

褚为端着一杯咖啡经过，甚至还走过去帮他搭了把手：“从这边穿过来，就可以打成结，挂在她房门把手上，待会儿她一回来就可以看见啦。”

“谢谢。”顾之岛礼貌地笑笑。

褚为喝了口咖啡：“不用谢啦，哥。”

刚说完，顾之岛就起身朝女嘉宾的房间那边走去。

“他倒是很积极啊，对许……”

向凌云话还没说完，就见顾之岛停在了沈拂的房门口。

“……”

他还按照褚为提供的方法，将礼品袋挂在了沈拂房门的把手上。

向凌云：“……”

褚为：“……”

远处正泡茶的温铮寒：“……”

弹幕观众快笑疯了：哈哈哈哈哈哈哈哈哈哈哈哈！

褚为粉丝看见褚为碎裂的表情，气得火冒三丈：姓顾的，故意的吧？！

草丛里，摄像大哥赶紧把摄像机递给身后的工作人员，跑过去将江恕扶起。不过江恕已经自个儿爬起来了。

他拍了拍膝盖上的草，原本冷白的脖颈现在一直红到了锁骨，他只觉得这辈子的脸都在沈拂面前丢光了。

可恶啊，男人的尊严。幸好在黑暗中看不太清他的脸。

“这有什么不能知道的？”江恕理直气壮地把头顶的草摘下来，扔在地上，振振有词，“我就是知道了，怎么了？”

沈拂狐疑地看了他一眼，总觉得哪里不太对劲。不过他既然连自己三年谈了四个男朋友都查得出来，家庭住址这种小事估计也是随便就能查到的。

“算了，回去吧。”沈拂道，“傻狗。”

说完，沈拂推着自行车掉了个头。

江恕简直不敢相信自己的耳朵，她不关心他摔得怎么样就算了，居然还骂他。他推着自行车大步流星地追了上去：“怎么突然骂人？刚才真的不是平地摔，是因为有块砖卡在那里。”

两人一前一后，他高大的身子在地上落下的影子将她的影子完全遮住。

沈拂敷衍道：“行吧，你非要这么解释我也没办法。”

江恕：“……”

跟在后面的一群摄像大哥虽然没开直播，但也偷偷把两人的互动录了下来，一边跟在后面一边傻笑。

多骂会儿多骂会儿，“臭情侣”。

回来的时候江恕在玄关那里到处找自己的拖鞋，找了半天才从鞋柜缝隙里找到，等换上拖鞋进去时，一张俊脸都黑了。

出来之前他明明记得和沈拂的拖鞋摆在一块儿，一定是哪个傻子故意把他的拖鞋踢飞了。

因为找拖鞋这个插曲，两人不是同时进门的。其他嘉宾也就不知道两人是一块儿出去的。

“回来了？”顾清霜不知道为什么对沈拂亲热了很多，捧着冷饮走过来，“嫂……”

对上江恕冷冷的视线，她把“子”字咽了回去，对沈拂道：“刚才去遛狗了？”

向凌云说她去遛狗了。

沈拂疑惑地看了她一眼：“没啊。”

顾清霜一头雾水，而沈拂已经进客厅了。

沈拂一回别墅，就发现客厅的气氛又有点不对。

下午其他人和顾之岛还能和谐相处，此时气氛却已经完全僵了。

房间长廊那边的人正在僵持。褚为皮笑肉不笑地对节目组道：“我突然觉得两个人住很挤呢，呵呵，要不还是让第五个男嘉宾住楼上去吧？”

向凌云和温铮寒虽然对顾之岛心有不满，觉得刚才他在故意耍他们，但此时也不方便出来站队。不然到时候还得被观众说他们搞霸凌。

只有江恕无所畏惧，经过走廊时戴上墨镜，漂亮的眼睛在墨镜后朝顾之岛高冷一瞥，阴鸷地丢下一句：“我同意。”

他的拖鞋八成就是被顾之岛这小子踢的。

弹幕观众：哈哈哈哈哈哈，江总是不是记仇认错了人？

沈拂假装没看见房门把手上的礼品袋子，迅速打开门回房间。

顾之岛站在走廊上，一边迎敌，一边趁她进去的一瞬间挤了进去：“节目组说这是选择礼物环节的补充礼物，要求女嘉宾不能拒绝。”

沈拂：“……”

江恕：“……”

拳头硬了。

当着他的面，当他死了？

房门一关，外面发生了什么就与自己无关。

沈拂抱着被强行塞进怀里的礼品袋子，一阵尴尬，现在丢出去，更加尴尬。

她随手放在一边，拿出手机，打电话给梁晓春。当务之急是问问明天家人见面的事。

电话接通后，沈拂问：“你们和节目组报备的是谁？”

她以为来的人会是梁晓春。不过最近自己身上有很多广告代言，需要商谈的事情很多，梁晓春未必走得开，那应该就可能是公司的某位高层人员来。

电话那头，梁晓春看了一眼身边穿西装的人，问："如果是我或者公司的高层人员来，你会失落吗？"

这种"幼儿园放学，别人都有家长来接，只有自己没有"的感觉……

当然会了。

沈拂道："不会，放心吧，我听梁姐的安排。"

"行。"梁晓春道，"那你好好休息，明天见。"

挂了电话后，梁晓春对办公室里的人道："好的，我会把您家老爷子用的这个名字报给节目组。

"不过在各位长辈正式见面之前，有个相互认识的小环节，需要把各位的长辈拉进微信群……可以拉您家老爷子吗？会不会不方便？"

饶是在业内混了多年的梁晓春，和对面说话都不由得非常谨慎，生怕哪里说错了。

"可以。"对面通过话后，回复她，"让他们把这个微信拉进群。"

梁晓春低头一看，眼前一黑。

头像是一张沈拂在之前的古偶剧[①]里卖萌的花絮照，微信名是"老池"。

这说出去，谁相信这是赫赫有名的那位啊。

"老池"被拉进微信群。

群里已经有几个人了，都是等待明天参加见面环节的长辈，其中就有顾之岛母亲、褚为哥哥，以及左玫小姨。

在他进去之前，群里一直保持着一种冷冷的沉默氛围。他进去后，群里突然发生了一些微妙的变化。

褚为哥哥是一直追着直播的，知道褚为对沈拂的心意。在参加这个环节之前，褚为也对他说过，让他来就是让他尽量助攻的。

顶着沈拂头像的老头进来，作为群主的工作人员介绍说这是沈拂爷爷。

---

① 网络用语，指古装偶像剧。

褚为哥哥自然就迎了上去。

褚逸："你好。"他"@"了"老池"。

老池："你好。"

想着先在"亲家"面前抹黑一下江恕，褚逸发："为什么第四位男嘉宾江恕的长辈还没来啊……对了沈家爷爷，您看直播了吗？明天一定要避开这位男嘉宾，他脾气是真的差，未必会尊老爱幼。"

那边顶着沈拂头像的"老池"沉默了下。

老人嘛，打字慢，可能会发语音，褚逸也不介意，慢慢等着。

过了会儿，大家就见"老池"发了张表情包过来。

哟，还会发表情包？看来是个时髦的老年人。

褚逸点开一看，发现是"我送你一拐"的表情包。

"？"

褚逸有点尴尬，不过心想就江先生在节目上表现出来的那种霸道性格，别说老人了，但凡年纪大点的长辈都不会喜欢。如果沈拂爷爷看过直播或者转录的话，一定是清楚的。

而且自己这话又没有任何问题，他怎么可能是故意针对自己的？

八成是老年人根本弄不懂这种表情包的含义，以为所有表情包都是打招呼的意思，所以才发了这么一张。

于是褚逸在群里尬笑了两声："哈哈。"

他还配合老爷子，发了张较为老式的"莲花盛开，清风徐来"的表情包过去。

然后他打字道："爷爷真是紧跟潮流呢，等见面了我教您用表情包。"

"老池"又不紧不慢地发了张表情包过来。

褚逸点开一看。

是一张"教我？你表情包这么落伍还教我"的表情包。

褚逸："……"

群里已经进来了七个人。男嘉宾里除了江恕，其他四个人的长辈全都已经进来了。

温铮寒那边进来的是他姑姑，同样也是一位演员，不过是演舞台剧的。

向凌云的父母都在国外，虽然可以及时赶回来，但上次出了那么大岔子，他的经纪人可不敢在这个环节让他的父母来。

向凌云不像温铮寒那样拿过那么多奖——即便没有人气也能屹立不倒——也不像褚为那样能破罐子破摔，所以还是很在意脸面的。于是代表向凌云的是他公司的一位高层人员。

高层人员是最会审时度势的。现在网上风向都在猜几个男嘉宾谁最后会获得沈拂青睐。这就和抛彩球一样，自然是接到了彩球的人最有面子。

何况因为之前的投屏掉马事件，观众们都认定向凌云是沈拂的追求者之一了，公司的应对措施也是让向凌云大方承认。

高层人员这次来参加长辈见面会只有一个目的，就是帮向凌云赢得沈拂家里的好感。

搞定了沈拂爷爷，还怕搞不定沈拂吗？

沈拂爷爷估摸着是二十世纪五十年代的，对什么最感兴趣？那肯定是茶道之类的啊。

这高层人员立马把自个儿的头像换成了普洱茶。

他出来训斥褚为的哥哥："咱们几个嘉宾的长辈能聚在一起，也是缘分一场，怎么能当着大家的面随便诋毁其他男嘉宾呢？沈老爷子是正派的人，肯定不喜欢一进来就看你们钩心斗角的。褚为哥哥，快给爷爷道歉！"

顾家是音乐世家，顾之岛母亲是个有钱人家的富家千金，年轻时结婚就是强强结合，所以她看不起十八线小艺人，三年前才会干出甩给沈拂一笔钱让沈拂离开自己儿子的事情。

但今时不同往日了啊。现在沈拂还年轻，未来说不定能挤进一线行列。如果是一线女明星，那就能妥妥地配得上顾家了。

何况，顾之岛母亲也是看了节目的，沈拂什么都没干就被几个身家背景非常雄厚的男嘉宾争抢，尤其是江恕。

要是比过了江恕，岂不是显得自己儿子很有魅力？

顾之岛母亲现在有点后悔自己做过那样的事情，当时沈拂那么喜欢自己儿子，自己给她钱她都不要，可见一片真心。

不过眼下还有补救的机会。

沈拂不是还恨顾之岛吗？解铃还须系铃人，那就让自己上节目去见一见她，亲口许诺，让她嫁入自己家，这事不就成了吗？

既然是未来的亲家，就得处理好关系，还得帮顾之岛把江恕和褚为这几个情敌踹出去。

于是顾母帮腔："这位先生说得对。褚先生，群里是沈老先生辈分最大，你可不能继续唐突了。不过你年轻，有些规矩可以慢慢学。江先生多好、多俊的一个孩子啊，不要说他坏话。"

褚逸真是气得很。

刚才加了群，一个两个不说话，原来都在这里等着呢。

自己一出错，就赶紧落井下石。

但年轻也有年轻的好处。沈老爷子那么大年纪，听说七十多了，总不至于和自己一个晚辈计较。

褚逸发了张"鞠躬"的表情包："谢谢各位教导，我会改正呢。"

顾母和高层人员心里同时一呕。

还"呢"，这哥怎么和褚为性格一模一样？

左玫这边进来的是她小姨。许迢迢那边进来的是她伯父，他同样是娱乐行业的人，不过做的是监制。

顾清霜则因为和顾之岛是堂兄妹，干脆没让家里另一个人来，共享顾母这一位长辈了。

左玫小姨和许伯父见这几人都围着沈拂爷爷转，心里不太是滋味。

左玫小姨想和温铮寒姑姑搭话，但这位舞台剧演员高傲得很，进了群后一句话没说过，不仅如此，"@"她，她也不回。

顾母除了想帮顾之岛追回沈拂，还在等江恕的长辈来。

作为顾清霜伯母，她看着顾清霜长大，也是想替顾清霜攀上江家这门亲的，所以刚才在斥责褚逸的时候，才特意强调着夸了江恕。

见迟迟没有新人进来，顾母忍不住问工作人员："人已经齐了吗？江家的长辈呢？"

许迢迢伯父和左玫小姨哪里看不出来她的心思？

不过江恕显然对许迢迢和左玫无半点意思，而且不是一个行业的，这门亲他们想攀也攀不上，于是他们只能在心里冷笑一下。

工作人员道："来了来了。"

很快，最后一位成员进来了，她的头像是一位穿旗袍、戴墨镜的银发奶奶捧着花，站在飞机旁边的照片。

她一进来，群里的人严阵以待，几乎全都第一时间点开她的头像和朋友圈看个仔细。

这飞机……江家的私人飞机？江家有钱果然名不虚传，光这么小一张照片就看到了不止一架飞机啊。

朋友圈倒是看不到，江恕奶奶设置了权限。

江恕奶奶："大家好。"附带一个"可爱"的表情。

大家没有做出反应，正斟酌该发点什么表示敬意。

可之前一直不吭声的"老池"忽然发了几个"玫瑰"的表情。

发完一行还不停，又发了一句。

老池："头像真漂亮，人美花更美。"跟着三个"玫瑰"表情。

江恕奶奶："谢谢。"回了两个"害羞"表情。

老池："明天结束了去喝下午茶。"他也发了两个"害羞"表情。

江恕奶奶："看情况。"这回发的是两个"酷"表情。

其他人："……"

什么啊？！这两人怎么还没见面就像亲家一样啊？

而且"老池"七老八十了，还在群里撩人家江恕奶奶真的好吗？为老不尊啊！

难道也是知道江家有钱，提前帮沈拂"预定"江恕？

几个女嘉宾的长辈一时间无力吐槽。

顾母反应过来，赶紧"@"了江恕奶奶："您好，我是顾清霜伯母。"

江恕奶奶："你好。"

顾母："非常高兴认识您，明天见面聊。"

并投其所好地发了个"可爱"表情。

江恕奶奶："OK."

顾母心中一喜。

看来虽然江恕不正常，但他奶奶还算正常嘛。

话题到了这里，暂时告一段落，没人开口说话了。群里的人全都各怀心思，一时间不敢轻举妄动，尤其是褚逸，怕又说错什么话，被沈拂爷爷“给一拐”。

在微信群里还是不好表达，明天见面再说吧。

翌日，嘉宾被分成两组，嘉宾长辈也被分成两组。

规则是交叉见面。男嘉宾见女嘉宾的长辈，反之同理。

直播开始之前，节目组将女嘉宾带去了四楼见面，男嘉宾则等在别墅楼下。

直播一打开，激动拥进来的观众就看到男嘉宾下楼等待女嘉宾们的长辈到来的场面。

哈哈哈，男嘉宾全都捯饬过了啊！

毕竟是见长辈，几个男人能不穿上较为正式的衣服吗？

他们几乎都穿了西装，就连江恕这个不爱穿西装的也穿上了一件黑色衬衣。

他宽肩长腿，戴着金色墨镜，额发梳了上去，露出光洁的美人尖，显得更加英俊逼人。

颜控[①]的盛宴，说真的这几位可以直接拉走拍恋爱游戏了。

确定吗？就怕光冲着脸，玩家只会买江总的皮肤了。

江恕家粉天天强调这一点有意思吗？

弹幕里又吵了起来。

但很快，工作人员宣布女嘉宾的长辈来了。

弹幕观众的注意力立刻被转移：看了下节目组官网提前宣布的内容，顾清霜的长辈由顾之岛母亲兼任，那现在来的女嘉宾长辈就只有三位。只有我一个人最好奇沈拂爷爷会是什么形象的吗？

---

① 网络用语，指极度重视外貌的人，他们认为外貌是评价一个人的重要标准。

左玫小姨和许迢迢伯父都算半个公众人物，即便还没露面，大家也能知道他们大致是什么形象的。唯独沈拂爷爷，他们从没听说过，也没见过。

虽然这么想不太好，但沈拂的粉丝都有点担心。

“求求不要是那种极品亲戚。”

沈拂好不容易走到今天，可千万不要在长辈见面这个节目环节给她掉链子。只要不是极品亲戚，哪怕是局促一点、没文化一点都没关系。

之前消停了的左玫粉丝在这个环节又暗自搞事。

左玫小姨是个跳芭蕾舞的，虽然年纪大了后隐退了，但看她从车上下来，光那天鹅颈、那气质就稳赢一群人了。许迢迢伯父在她身边，都忍不住盯着她看了好几眼。

左玫粉丝在弹幕里得意：瞧瞧什么叫文艺世家，某位半路出家的比得上吗？

但今时不同往日，沈拂已经不是弹幕观众可以随便踩的了。

立刻有粉丝怼回去：连亲戚也要比，有意思吗？

虽然话这么说，但心里也有点虚，因为不知道沈拂爷爷究竟是个什么样的人。

但这话刚说完——

别墅尽头的坡道上引擎嗡鸣，开来了一辆车。

起初，大家只看到一个锃亮的黑色车头，还没反应过来。接着，出现在画面当中的，是酷炫的车身。

是一辆加长豪车。

左玫粉丝：“……”

车子缓缓停在了最后面，戴着白色手套、穿着黑色西装的司机下来，弓身打开车门：“先生，请。”

先出现的是一只黑色皮鞋，被擦得光可鉴人。

神秘十足地吊起了观众的胃口。

接着才看见下来的人。

是一位穿着西装燕尾服、戴着黑色墨镜，还披着黑色大衣的银发老人。

他拄着一根龙头拐杖，身躯挺拔，不苟言笑，领口还塞着一条银色的丝巾。如果抛开他脸上的皱纹等岁月留下的痕迹不谈，几乎能感受到他五十年前的英俊令人痴狂。

弹幕观众都惊呆了。

这真是沈拂爷爷？？？啊啊啊，拂拂，我现在报名当你奶奶还来得及吗？

这车子比江恕出场时还拉风啊。

沈拂到底什么来头？虽然爷爷看起来有钱，但她本人还得努力赚医药费。难不成之前了解到的她的家庭情况是错的，或者有什么豪门秘辛？

一时间，弹幕观众全部尖叫和好奇去了，居然无人在意左玫粉丝脸都被“打”肿了。

左玫粉丝全都感到了尴尬的气息。

站在别墅草坪上等待的几个男嘉宾也全都一愣。

本来做好了迎接的准备，结果沈拂爷爷一来，气场秒杀他们，他们现在都不知道谁是东道主了。

褚为连昨晚准备的词都给忘了，手心冒汗，趁着摄像头不注意，忍不住从裤兜里掏出小字条看了一眼。

江恕抱臂站在最后，看了那老头一眼，额头冒出三条黑线。

让他来，没让他整得像老大一样来啊。

这老头子怎么那么自恋啊？

到底是自己这个孙子是男嘉宾，还是他是男嘉宾啊？

还学自己戴墨镜。

最先反应过来的顾之岛和温铮寒已经挤开了还在整理袖口的向凌云，先迎上去。

“沈爷爷，久仰大名。”顾之岛伸出手。

老头子点了点头：“叫我‘老池’就好。”

顾之岛的手停在半空中，略微有些尴尬，收了回来插进裤兜里。

温铮寒在这种场合上则淡定得多，在前面给几位长辈引路：“各位，从这边电梯上。”

他仔细打量了一下沈拂爷爷，正要说什么，却被左玫小姨拉到一边说话去了。

而等褚为记完小字条，一行人已经从他面前走过去了。

褚为："……"

弹幕观众快要笑死了：快考试了你小抄还没背完。

他们很快发现江恕一直懒散地跟在众人后面，没什么积极行为，都纷纷觉得有些奇怪。

江总之前追沈拂追那么狠，现在见到沈拂爷爷，怎么半点不激动？

不仅不激动，看起来还很想给老爷子一拐。

趁着这会儿工夫，前面几个男嘉宾都在老爷子面前自报了姓名，就连落后最多的褚为都挤了过去，热情洋溢地给老爷子介绍别墅的地形。

进电梯的时候，几个男嘉宾都下意识地朝落在最后、不徐不疾、像是在散步的江恕看了一眼。

这小子平时最"护食"，现在怎么半点不急？

电梯虽然能承载全部的人，但挤到这些女嘉宾的长辈总归不太好。

为表示尊重，温铮寒道："几位长辈先进吧，我陪你们上去，其他人待会儿第二趟再上。"

褚为心里嘀咕，凭什么你陪啊，就凭你年纪大？

平时可以发疯，但这会儿沈拂爷爷还在，自己还是不要在他面前留下不好的印象。

顾之岛和向凌云对于温铮寒自作主张的安排也有点不满，不过没说什么，都保持着得体和分寸。

话刚说完，沈老爷子就扭头瞪了后面一眼："还不过来？"

他说谁呢？

几人下意识朝后面看去。

江恕双手插兜，懒洋洋地走了过去。

然后几个男人就听老爷子道："你们等下一趟。我看这小子不是很积极，让他陪我们上去吧。"

温铮寒："？"

男嘉宾："？"他们献殷勤还做错了？

弹幕观众：怎么回事？难道沈拂爷爷就喜欢不殷勤的人？

众人一头雾水。

四楼这边，女嘉宾也和男嘉宾的长辈见面了。

顾母见到江恕奶奶时，异常激动。这样的人物在平时可是见不到的。

不只是她，高层人员和褚逸昨晚在群里乱斗，但此时在这位老太太面前，都情不自禁地安分了很多。

江恕奶奶和头像里一样优雅大方，银发梳得整整齐齐，首饰戴得不多，但都是名品。

但她戴了副墨镜，显得比微信上冷淡许多。

怎么在室内还戴墨镜？

顾母和褚逸都有点纳闷儿。

沈拂被节目组带出来，见到江恕奶奶时，愣了一下。

她住在江家那段时间，江恕奶奶在国外。她没见过江恕奶奶，却见过照片。

几个女嘉宾走到沙发旁坐下，挨个打招呼。

轮到沈拂，她给几个长辈倒了茶。到了老太太这里，她把茶递过去，和前面几个女嘉宾一样道："江太太好。"

老太太按下墨镜瞧了她一眼，唯独接过她的茶："叫什么江太太，叫奶奶。"

其他人："？"

因为注意力都被楼下的沈拂爷爷吸引住了，这边的观众稍微少一些。

但这拨少数观众还是不由得发出疑问：啊啊啊，到底怎么回事啊？怎么江恕奶奶对沈拂态度也这么与众不同？

还没等他们多讨论会儿呢，那边江恕就带着老爷子和几个人上来了。

两拨人在四楼会客室打了个照面。坐在沙发上的人站起来，问："是女方那边的长辈来了？"

弹幕观众只见沈拂爷爷脱下外套交给工作人员后，径直朝江恕奶奶走过去。

两个戴着墨镜的老头、老太太见面了。

哈哈哈，笑死，沈拂爷爷和江恕奶奶好像一家人哦。

再加上一个江恕。

就在弹幕观众正要猜他们见面会说些什么的时候，沈拂爷爷把江恕一把推过来，江恕奶奶也把身边的沈拂推了过去。

两人：“……”

沈拂爷爷看了两人一眼，思忖道：“我觉得日子定在‘五一’吧。”

江恕奶奶摸着手上的翡翠，摇摇头：“太仓促了，我来不及帮忙准备呢。”

老爷子：“最迟国庆，不能再晚了。”

不然孙子又要以“不想继承家业”威胁。

江恕奶奶：“国庆又太迟了。你怎么选的日子？不会选让我来选。”

老爷子很不服气：“那你倒是选啊。”

弹幕观众：他们在说什么我怎么听不懂？到底什么日子啊？

沈拂也忍不住问：“爷、爷爷，什么日子？”

好几年没管江老爷子叫“爷爷”了，猛然叫出来还有点不习惯。

“你们结婚的日子啊。”老爷子摘下墨镜，莫名其妙地看了沈拂一眼，一副“怎么居然问我这种问题”的表情，“江恕没和你说吗？”

沈拂：“？”

弹幕观众：？

刚刚从电梯赶过来的温铮寒、向凌云、褚为、顾之岛：“？”

江恕的俊脸已经红得要滴血了，忍不住转过身去，背对着镜头，一巴掌按在脸上。

什么？老头子，你是故意的吧！

让你助攻没让你直接开着导弹把人撞到终点去！

沈拂都还没开始喜欢他呢！

“……”

孙子和沈拂的表情都不像他想的那样，尤其是沈拂，一脸茫然，还是蒙的。

老爷子皱了一下眉。

怎么，难道有问题吗？

老爷子瞥了无地自容、又羞又怒的江恕一眼，猛然反应过来了——敢情这小子在家一直忽悠他呢！

这小子本来就不常回老宅，一回来就臭着脸说什么自己和沈拂两情相悦，是天造地设的一对璧人，没有什么能把他们分开，不让他和沈拂在一起，他就从天台跳下去。

老爷子被他念得耳朵起茧子，寻思：也没不让你和沈拂在一起啊？

这不是你自个儿没用，看不住人吗？人家十八岁一满就迫不及待地跑了。

能怪得了谁啊？

要是沈拂真的对他有意思，就结婚吧。

烦死了，省得这小子整天打扰自己和老婆。

但现在看沈拂这根本无动于衷的茫然反应，她根本是还没喜欢上这小子呢。

这小子一厢情愿地等了整整八年啊！

这孙子，害自己在这么多人面前丢脸。

老爷子脸上一阵青一阵白的，扭头瞪了江恕一眼。要不是这么多人在场，他真要脱鞋追着对方揍了。

江恕哪里知道老头子会猝不及防来这一出。

他之所以一回老宅就叨叨，那还不是因为怕有一天沈拂同意了，家里却不同意，所以提前给老爷子、老太太、二叔、二婶子打预防针吗？！等叨叨到老爷子耳朵起茧子了，他就不会阻拦了。

谁料这老头子当真了，不按常理出牌。自己把别的男嘉宾的桌子掀了，可他一来就把自己苦心经营的桌子给掀了。

还有比他更坑孙子的吗？

江恕生怕沈拂反感，顾不上对老爷子解释许多，一把拽住沈拂手腕，当着众人的面，把她拉下楼。

几位摄像大哥想跟上去，江恕头也不回地做了个“停”的手势，他们顿时都不敢跟拍了。

沈拂被江恕拉着走到三楼。

江恕腿长，又大步流星，沈拂一路小跑才跟上。她看着急匆匆地牵着自己离开的人，视线落在他高大的背影上，心中说不清是什么感觉。

除了茫然，还有几分紧张。

沈拂是个很少感到紧张的人。

“怎么回事？”沈拂挣开江恕的手。

本应该为自己来的公司高层人员变成了江恕的爷爷不说，单论江恕爷爷、奶奶说的那些话，究竟是什么意思？

沈拂待在江家的时候，江老爷子对她很好，除了让人替她解决亲戚刁难的问题、给她解决医药费，还每个月都让助理把和江恕一样多的零花钱打到她卡上。

江老爷子本身是个位高权重、繁忙、言简的人，沈拂三年总共见了他不到五次，哪里能揣测出来他的心思，所以从没深入想过，江老爷子把自己留在孙子的别墅是什么打算。

但方才听他的意思，他难不成是想撮合自己和江恕？

她挣脱开后江恕的手心一空。他下意识看了看自己突然空落落的手心，抿了抿唇，道：“老头子可能有什么误会。”

说完，他墨镜后的眼睛紧紧盯着沈拂的表情。

这段时间以来，江恕在节目上的表现的确挺让人误会的。别说老爷子误会了，自己原来宛如一池平静的水，现在却被他搅得不得宁静。

沈拂刚才差点还以为老爷子要强迫江恕娶她呢。

以江家如今的地位来说，联姻不联姻根本无所谓，沈拂还在江家时就听说过老爷子对江家二叔娶妻的要求——品行好就行。

既然不是强迫，沈拂就松了口气，她可不希望江恕在节目上对自己的一系列奇怪举动都是出于老爷子的强迫。

江恕将她的表情尽收眼底，不由得僵了僵：“你为什么松了口气？”

沈拂觉得莫名其妙：“我为什么不能松一口气？”

江恕的脸顿时就黑了——他有种被嫌弃的感觉。听说老爷子只是误会了他们两个，不用和他结婚，她就那么喜出望外吗？居然掩饰都不掩饰一下，当着他的面就如释重负地重重吐出一口气。

江恕怒道："你当着我的面松气。"

沈拂："不然我还要在你面前屏住呼吸？"

江恕快气死了，觉得自己头顶好绿，那四个货都有让她喜欢上的地方，就他从头到脚没有半点吸引她之处？

两人正大眼瞪小眼。

江恕冷冷地皱眉，垂眸盯着沈拂，冷不丁问："你觉得我帅吗？"

有病啊！

沈拂转身就走。

江恕站在原地，又羞又愤。

看吧、看吧！连他最无可挑剔的外貌都吸引不了她！

难道是因为看久了，就和右手拉左手一样完全没感觉了？

这边，会客厅一干人等反应过来，都急了。

褚为最先按捺不住震惊，问出口："结婚，什么结婚？"

顾之岛和另外两个人的疑问也卡到了嗓子眼，如果不是褚为先脱口而出，他们只怕也要震惊地出声。

他们看了褚为一眼，视线又紧紧锁在老爷子身上。

顾之岛母亲的急切是上面这些人的双倍。应该和自己儿子在一起的沈拂，应该和清霜在一起的江恕……怎么还没等自己开始谋划，一切就结束了？

她急急上前，揽住江恕奶奶的胳膊："伯母，您二位刚才说的话是什么意思？"

老爷子尴尬地看了一眼大家："误会，我可能误会了点什么。"

说完，他没忍住，把顾母的手从江恕奶奶的手臂上拽下去了。

你自己没有老公吗？为什么要抱我老婆？

江奶奶看了老头子一眼，也反应过来怎么回事了，打圆场道："我们开玩笑的。"

在场的人终于纷纷松了一口气。

他们说呢，怎么一见面就莫名其妙谈结婚的事。

原来是开玩笑啊。

弹幕观众也松了口气：吓死我了，看得我一愣一愣的，这两位老人还真挺像老顽童的。

不过这样看来，沈拂爷爷和江恕奶奶真的是旧交啊。他们很熟悉的样子。而且戴墨镜是约好了的吧？

之前小道消息一直传沈拂年少时在江恕家住过，而后被江恕赶出家门。

现在弹幕观众已经彻底信了前面半截。

后面半截太假了。总感觉沈拂住进江家后，被赶出家门的会是江总。

前面的你要笑死我。你怎么不再夸张一点，说沈拂离开江家时，江总去追车呢？

弹幕观众在这边猜来猜去的，但全都是一些没有证据的猜测，目前还没人知道两人过去究竟发生过什么。

可恶，我的好奇心快要炸开了，恨不得把两个人中的任何一位绑起来问个清楚。

别说弹幕观众只能靠猜，连老爷子都不知道发生了什么。

沈拂走后，江恕躺了一个月，然后一声招呼也不打地搬出去住了。

他在心里暗骂江恕这狗崽子不省心，不耐烦道："要不直接开饭吧？"

现在才十一点呢，按道理还是嘉宾长辈见面聊天的时间，但只有导演知道这位老爷子的来头，赶紧对摄制组道："行，进入午餐环节吧。"

餐桌上，几个男嘉宾又围上了"沈拂爷爷"。

褚逸本来还做了详细的笔记，打算今天在"沈拂爷爷"面前侃侃而谈那些内容，为弟弟助攻呢。结果被方才那一出一闹，他顿时把笔记都忘光了。

低头看小抄的褚为抬起头，和哥哥面面相觑。

餐桌完全是温铮寒和顾之岛这种游刃有余的人的主场，根本没有其他人插嘴的余地。

顾母则不停为两位老人夹菜，夹带"私货"地夸顾之岛和顾清霜。

沈拂和江恕在午饭快结束时，才一前一后回来。

餐桌上暗流涌动。

因为没看到沈拂和江恕对话，弹幕观众的注意力又集中在了两个人身上。

两人说什么了？怎么江总的脸色看起来很糟糕？

说起来，刚才听到“结婚”这个词时，沈拂也没什么反应啊。为什么现在江恕、沈拂的CP粉跳得这么高啊？看他们tag都十五万热度了。老实说，我根本没看出来两人有任何CP感。

“没有人比我更会嗑”本身就是站沈拂和顾之岛这一对的。

现在见弹幕观众产生疑虑，他立马带节奏：说不定她刚才拒绝江恕了！我猜的。

上面这位这么一说，我觉得很有可能。老实说，江总还是太强势了，没有人会喜欢被这样逼婚。

没有人比我更会嗑：就是说啊。而且有个理论——年少时期没喜欢上的人，日后大概率也不会喜欢上。既然江总和沈拂年少时认识，那就更佐证了这一点。

江恕、沈拂的CP粉也被刚才的突发事件弄得有些心猿意马，都没来得及盯弹幕，迟了一会儿才在弹幕里反驳：那怎么解释沈拂看江总不开心就默默找工作人员换拖鞋，在泼水环节又偏袒江总？

没有人比我更会嗑：有没有一种可能，仅仅是因为“亲情”？

江恕、沈拂的CP粉：……

好想手撕这个顾之岛的粉丝啊。

别人嗑东他嗑西。

长辈见面会在吃完饭后就结束了。

这个环节本身就是让嘉宾们的长辈见见面，认识一下。他们毕竟都是有头有脸的人物，也都很忙，不可能持续太长时间。

把人送走后，嘉宾们回到别墅。节目组开始提接下来的流程：“大家休息一下，可以开始收拾东西了，明天我们就将进入‘和春天有个长途约会：旅行合宿’的环节了。我们将出发去雪山旅行。”

之前停播耽误了两天，怕时间不太够，节目组把本应该明天再公布的流程提到了今天。

“收拾行李这一段也属于旅行合宿的一部分，我们会通过抓阄方式，将嘉宾分成一男一女两人一组，同组的嘉宾帮对方收拾。”

之前，嘉宾们的房间也有摄像头，要直播，但之后这些嘉宾都一个两个把摄像头摘了，以江恕为首。观众们就没见过他房间的样子。

所以在离开别墅之前，策划组决定通过一个小游戏，满足观众们的好奇心。

弹幕里吵成一片的CP粉终于消停了点。大家都在期待自己的CP分到一起。

祈祷江恕、沈拂一组，青梅竹马情侣互看房间，嘿嘿嘿。

祈祷顾之岛、沈拂一组，新晋大热CP小情侣！

祈祷温铮寒、沈拂一组，张力最强给我冲！

祈祷向凌云、沈拂一组，就要嗑我不管。

祈祷褚为、沈拂一组，无论多少年我都爱破镜重圆。

弹幕一发出来，几家都愣了。

然后又闹在一起了。

抓阄结果很快出来，如顾之岛、沈拂的CP粉的愿，沈拂和顾之岛被分到了一组。

因为多了一个男嘉宾，又是褚为落单。

褚为：“……”

在褚为的记仇名单上，顾之岛的名次逐渐往上爬。这家伙没来之前，至少是四个人对四个人，自己还不会落单。

江恕还没抽，但见到沈拂和顾之岛一组就已经恼了。他走到褚为身后，臭着脸把褚为手里的空白签拽过来：“我自行落单，你继续抽吧。”

褚为不敢置信地抬头看向江恕，头一回在这位江总身上感到了些许友好。

沈拂也看了江恕的背影一眼。

顾之岛挡住她的视线：“走吧，先帮你收拾。”

沈拂道：“我没什么物件，自己也行。”

顾之岛耸肩摊手：“到底是个节目组安排的环节，总得遵循规则。”

知道沈拂现在恨他，他侵略性不能太强。

江恕那样，就是一个十足的反例，会惹人生厌的。

沈拂蹙了蹙眉，但没再说什么，转身朝自己房间走去。

两人进房间后，摄制组不仅跟了进来，还把之前被沈拂摘掉的摄像头重新安上了。

顾之岛一进去就愣了一下。他昨夜送给沈拂的礼物拆都没拆，还被随手放在进门处的柜子上。

弹幕观众也顿了一下：怎么回事？沈拂没拆顾之岛的礼物？

有沈拂、顾之岛的CP粉解释：没来得及吧，昨晚那么晚，今天女嘉宾一大早就起来化妆，你们能不能不要揪这些小细节？

她还在恨他。

顾之岛竭力让自己不去注意这个，对沈拂道："我不方便收拾你衣物，你自己收拾，我来帮你处理圆桌上的书和剧本好了。"

沈拂已经进浴室去了，根本没听清他说了什么，心不在焉地应了一声。

虽然上节目后嘉宾们的房间算是私人空间，但沈拂也不是第一回参加综艺了，自然知道什么可以摆出来，什么不行。

一些内衣衣物，平时她全都收在行李箱里，根本不会拿出来。

其他嘉宾也一样，对此熟知。

沈拂的房间干净到不行，弹幕观众的关注点自然就都放在了她和顾之岛的关系上。

好不容易见到沈拂和顾之岛有这么长的互动，"没有人比我更会嗑"非常激动。

一个收拾浴室衣帽间衣物，另一个收拾外面，小情侣模式已经开启了。

前面嘲笑沈拂都没拆顾之岛老师的礼物的，肯定是江恕粉，怎么不说你们江总送的那块姜可能早就被节目组扔进垃圾桶了呢？

这时候——

顾之岛将桌子上的书和剧本收进节目组提供的纸箱子里，朝窗边走过去。

他忽然见到窗边有一个白色的纸袋子，里面有一个礼品盒，和昨夜节目组提供给自己的那个一模一样。

顾之岛看过转录，记起来这应该是礼物选择环节，沈拂从温铮寒那里收到的卡通手表。

他心中有点微妙的嫉妒，但如果当着摄像头把它扔进垃圾桶，又未免太不像男人了。于是他拿起盒子，打算和剧本一并放进打包的纸盒子里。

然而他抓起来的时候，只抓住了盖子，一个不小心，盒子直接摔了下去。

那是那天抽到的影帝送的手表吧——

这条弹幕还没发完，从浴室出来的沈拂皱了眉，大步走过来把顾之岛推开，匆匆把掉在地上的盒子捡了回去。

顾之岛完全没看清楚掉下来的是什么。他看的是转录，江恕送姜那一段在后期被节目组剪掉了。然而弹幕观众都是追着直播一路看过来的，在看清楚那盒子里并非什么卡通手表，而是江恕那天送的那个盒子后，全都集体尖叫。

怎么是江恕那个无人问津的盒子啊？！

啊啊啊啊，什么情况啊？

这一拨人还在震惊。

大家的视线都落在了从盒子里飘出来、缓缓落在地上的三张东西上，但它们被沈拂快速捡起来，塞了回去。

然而有眼疾手快的观众截到了图。

一张是一对中年夫妻的照片，似乎是沈拂父母，它落在最下面。弹幕观众不认识她父母，没看清楚。

一张是江恕、沈拂和“沈拂爷爷”的三人合照。

一张是毕业照。上面只有沈拂和江恕两个人坐在台阶上，江恕没戴墨镜，充满少年气，镜头抓拍时，他的余光下意识朝身边的人瞥去。

随身携带她父母、爷爷的照片也就算了，为什么会随身保存江恕年少时期的照片？

这下弹幕彻底瘫痪了：别告诉我，是双向暗恋？

Chapter 09

沈拂下意识想朝摄像机机位那边看一眼，但忍住了。

她动作快，观众应该不至于那么眼尖吧。

她蹲下来拉开拉链，将装了照片的盒子塞进行李箱，头也不回地对顾之岛道："我这边收拾好了，你可以先去你房间了。"

顾之岛完全没看清楚掉出来的是什么。他被沈拂一把推开，被推得愣住了，只觉得眼前一晃，不知道是纸张还是照片之类的东西飘出来。他没有观众的截图功能，还没来得及多看一眼，那东西就被沈拂捡了回去。

应该是家人的照片吧。顾之岛猜。

毕竟手机会坏，数据可能会来不及导出，但洗出来的照片不会轻易损坏。顾之岛父亲这边是音乐世家，较为老派，都有这个习惯，去哪儿出差都带着家人的照片。

沈拂不想让父母的面容暴露在镜头前，急了点，也非常正常。

顾之岛没有多想，向沈拂道歉："抱歉，我刚才是不小心的。"

沈拂不想就这个问题和他多说，继续收拾自己的东西。顾之岛有点尴尬，只得先抱着帮她收拾好的纸箱子出了房间。

外面的工作人员接过去，开始封箱，提前装进明天出发旅行要坐的房车里。

原本想着这个环节沈拂和顾之岛一组，男女探索对方房间，可以有很多暧昧的事情发生。

然而现在弹幕观众完全无心将注意力放在顾之岛身上，全都在号。

论坛里一瞬间多了几百个帖子。这几乎是在三个男嘉宾集体掉马后，发生的最大进展。

谁来桶冰水浇醒我，我刚才真的没做梦吧？啊啊啊！

啊啊啊，上面的你没做梦，我可以证明，真是双向“箭头”啊！不是双向，我现在就倒立直播。这不是爱情什么是爱情？她留着他年少时的照片啊！！！不是喜欢，谁会留着青春时代的双人合照？？？沈拂没存其他男嘉宾的吧？没吧？我家是真的啊！！

啊啊啊啊啊啊，嗑到真的了！

从论坛到弹幕，观众全化身尖叫鸡。

没被沈拂存照片的几家想插嘴都插不上，直接被“啊啊啊”的帖子洪水席卷冲走。

弹幕观众开始试图寻找之前几期里存在过的蛛丝马迹。

谁还记得综艺第一天，江总拉着行李箱从沈拂房间门口经过的那一幕？

我知道我知道，嗑上了后我就看了无数遍，而且不是还有人分析江总当时应该是踩了褚为一脚吗？否则褚为的脸不会突然扭曲一下。

是的，没人发现当时沈拂也有点奇怪吗？她抬了一下眼，但我用3D立体空间模型研究了一下方向，发现她根本不是在看褚为，视线其实是落在江恕身上的。不过她很快就垂眼了。如果不是放慢视频，几乎察觉不到。

弹幕观众：啊啊啊啊！

还有，第一天吃晚饭的时候，江总不是要求和许迢迢换位子，然后就在沈拂旁边坐下了吗？

记得记得，我们都记得，您直接分析。那时候江总还在装冷酷疏离，哈哈哈！

我放大画面，发现江恕坐下去的时候，黑发上落了一滴水，砸在沈拂后脖颈上。一般人脖子上落了滴水，还是不在意的人滴下来的水，正常反应都是直接抬手擦一下吧，但沈拂居然一直坐着没动敛，还显得有点僵硬。

为什么不擦？为什么克制下意识的行为？因为突然和那个人见面，有些慌张！

弹幕观众又开始尖叫：啊啊啊，您就是显微镜吧？我们“不服输”女孩有您了不起！

更多人加入分析，像是挖彩蛋一样，开始挖掘之前的线索。

我这个迟钝的人也发现了一个小点，和大家分享一下，哈哈哈。赶海那天，是综艺第二天还是第三天来着。沈拂悄悄戳了江总两次。一次是江总撑了左玫后，沈拂戳他，像是让他收敛点；另一次是催他赶紧去参加比赛赚积分。两次江总都乖乖听话了。如果不是过去故事很多，他们不应该一上综艺就显得表面冷漠却私下熟稔吧。

啊啊啊啊啊！

越翻前面的视频，越发现原来一切都是一个圈。

江恕注视着沈拂的时候，沈拂也看着江恕的影子。

没有谁是可怜的一厢情愿。

弹幕观众像是发现了某个真相一样，从这些蛛丝马迹里，察觉出了无数放慢的眼神、仿佛停顿了一瞬的心跳和默不作声的互相偏袒。

一时间，弹幕和论坛全都被找糖的人给占据了，其他几家粉丝眼睁睁地看着——就这么一会儿工夫，沈拂、江恕的 CP 超话又多了几万粉，彻底冲上了 CP 超话第一。

而且超话里宛如过年，不仅取了 CP 名“不服输”，还肆无忌惮地打上了“双向奔赴”的宣传语。

真是嚣张啊，可恶。

其他几家被远远甩在后面的 CP 粉抱头痛哭。

哥哥，你们不争气啊！怎么就被刚上综艺时看起来最不可能和沈拂组成一对的江恕抢先了十万个筋斗云啊？

现在沈拂、江恕的 CP 粉比他们这些人加起来都多了。

方才还在兴奋地嗑沈拂和顾之岛 CP 的“没人比我更会嗑”已经从弹幕和论坛消失不见了。他尴尬地退网了，但他的个人微博已经沦为了打卡点。

“哈哈哈，博主改名叫‘苍天啊，所有人都比我更会嗑’算了。”

一群人都在狂喜或是痛哭，只有“all 拂”粉表示，赢到麻木了。

嗑哪对都嗑到了，哈哈，这就是“杂食人”的优越。

确定了双向“箭头”之后，弹幕观众越发想知道两人以前到底发生过什么。

现在问题来了。

“臭情侣”高中时就有暗恋对方的苗头，为什么后来没有在一起？

这边弹幕观众的讨论热烈得上了热搜，那边节目组把收拾完行李的嘉宾聚集在客厅沙发上，继续介绍接下来的旅程。

“嘉宾们，旅程一共七天，我们明早会从别墅出发，目的地有四个。每个地方停留的时间不定，但最后将抵达雪山脚下。

“旅行途中我们会完成第七个环节‘自由表白’，并在最后一晚录完第八个环节‘最终抉择之夜’。最终产生的情侣 CP，他们会在全国观众的祝福下，将爱情锁挂上雪山，并一起转动寺庙的转经筒，留下美好的回忆。

“请大家一定提前准备好旅行途中需要的物品，因为我们在途中可能会扎帐篷、野营、燃篝火，当然，其他所需的生活物品，节目组专门调动了物资组，会一路跟随。”

规则一宣布完，弹幕观众就激动了。

总算来了，“自由表白”，最终抉择，啊啊啊。

现在来压定离手——沈拂和江恕到底谁先忍不住表白。

如果说之前其他 CP 粉还觉得自家 CP 有希望的话，那么在刚刚那个意外插曲之后，沈拂、江恕的 CP 粉跃居超话第一，他们的脸色都有点难看。

不是吧，不会真的让这两人成了吧。

不要啊。

弹幕里的狂欢，以及一瞬间上了热搜的绯闻，客厅里的一群人还一无所知呢。

节目组正让他们把手机交上去，包括节目组提供的手机。

“还有七天就是‘最终抉择之夜’了，在此期间，需要暂时断掉嘉宾们与外界的沟通，以免外界网络言论影响你们的选择和判断。希望大家一切随心，勇敢追爱。

“不用担心途中无聊，我们请了三位飞行嘉宾作为爱情导师，在终点和大家见面，在抉择之前帮大家出谋划策。”

大部分嘉宾都不是很情愿。

这就彻底和外界切断联系了？

褚为用余光看了沈拂一眼，倒是很认可节目组这个做法。

之前说是断网，但嘉宾们多少都可以通过唯一联系人了解外面的信息，所以沈拂必定也是上网的。一旦上网，就会看见以前分手时自己粉丝攻击她的那些话，肯定很影响她的选择。

而且貌似现在网上支持江恕的人比较多，沈拂可能也会因为这一点而对江恕产生一些不该有的好感。毕竟这就和被身边的人起哄一样，多了后，难免会在意和自己一块儿被起哄的男人。

褚为第一个把手机上交，还催促身边的向凌云："快点交。"

向凌云皱眉看了这傻子一眼，掂量了下手里的手机，慢吞吞地走过去递给了工作人员。

他也在思考接下来旅行的事情。

目前顾之岛也加入了竞争，那么自己面对的竞争者一共就有四个。最近沈拂和他没什么交集，但和其他人也没什么交集。

他倒不是很急，大家都还在一条起跑线上呢。就算最后他输了，他也会拽住前面人的腿，不让对方跑赢。

既然沈拂对他没意思了，那大家也都别想过了。

褚为和温铮寒已经是过去式。在剩下的人里，向凌云觉得，顾之岛的竞争力可能有点强。

昨天他居然听到顾清霜喊沈拂"嫂子"。虽然还没喊完就被江恕瞪回去了，但当时站在不远处的他还是听到了。

而且今天公司高层人员过来后，也私底下告诉他，之前第五个男嘉宾和女嘉宾见面时，选择了跟沈拂私聊。

私聊时，沈拂还被他逗笑了，咖啡都喷出来了。

沈拂是个不太喜欢将情绪表现在脸上的人，到底是听到了什么好笑的事情，居然能因为顾之岛而这么开心。

还有，她三次都浇了顾之岛。

她一向谨慎，又怎么会这么失礼？

除非她和顾之岛以前认识。

向凌云怎么想都觉得在旅行途中自己得好好提防他。

除了褚为把一切都摆在明面上，其他人都在盘算。

向凌云心中所想，也是温铮寒心中所想。

除此之外，温铮寒还在思考一件事。

上节目这么久，沈拂也没表现出对谁特别在意。假如她一直都在耍自己，那么褚为和向凌云有没有可能也是被她耍了的？自己事业有成，行业内地位比那两人高，沈拂没道理对他们就是真心，对自己就是虚情假意。

接下来的旅行中，他有没有可能弄清楚这一点？

被褚为和向凌云揪住这件事情嘲笑了多次，温铮寒的容忍度已经近乎零，一心只想拖着所有人下地狱。

沈拂也上交了手机。

就在她关机并上交的下一秒，梁晓春打来了电话。

梁晓春急得要死。

网上忽然上热搜的“年少照片”词条是怎么回事？

但她电话还没打通呢，那头就已经断联了。

江恕也把手机递了过去。

他本来站在沙发的右边，递完之后，趁此机会，假装若无其事地绕到了左边，双手插兜地站在了沈拂身后。

以前弹幕观众几乎没注意过这些细节，但此时两人光同个框，弹幕观众都号叫得宛如过年。

收完手机后，是选队长。

因为是一段不算短的旅行，所以需要从嘉宾中选出一位队长专门做一些联络其他嘉宾、帮忙照顾行李、查看地图之类的事情。

摄制组人员：“女嘉宾好好享受，就从男嘉宾里选吧。”

先是四个女嘉宾投票。

沈拂一听规则，就知道当队长听起来好听，但是个苦累活儿。几个女嘉宾估计都会最不喜欢谁就专门选谁。

沈拂没有犹豫，把票投给了顾之岛。

给他找点事，免得他给自己找事。

紧接着是许迢迢。许迢迢和褚为算是朋友关系，对向凌云有好感，不想得罪温铮寒和江恕，于是思忖了下，也把票投给了顾之岛。

顾之岛忍不住看了沈拂一眼，她还真是针对自己针对得很明显啊。

不过有恨总比完全无感的好。

褚为刚要幸灾乐祸呢，就收到了两票。

他立刻笑不出来了："……"

顾清霜还因为两块蛋糕那事而对他不爽，不想顾之岛当队长，就选了他。左玫还不想放弃顾清霜这个盟友，于是帮顾清霜选了褚为。

确定了顾之岛和褚为这两人后，剩下三个男嘉宾选。

对于温铮寒、向凌云而言，目前自然是不知道什么情况的顾之岛威胁性比较大，于是两人都投了顾之岛。

"这样的话，就确定是顾先生了，有四票。"摄制组工作人员道，"江先生可以不用投……"

话没说完，江恕漆黑的眉梢一扬，挑衅又欠揍地将自己手中的票贴在了顾之岛的脸上。

顾之岛："……"

弹幕里的褚为粉丝刚刚还在气，这下不气了，纷纷笑了：新来的顾老师怎么做到才来一两天就成为众矢之的的？

江总真的"护食"，绝了！

收拾完行李，确定完旅行的队长，嘉宾们开始吃晚餐。

这是在别墅里的最后一顿晚餐。

弹幕观众：这就要离开了吗？在这里都直播二十天了，想想还有点舍不得呢。

工作人员走来走去，还在收拾旅行需要带上的别的东西。

导演平时在直播结束后有事没事都会小酌两口，现在特地嘱咐工作人员从酒窖取一箱红酒出来。

一顿依然暗流涌动的晚餐结束后，左玫起身去露台收自己的花。

沈拂来别墅这么久，还有一些地方没去过，于是拿了杯冷饮，起身打算去转转。

但可能是这几天下了雨的缘故，加上昨晚骑车时过于剧烈，她刚走到泳池那边就顿了一下。

左脚抽筋了。

沈拂十分痛苦，等待抽筋过去，但没想到站了几秒，抽筋越来越厉害。

“怎么了？”江恕在泳池玻璃门外面看见沈拂站在池边一动不动，赶紧进来。

沈拂指了指自己的脚：“抻住了。”

江恕脱掉外套，擦了一下旁边长椅上的水汽，扶着她过去坐下，然后单膝跪下来，去掉她脚上的拖鞋，将她的脚放在自己膝盖上。

“往哪边？”江恕皱眉问。

沈拂道：“脚掌在抽，往回勾。”

江恕看了沈拂一眼，修长的手指握拳，抵在她雪白的脚掌心上，用指节转圈顶了两下。

沈拂瞬间吸气：“疼。”

江恕紧接着将她脚掌往反方向拉：“这就是缺钙，以前明明管家给你买了一大堆钙片，谁让你不吃？”

有几次她大半夜抽筋还从床上掉下来了。

沈拂没好气道：“这次不是因为缺钙，是因为昨天骑车，谁让你头脑发热想一出是一出的。”

江恕戴着墨镜，蹙了下眉，开始反思起自己来：“真因为我？”

沈拂：“……”

这不是随便说说吗，这人怎么还当真了？

两人不知道弹幕观众已经开始尖叫了：啊啊啊，请江少用十万字详细描述钙片两三事。

沈拂转了转脚，道：“好像已经好了。”

江恕帮她拉伸完，她脚掌心还在他的手上。

江恕垂眼，视线落在她圆润莹白的脚指头上。他的肤色虽然是冷白的，但男人的手总归还是比女孩子脚的肤色深了很多。两人的肤色差了一个度，那种包裹的感觉就越发明显。

江恕墨镜后的眸色一深，鬼使神差地用手比了比沈拂的脚，然后没忍住捏了一下沈拂看起来最软弹的脚指头。

沈拂怔了一下，往他肩膀上踹了一脚："你干什么？还不松开。"

捏完江恕自己都愣住了。

可能就和见到毛茸茸且可爱的猫就忍不住去摸一下它的脑袋一样，江恕都没料到自己会这么逾矩。

他猛然将她放开，赶紧站起身退后一步，脸上虽然没什么表情，但耳根已经红了。

糟、糟糕。

她会不会反感……

现在说自己不是故意占便宜的还来得及吗？

"你、你先坐着缓一会儿，我去拿点气雾剂来。"江恕别开脸，莫名有点结巴。

活血、消炎、镇痛的药物可以缓解肌肉痉挛，不然后半夜夜深了，她这一块儿可能还得抽筋。

沈拂意外地看了他一眼，道："你的生活常识倒是比以前长进很多。"

知道他已经变了很多，为什么连选队长都不选他？

江恕本来还在面红耳赤，忽然有点不满。

他已经转身去拿药了，又实在忍无可忍，忽然摘掉墨镜，突然在沈拂面前蹲下来，用一双漆黑深邃的眼睛死死地盯着沈拂："沈拂，你和我对视一下。"

沈拂："？"

两人的距离不到三尺。江恕的眸子很漂亮，仿佛有着旋涡，泳池反射的灯光坠入他眸中。

沈拂微微失了一下神。

江恕深沉而忧郁地道："我真的觉得你审美有问题。"

居然看得上那四个人都看不上他？

她觉得他是男嘉宾中最差的一位？

沈拂还没反应过来他是什么脑回路——叫自己看着他，就是为了骂自己一句？

但他已经站起来去拿药了。

沈拂："……"

弹幕观众一整天尖叫得停不下来：啊啊啊，我懂江总的意思，但是哥，她喜欢你，你睁大眼看清楚，她是喜欢你的啊！

弹幕观众正在抓心挠肝地想知道这两个直男、直女多久开窍的时候，褚为在远处看见江恕从泳池玻璃门那边出去，便好奇地过来看了一眼。

他见沈拂一个人坐在长椅上，忍不住推门进来。

方才选队长时，沈拂没选褚为，褚为心里就有点暗喜。

虽然她之前一直拒绝他，但无论如何，在选择等具体行为上，她还是护着他的。不管怎样，在她心里，他总比顾之岛领先一点吧？

褚为走过来坐在沈拂身边。

沈拂："……"

沈拂的脚刚抽完筋，这会儿还麻着，想动也动不了。

褚为却误会她默认他可以坐下来。

之前她一见到自己就走开，但这会儿她看了自己一眼后，并没什么动作。果然，她对自己的态度有所缓和了。

褚为又是一喜，喜上眉梢的表情几乎掩饰不住。

褚为看着泳池，一时间很多往事涌上心头，他忍不住开口道："你还记得以前我在舞蹈室训练，你在外面等我吗？"

沈拂眉心一跳，忽然有种不好的预感。

不会要找自己聊青春疼痛文学[①]了吧。

褚为叹了口气，幽幽地看向沈拂："当时舞蹈室的外面和现在一样，也有张差不多的长椅。"

"其实很多往事是忘不掉的，已经成了记忆。"要不是手机已经被没收，褚为真想把网上剪辑他们CP的视频拿给沈拂看看。

曾经明明那么热闹……

---

① 描述主人公青春期的伤痛的文学作品。

还没等沈拂开口，弹幕观众都按捺不住想赶褚为走了。等下江总回来看见自己位子被人占了怎么办？岂不是又要猛灌一口醋打起来？

然而弹幕里的沈拂、江恕 CP 粉还顾及着褚为的面子，没有开骂。

奔跑的灯塔：别加戏！“不服输”才是一对！江恕人呢？给我回来。

弹幕观众：？

褚为粉丝：？

褚为粉丝暴怒：“‘奔跑的灯塔’这人怎么还在我们粉丝群里？还不赶紧把他踢出去！”

有小粉丝哽咽：“救命，怎么踢啊？他是我们的群主，除非他自己把群解散……”

在“奔跑的灯塔”的带领下，他的朋友也大都悄悄粉了沈拂，并逐渐偷偷嗑起了沈拂和江恕。

表面上——是呢是呢，破镜重圆就是最好的！

背地里——啧，沈拂真的喜欢过褚为吗？还没有“不服输”的十分之一真。

当然，也有负隅顽抗的，然而直接被“奔跑的灯塔”删了。

褚为粉丝气得要死，咽不下这口气，疯狂举报，试图把“奔跑的灯塔”这个毒瘤除去。

然而弹幕里看乐子的人却笑得想死。

笑死，这是什么黑转粉①实况？

还有很多网友慕名而来，专门去“奔跑的灯塔”的微博打卡：“灯塔老师，褚为有您这样特立独行的一只孤狼了不起！”

容晓臻这边的沈拂粉丝哭笑不得：“这人怎么回事？”

小真：“有人说 B 站那个播放量几百万的混剪②视频的博主也是他。他开始本来只是从褚为家转过来的、好感咱们家的粉丝，后来他剪了那个视

① 网络用语，指从黑粉转变为粉丝。“粉转黑”等情况同理。

② 将不同的影视作品剪辑在一起，进行第二次创作的视频形式。

幸好没错过。

他们还有很长很长的未来。

Feixiari
XianDiny

频，被一群褚为粉丝闹，他们非说他没给其他人加滤镜。他就干脆逆反了，直接转成‘不服输’的 CP 粉和咱们家的忠实粉了。”

有粉丝围观得想笑，道：“而且最近有咱们家的活动时，他也顶着褚为的头像冲在前面。”

“哈哈哈，损不损啊这人。”

沈拂脚上缓过劲，没等江恕把药取回来，就一头黑线地离开了泳池。

褚为看着　　影，虽然有点失望，不过看了下时间，自己足足和她单独　　分钟了呢。

来最大的进展了吧。

几个男嘉宾还在起跑线徘徊呢。

去泳池没见到沈拂，倒是见到褚为那傻子一

江恕：“……”

水多，居然还在做破镜重圆的梦。

找到沈拂，直接拿着药拐去了房间

。

场，还每天都像小公主换衣服

一样　　看一眼；二是几个情敌全都在警惕

看到　　客厅里的几个男人全都不动声色地盯了过去。

本来还在　　要不要去插一脚呢，就见江恕敲了两下沈拂的房门。

哈，他还敢敲沈拂的门，不怕当场吃闭门羹？

除了顾之岛，餐桌旁吃夜宵的向凌云、露台上看书的温铮寒，以及刚从泳池走出来的褚为全都下意识地交换了个只有他们才懂的、心有余悸的眼神。

来了，熟悉的“砰”的一声要来了。

三人竟然克制不住地暗暗期待。

天道好轮回，苍天饶过谁。

然而紧接着就见江恕那家伙还没敲几下，沈拂就把门打开了。

三人："……"

只见她探出头看了江恕一眼。

两人不知道说了什么，江恕递过去两盒东西，沈拂接过，低头看了看。

等江恕走后，她的门才关上。

三人："……"

三人面上倒是没什么变化，但顾之岛仿佛听见了三道什么东西碎裂的声音，他忍不住抬起头，莫名其妙地看了三人一眼。

三人与他对视，表情僵了僵。向凌云赶紧低头继续吃面，温铮寒继续看剧本，褚为继续朝厨房那边走，边走边朝"大哥""二哥"看了一眼。

怎么回事？本该出现的闭门羹呢？

不过，江恕那家伙送的是药，可能因为看在药的分上，沈拂才没将他关在门外吧。

如果是别的东西，沈拂一定会避嫌，一定会对他砰地一下关门。

三人在心中进行自我宽慰。

顾之岛来之前看的是转录，自然没有身临其境参加的他们反应快。他又朝这三人看了一眼，细细思忖了下，才反应过来三人刚才对视是因为什么——他们都被沈拂关在门外过。

原来是这样啊。顾之岛表情立刻有了一种高人一等的微妙感。

他也没吃过沈拂的闭门羹，看来现在最有竞争力的是他和江恕。

弹幕观众看着几个男人一句话不说，但隔空看来看去，仿佛刀光剑影已经在一刹那闪完了，都感到有一种难以解读的奥妙在。

这几位哥看啥呢？

不知道，但我突然意识到一件事——他们现在是不是还不知道沈拂对江恕有"箭头"啊？

上面一说还真是。沈拂和江恕之间的"拖鞋事件""单独出去骑车事件"，以及"照片事件"，这些嘉宾都不知道。换句话说，江总已经快交卷了，他们还以为考试刚刚开始。

几家粉丝看着上面的讨论，心中都在流泪，恨不得冲进屏幕里去晃他们哥哥的脑袋。

都什么时候了，还在以为自己胜人一筹呢？！再不行动起来，人家CP孩子都有了啊！

手机已经被收了。

这七天里，粉丝讨论了什么，又上了什么热搜，几位嘉宾是不可能知道的了。

翌日，节目组和嘉宾走的是机场VIP通道。

抛开节目里的明争暗斗和无声厮杀不说，九个人极其养眼，仿佛3A①游戏大作里的超模名盗团，包装一下就可以拉去拍电影。

其中又数江恕和沈拂引人注目得一骑绝尘。

因为江恕，其他男嘉宾全都放弃了墨镜这个装饰品。江恕又高又帅，戴着黑色墨镜，穿着一身黑，站在其中就显得格外鹤立鸡群。

沈拂是最近频繁上热搜的艺人，虽然穿得很严实，鸭舌帽恨不得压到下巴上去，但露出的一小截白皙的颈部还是让人浮想联翩。而且其他女嘉宾至少都会拿一个小包，她是唯一一个双手插兜、什么行李也没拿的女嘉宾。

江恕推了个车，把两人的行李箱都摞在了上面，冷酷且大步流星地走在沈拂前面开路。

送机的CP粉拍了无数照片，超话里又宛如过年。

“在拥挤的人群中带你挤开，从人山人海里把你找到。拂拂被江总护在身后真的显得好小只，啊啊啊！”

“而且她的视线也一直追随江恕，总下意识第一个看他，啊啊啊！”

如果沈拂能看到这些CP粉的言论，她只会说——这机场哪里拥挤了？人山人海根本不存在好吗？

她的行李箱和包完全是被江恕抢过去的。她跟在江恕身后也完全是因

---

①“3A”为“AAA”等级，意为最高级别的游戏。

为得盯紧自己的行李，行李箱是新买的，她怕江恕这人直接暴力地给她扔到传送带上。

还有，她没在看江恕。她戴着鸭舌帽，视线范围只有一小块，就算前面是秃顶的导演她也会紧盯着他以免跟丢。

出发之前，褚为和顾之岛见江恕从沈拂手里抢行李，本来也想借此机会展示一下男人的绅士风度，然而还没等他们迈出脚，一个手里被许迢迢塞了她的行李箱，另一个手里被左玫和顾清霜塞了她们两个人的行李箱。

许迢迢和左玫好像又较上劲了。

因为知道顾之岛是顾清霜哥哥，许迢迢本着“累不死顾之岛不偿命”的劲，使劲往行李箱里塞东西，然后全都交给顾之岛这个队长拿。

顾清霜和左玫这两人自然要反击，知道褚为和许迢迢之前是朋友，就也把行李全都推给褚为了。

顾之岛还好，他只拿了自己和许迢迢的行李箱。

褚为就惨了，跟在最后宛如马夫。

然而此时此刻，除了褚为的粉丝心疼褚为，其他观众全都沉浸在“天团”出游的赏心悦目感中了。

一番周折，飞机落地。

放下行李后，下午摄制组拍了嘉宾出游，他们逛了海边景点，吃了晚餐，最后回到民宿里。

民宿被节目组全都包下来了，风景比别墅那边的更有特色，是一家榻榻米风格的民宿，但空间就比别墅小多了。

嘉宾们坐在庭院的露天长椅上，听节目组宣布规则。

“这七天旅行，每天都有命名。今天我们称为‘刺激合宿的一日’，意思就是，会让嘉宾们体验一下修学旅行时住通铺的感觉。九个嘉宾只有两个大房间，一间住五人，另一间住四人，通过抽签来决定。”

这规则一出，沈拂和坐在自己身边的许迢迢对视一眼。

看来晚上别想睡好了。

节目组怎么整出这么多不重复的新花样的？晚上得打地铺吗？不过好

在按照开头的七日介绍，应该只有今天一晚会合宿。

几个男嘉宾下意识朝沈拂的方向看了一眼。

有摄像头在，自然不怕和沈拂分到一间房的男嘉宾做什么，但待在一个空间一晚上，气氛暧昧，也能改变很多事情，说不定就改变格局了呢？

江恕只想给这几个看来看去的傻子一人一拳。

他浑身散发的阴鸷气息就连前排的左玫都感觉到了，她忍不住回头看了他一眼。

别人参加恋综，这位江先生像是参加宝物保卫战。

嘉宾们各有盘算，弹幕观众可就兴奋了。

啊啊啊，节目组怎么知道我想看这个？之前嘉宾们都是一人一间房，可憋死我了。

“除此之外，今晚嘉宾们还需要各留下一段录音。”

节目组开始给每个人发一支小巧的录音笔：“今晚已经是《限时心动》开播第二十一天，你们可以记录下目前自己的心情、对异性的好感状况，或是想问谁的问题。

“只能录一次，不能后悔和删除。录完了后，交给节目组。我们不会立刻拆开，而是会在‘最终抉择之夜’结束后，再像开时光机一样开封。”

沈拂接过录音笔。

她猜得到节目组的打算。如果现在两个嘉宾互相有意，那么就会在录音笔里留下有关对方的话。等到节目结束后，万一这一对成了，再翻出之前的录音，听到对方说的有关自己的话，发现原来很早之前就是双向“箭头”了，会无比浪漫。

但她可不会真的按照规则来，在录音笔里留下一些丢脸的话。

傻不傻啊？

等嘉宾们把录音笔收起来后，就开始抽签决定房间了。

沈拂心里想着，四人间可能也好点，没那么挤。

然而很不幸，她一抽就抽中了五人间。

五人间，沈拂、许迢迢、褚为、顾之岛、江恕。

四人间，顾清霜、左玫、温铮寒、向凌云。

江恕见到自己和沈拂在一间，松了口气，但随即看到褚为和顾之岛也一副松了口气的样子，他的脸又黑了。

已经到了晚上八点多，节目组先带着嘉宾们参观他们的房间。

五人组这边被工作人员领着，穿过庭院，来到一处院子里。

他们脱掉鞋，上了木质台阶，推开门，进了房间。沈拂发现房间还是挺大的，别说住五个人，住十个人也绰绰有余了。

壁龛上放着五床蓬松软和的铺盖，要求嘉宾自己找地方铺。沈拂四处看了看，心里想着，等这几个人铺完，自己再找个角落铺。

谁知她没动，江恕戴着墨镜，双手插兜，冷着一张脸，也一动不动。

万一她一铺，另外两个不要脸的货就跑她附近铺怎么办？

江恕没动，褚为和顾之岛也不动。

最需要防范的就是这位不按理出牌的江总，谁知道他人品怎么样，万一网上说的强取豪夺是真的怎么办？

一时间，房间里虽然没人发出声音，但仿佛有了刀光剑影。

四个人都像雕像一样站着不动，许迢迢看看这个，看看那个，也不知道该睡哪里。

沈拂气笑了，道："你们确定还不选地方？睡在最外面、最靠近门的人可最惨，有人半夜起来可能会踩到他的脸。"

许迢迢看了三个男人一眼，抱起手臂："总不至于让我们女生睡最外面吧。"

"不管了，他们不选就我们先选。"沈拂先抱了一床下来，递给许迢迢，"这样吧，你先睡最里面，靠墙的位置。"

帮许迢迢铺好后，沈拂在她旁边铺了一床。

还没等她铺好，江恕就火急火燎地把房间里的茶几、矮柜什么的全都扛过来了，放在她床铺旁边，堆成一面矮墙："可以，你就睡这里，晚上翻身小心点，不要翻出来了。"

趁着他堆墙隔开女嘉宾和男嘉宾的工夫，顾之岛和褚为两人看似不紧不慢，实则动作飞快地各抱了一床，试图铺在离沈拂比较近的位置。

江恕见状拿起茶几上的茶水，往地上一泼，把顾之岛和褚为往门边推，冷笑：“让你们抢，现在抢不了了，给我滚到门边睡。”

其他人：“……”

许迢迢抚额：“让他们打一会儿，我们先出去录音吧。”

沈拂：“好。”

两人出去后，分别走到庭院里的两个角落，开始录音。

沈拂在凉棚坐下来，掏出录音笔。

“第二十一天……”沈拂开了个头就卡住了。

她不是个喜欢表达自己情感的人，何况上了节目后也没和其他嘉宾培养出什么感情，实在不知道要说什么。不然敷衍一下吧，反正这个环节又没积分。

说到积分，沈拂盘算了下，自己的时间不多了，只剩一个月出头，但是加上之前的存款、温铮寒的转账，以及从节目组赢来的奖金，连人头费的一半都还没到。

不能再拖了，下节目就得找公司借钱。

她正这么想着，系统忽然上线：“你是不是没手机？哇，你钱够了啊。”

沈拂一下子没懂系统是什么意思：“你在说什么？”

“我也不太清楚怎么回事，但我这边能看到你手机的收款信息。昨天和今天你陆续收到了一笔笔分红，数额很大，加上你之前的存款，完全够了。”

“什么分红？”沈拂开始怀疑自己是不是遭遇网络诈骗了。她手里虽然有钱，但那是准备好以防万一的，她从来不敢进行什么风险较大的投资。

系统道：“好像是对《限时心动》投资的股票分红。”

这档节目自从开播以来，热度节节攀升，投资方都不知道赚了多少，早就盆满钵满了。

“但我什么时候投资了？”沈拂一头雾水，“网络诈骗？”

系统笃定道：“不是，我这边能看到你的确签署过投资意向书，但投资的款项不是从你账户出的。合同是你本人签的，刚好是和同意参加节目的合同一块儿签的，你大约没仔细看。”

分红这么多，投资的绝对不是一笔小钱。

沈拂想打电话给梁晓春问个清楚，但手机不在手上，一时间又是件难事。

她问：“不是从我账户出的，那是从谁账户出的？”

系统有点纳闷儿：“江恕的私人账户。”

沈拂：“什么？？”

这个答案久久没让沈拂回过神来。

数额够了，这意味着她已经结束了自己的任务。时间一到，她就可以接父母回家，但这一次任务完成得这么轻而易举，让她简直来不及开心，而是满脑子都是问号。

她缺钱倒是所有人都知道，但江恕为什么要这么帮她？

光因为年少时那点交情，好像实在解释不过去。

有过十八岁时丢脸的前车之鉴，沈拂非常不想自作多情。

即便她不视财如命，也绝对不会花这么多钱帮谁。以她名义投资的，可不是小数目。

现在不是她非要自恋，而是江恕的一系列行为实在太可疑了。

“你说……”沈拂莫名有点紧张，一紧张起来就忘了应该脑内交流，而是出了声，对系统道，“江恕，这一次，不会是真的，终于喜欢我了吧？”

沈拂说完，系统忽然沉默了下。

沈拂：“？”

系统在她脑海里幽幽道：“沈拂，你录音笔还没关。”

录音笔被节目组收了上去。

沈拂一宿没睡……是真的一宿没睡着。

她暂时没问江恕这件事。因为还没取到自己的手机，她也不知道到底什么情况，贸然问出口，万一是系统弄错了，只怕会丢脸，而且也无法解释她为什么会在封闭期知道手机收到了信息。

晚上，隔着茶几和矮柜的一条过道的距离，江恕睡在那里。

沈拂翻来覆去。

上次拍摄画报时，她能坦然地让他进自己房间对着他睡，是因为认为他对自己无意，于是正大光明，但这次她却像是彻底被搅乱了的一池湖水，到处都是涟漪。

说烦躁吧，也不全然，更像是一脚踏入迷雾，不知道答案的忐忑感。

她将被子往头顶拉，拉到彻底盖过头，轻手轻脚地翻身，让自己对着江恕那边。调整好姿势后，她才缓缓将被子往下拉。

她拉到只露出两只眼睛，见月光洒进来，江恕平淡地平躺着，还戴着墨镜。

沈拂：“……”

沈拂怕弄醒身边的许迢迢，就连呼吸声都竭力放到最轻，江恕却冷不丁地低声问：“怎么了？睡不着吗？”

也没蚊子，她怎么忽然失眠了？

是不是另外两个人的呼吸吵到她了？

江恕毫不犹豫地踹了身边的褚为一脚：“吵死了，别呼吸了。”

从梦中被踹醒的褚为：“……”

沈拂问：“你为什么睡觉还戴墨镜？”

江恕也翻了个身，面朝着她这边，深沉地道：“怕你晚上偷看我。”

沈拂一头黑线。她究竟为什么年少时看上了这家伙？

刚醒过来的褚为听着两人的对话：“……”

就这位江总这样的，除了脸和家世，真的还有优点吗？沈拂能喜欢他才真是见鬼了。

沈拂瞪了江恕一眼，翻了个身朝着许迢迢睡去。

不过插科打诨了两句，倒是将她心里的烦乱驱散了，以至于很快就陷入了梦乡。

翌日，节目组的活动是“大巴兜风的一天”，会带着所有的嘉宾一块儿去享受当地美食，算是一整天的放松活动。虽然没有任何游戏环节，但直播一开始，观众还是疯狂拥了进来。

昨晚直播结束得早，都没看到嘉宾们分完房间后发生了什么，不知道录音他们都录了什么。

盲猜沈拂——谢谢节目组给我赚钱的机会！

上面的你要笑死我，沈拂本人？

沈拂因为惦记着昨天的事情，全程都没认真听节目组说了些什么，又宣布了什么规则。

大巴停在民宿门口。

女嘉宾先上的车，一人选了一个靠边的位子坐下。

接着是男嘉宾上车。江恕本来是较后面上车的，但硬是仗着人高马大，挤开了褚为和温铮寒，得意扬扬地在沈拂身边坐下来。

他戴着墨镜，扬起漆黑眉梢，一副心情愉悦的样子。

笑死我了，江总真是时时刻刻怕老婆跑了！

江恕坐下后开始给沈拂撕晕车贴，沈拂没忍住看了他一眼。

江恕："？"

怎么从昨天晚上起就总看他？难道他突然帅进了她心里？

沈拂默不作声地接过晕车贴，贴在脖颈后面。

因为昨晚的揣测，她现在面对江恕多少有点不自在。

系统上线，道："我给你查了几招，如何判断对方是否喜欢自己。"

有了昨晚的前车之鉴，这下沈拂紧闭嘴巴，只在脑海里和系统沟通。沈拂："你说。"

"第一，假装睡着。他喜欢你的话，绝对会按捺不住，将你脑袋拨到他肩膀上。"

"哪里看来的纯情少男桥段？"沈拂不以为意，"江恕脑子缺根弦，不会想这么多的。"

或许是含着金汤匙出生，又是天之骄子，沈拂从年少起所认识的江恕就是个不将任何人放在眼里、嚣张傲慢、想要什么就直来直去索取的人。总之，他比较霸道强势，不会像委曲求全的少年一样心思迂回、小心翼翼。

"试试嘛。"系统道，"又不会少块肉。"

沈拂沉默了下，答应了。

像系统说的，与其那么纠结，不如试探一下。

车子往前开，她将脑袋靠在玻璃上，闭上眼睛假寐。

沈拂是演戏的一把好手，装睡和真睡完全看不出来不同。车子晃的时候，她的脑袋轻轻撞在玻璃上，她也不睁开眼。

沈拂正觉得系统说的话完全不可靠的时候，就感觉自己脑袋被一只修长冰凉的手拨了一下。

沈拂："……"

江恕正小心翼翼地把肩膀凑过来，让她靠上去，而且为了让她更舒服点，他还特意抬起一只手将车窗的帘子轻轻拉上了。

沈拂忍不住悄悄地睁开一只眼睛，朝身边的人瞥了一眼。

江恕戴着墨镜，面无表情，但俊脸一直红到了脖子根。

系统："啊啊啊，嗑到了。"

沈拂："你够了，瞎起什么哄？"

可沈拂自己也微怔。

他还真会干这种事啊？

大巴内其他男人盯着江恕的视线快把两人扎穿了，可摄制组还在车子后面呢，他们总不可能当着观众的面解开安全带，在还在行驶的车子上起身，走过去把沈拂拽起来。

不遵守安全规则，只怕要被观众指责。

几个男人都在等沈拂快点醒来，把江恕一把推开。

然而直到下车，沈拂也没醒。

弹幕观众不用说，尖叫一片。

我怎么感觉沈拂根本没睡！她刚才睁开眼了，但江总没看到。

怎么回事啊，双向暗恋的小情侣在互相试探？？

沈拂已经顾不上弹幕观众会怎么想了，她现在一心想搞清楚江恕脑子里装的是什么。

难道他真的是以前年少的时候不开窍，上了节目后才渐渐对她产生了好感？

虽然她的确会因当年只有自己一个人产生了那些异样的情愫，仿佛只是自己一个人的故事而失望，但他现在开窍也来得及。

车子在路上整整开了半小时，下车的时候，沈拂的脖子都僵了。

江恕做贼心虚地双手插兜，看向别处，见沈拂还在盯着他，他恼羞成怒："让你非要靠我肩膀，看，居然还有口水！"

沈拂："……"

弹幕观众：江总你这样还有老婆，真的是上天眷顾你！

系统又道："喜欢一个人会无意识了解对方的喜好，你去买冰激凌的地方试试？"

沈拂一方面觉得系统简直看热闹不怕事大，但另一方面，她还是非常口嫌体正直[①]地按照系统说的去做了。

路过冰激凌摊时，她无意识朝那边瞥了一眼。

到下个景点时，江恕居然真的买了几个冰激凌回来分给节目组和她。

沈拂："……"

弹幕观众：啊啊啊，嗑到了！他好爱她！她好爱他！

系统："啊啊啊！"

沈拂："闭嘴，你作业写完了吗？聒噪。"

平时弹幕观众尖叫是一回事，沈拂只会在下节目后看一眼，根本没什么感觉，但此时系统就在她脑子里尖叫，叫得她本来是做什么都很淡定的一人，现在脸上都开始无意识发烫了。

心跳也慢慢加快了。

怎么回事啊江恕？间歇性神经病又发作了？

系统道："你再试试最后一招。夸别人，看看他会不会吃醋。"

沈拂不想再试了。

她看了看手里的冰激凌，居然非常精准，是自己喜欢的芒果口味的，她又抬头看了看江恕。

他戴着一副金色墨镜，阳光落在他高挺的鼻梁上，仿佛在跳跃。

不得不说，人的审美不会轻易改变。年少时沈拂会因为锐气跋扈的少年心动，现在面对眼前这个除了长更高了点，几乎没什么变化的人，心中还是会泛起波澜。

其实鼓起勇气搞清楚一些问题也不是很困难的事。

---

① 网络用语，指嘴巴说假话，身体行为却反映了内心的真实想法。

十八岁时被打击已经是十八岁时候的事了，这一次如果再被打击到，沈拂相信自己会心平气和、微笑面对。

她已经不是年少时经不起挫折的她了。

“直接验他。”沈拂利索道。

为了攻略去测试江恕的心意是一回事，为了弄清楚他的心思又是另一回事。既然任务已经完成了，现在自己去测他的心动值就不卑鄙了。

系统问：“你决定了？”

沈拂：“对。”是死是活，总得弄个明白。

检验对方好感度的方式，沈拂已经相当熟练了。

节目组的队伍走到公园附近，前面摄制组正在录向凌云和许迢迢的射击比赛。趁着节目组和其他嘉宾不注意，沈拂故意放慢了脚步，江恕走在她旁边，下意识后退两步。

两人一下子落在了最后。

因为在外面，摄制组全都是跟拍，没办法像别墅那样有固定机位。弹幕观众找了下两人，才发现他俩和其他嘉宾隔了一段距离。

怎么回事，两人怎么落单的？

“是不是渴了想喝……”江恕话还没说完。

沈拂朝着他靠近了一步。

江恕：“……”怎、怎么忽然靠那么近，还盯着他看？

接着，沈拂面无表情地握住了他的手。

后面有摄像大哥，但沈拂懒得管那么多了。

啊啊啊啊啊，我没看错吧，不是机位造成的错位吧？怎么忽然背着别的嘉宾牵手？？？好像还是沈拂主动的。

昨晚是不是发生了什么我们不知道的事？

别说弹幕观众尖叫了，连江恕都震惊了一下，他受宠若惊，立刻垂眸看向沈拂。

墨镜都掩盖不住他的羞赧，他问：“怎么了？”

沈拂却没回答他的话。

她怔了一下。

她发现自己这边，居然看不到爱情好感度测量机器有任何变化。

之前如果测对她好感度达到顶峰的人的话，她眼前会立刻出现一条红色的波动值，以各种浮动的方式攀升到一百的位置。

温铮寒是平稳上升；向凌云是在她演柔弱时一瞬间攀到顶峰；褚为应该是一见钟情，一开始就数值很高。

即便不是攻略对象，但有可能对沈拂有爱情想法的话，也会多少有个位数或者十几的心动值。换句话说，此刻即便她去验导演，只要导演不讨厌她，数值都可能为五或者六。

然而此时此刻，江恕的爱情心动值甚至都没出现。

不仅是沈拂愣住，就连系统都愣住了："怎么回事？"

沈拂僵硬道："是不是你的机器坏了？"

"怎么可能？"系统道，"机器不可能坏的。"

"那为什么？"沈拂有点艰难地问。

是啊，机器不可能坏，那是哪里出了问题？

就算江恕喜欢她没喜欢到那种程度，但十几的心动值总该有吧？

系统："一般情况下，这种解释就是……亲情。因为这台机器是专门测爱情值的，别的感情都测不出来。你别急，我先回管理局问一下我老师。"

沈拂："……"

沈拂冷静地放开了江恕的手，抬头看了他一眼。

心平气和是不可能的，平静接受也是不可能的。

"崽种。"沈拂怒道。

江恕："？"

被她牵住手，他还没来得及羞涩，就又被她骂了一句。

怎么了这是？

弹幕观众还没尖叫完呢，就猛然卡了一下壳。

难道还没开始谈恋爱，就已经快进到分手吵架啦？

沈拂着实被气到了。

没有那个意思就不要总干些让人误会的事！还整天和那几个男人争来

争去的，她看他就是把这当成竞技游戏了。他还趁着她睡觉把她脑袋挪他肩膀上，敢情这是无聊到看了纯情少男偶像剧，拿她练手呢！

虽然两人落单没几分钟，但注意力一直在沈拂身上、时不时往回看的顾之岛还是注意到了。

他皱了皱眉。

这位江先生真是心机重，又趁着别人不注意，偷偷制造和沈拂单独相处的机会。

难怪自己上节目之前，其他三个男嘉宾被他整得苦不堪言。

这人根本不择手段。

顾之岛放下手中的道具，转身就要走过去把两人分开。

他刚注意到，褚为视线越过人群到处找沈拂时也注意到了，神色也是一变。

刚才在车上也就算了，现在沈拂和江恕怎么还待在一块儿？

平时男嘉宾之间起冲突，导演只会大喊“打起来打起来”，但这会儿是在外面的公园里，大庭广众之下，如果群众都围上来，待会儿就走不了了，还是别发生会耽误行程的事情比较好。

于是导演一把把顾之岛和褚为拦住，并让工作人员跑过去对沈拂道：“沈拂老师，向凌云老师已经射击完了，轮到你了。”

“好，这就来。”沈拂正在气头上，转身就走。

走之前见江恕戴着副墨镜、像瞎子一样看着自己，她心头火更大，没忍住，像踢不开窍的驴一样踢了他小腿一下：“抱歉，不小心的。”

江恕站在原地，低头看了一眼被沈拂握住又松开的手，一头雾水。

好端端的，她为什么突然生气？

难道刚才不是想牵他的手，而是想扳手腕？扳不过他就恼羞成怒？

还是因为她发现在大巴上的时候，自己悄悄把她脑袋拨到自己肩膀上了？

但这都下车半个小时了，她才发现……

反射弧未免太长了吧？可爱。

他虽然被踢了一脚，但掌心仿佛还残留着刚才的温度。

江恕耳根还是有点红。

他在墨镜后往旁侧瞥了眼。也不知道后面的跟拍摄像师拍到没有，要是拍到了，等下了节目，可以录下来。

在原地心情愉悦了会儿，江恕将手攥成拳，插进裤兜里，竭力装作若无其事，顶着一张高冷矜贵的脸朝射击摊那边走去。

他刚挤开人群走过去，就见沈拂不是很冷静地持枪砰砰砰砰几连击，板子上的气球炸了个干净，场面非常惊心动魄。

刚才用完全部子弹才射中三个气球的向凌云："……"

江恕："……"

总感觉她看靶子像看他。

露天场所太阳毒辣，江恕见沈拂晒得脸发热，没忍住转身买冷饮和太阳伞去了。

节目组人员也是好半晌才回过神，赶紧去数了一下炸开的气球，道："这场是沈拂老师赢，加零点五积分。"

有钱拿啊。

沈拂的怒火顿时稍稍平息了一点。

刚才左玫和顾清霜因为太晒，坐在较远处的凉棚下，温铮寒和向凌云则在比赛射击，都没注意到后面发生了什么。

只有顾之岛和褚为感觉到了沈拂和江恕之间微妙的变化。

公园里人头攒动，中间还隔着很多跟拍的摄像师，他们虽然没看清楚具体发生了什么，但沈拂似乎是挣开江恕的手过来的。

不知道两人交谈了什么，但沈拂似乎很不快的样子。

她看起来对江恕似乎根本不感兴趣啊。

两人仿佛都得到了一针强心剂，下意识对视一眼，然而对视完后，立刻意识到对方也是竞争对手，纷纷像咽了口苍蝇一样赶紧扭开头。

顾清霜坐在远处的凉棚下，瞅着给枪换弹的沈拂。

来的时候在大巴上，顾清霜和顾之岛坐在一块儿，得知昨晚她哥虽然被分到和沈拂一个房间，但被江恕千防万防，完全没什么进展。

顾清霜简直比顾之岛还急。马上就要到抉择环节了，相当于要到大决战了，她还没什么进展。

她忍不住动了帮忙的心思。

她走到不远处，买了几顶遮阳的渔夫帽，分别递给嘉宾们。

除了左玫和许迢迢都提前看了防晒指数，戴了编织帽，其他人都没准备这么多。

顾清霜将其中一顶递给沈拂："给你的。"

沈拂看了顾清霜一眼。

之前她对自己的态度不能说差，但也是不太理睬的程度，现在怎么忽然变得热情了？

沈拂不明所以，对顾清霜道了谢后，接了过去。等沈拂戴上后，顾清霜悄悄走过去踮起脚把最后一顶戴在顾之岛的头上。

顾之岛发现只有自己和沈拂的帽子后面别了一模一样的徽章。

顾清霜小声凑近他耳边："情侣款，哥，我只能帮你到这里了。"

女生经常会因为一些小细节而想很多的。

一注意到所有人中只有自己和某个人的帽子是一样的，以为是巧合或是上天安排，不就对那个人多很多想法了吗？

顾之岛有点怀疑顾清霜的办法是否有用。自他认识沈拂起，沈拂就不是个注意细节的人。

但死马当作活马医，他也就任顾清霜去了。

褚为还以为自己也有，结果顾清霜从他面前直接走过去了。

褚为："……"

顾清霜心满意足地回到凉棚后，左玫已经拉下了脸。

她现在是彻底看清楚了，自己就是被顾清霜这丫头摆了一道。她哪里是帮自己找人上节目对付沈拂啊，她完全是想追江恕，于是找了她哥哥来干扰江恕和沈拂。

顾清霜感觉到身边的左玫脸色很差，但现在解释也没用了。

她告诉左玫，自己确实是在顾之岛上节目后，才发现他对沈拂有意，左玫能相信吗？

她既然不信，自己又何必多费口舌？

弹幕观众也发现了。这两人之前还是如影随形的好朋友，到了今天，气氛越来越僵了。

等等，她俩又发生了什么？

不会又因为沈拂打起来了吧？红颜祸水沈拂。

哈哈哈，上面的你要笑死我！

沈拂射击完，刚才输掉了的向凌云忍不住走过去："我再试试。"

沈拂把位置让给他，走到一边。

顾之岛趁此机会，拨开身边的褚为，快步过去："那边有凉棚，要不要去休息一下？"

刚才两人没站在一块儿，大家也就没注意。这会儿两人站在一起了，嘉宾才发现大家都戴了帽子，但就这两人的有徽章。

向凌云刚拿起枪，也注意到了这个细节。

他看了温铮寒一眼。

温铮寒脸上没什么变化，但眉心一跳。

那边江恕刚买完太阳伞，捧着两杯冷饮回来，就见嘉宾们都戴上了帽子。

其中沈拂和顾之岛正朝凉棚那边走过去，两人的帽子后面都有徽章，像是一对。

江恕顿时俊脸就黑了，大步流星地朝那边走过去。

他走到沈拂身后时，冷不丁把帽子上的徽章摘下来了，并藏到身后。

沈拂对此一无所知，只感觉江恕弹了一下自己的脑壳。

有病啊。

沈拂赌着气，没接江恕的冷饮，自己去买了一杯。

江恕："……"

在景点转了一天，嘉宾们都累了，由于晚上还要飞去洱海的酒店住，所以下午三点，活动就结束了。

节目组宣布收工。

大巴开了过来，嘉宾们挨个上车。

和来的时候相反，这一次是男嘉宾先上。

等男嘉宾坐好后，女嘉宾挨个上车。

顾清霜经过江恕身边时鼓起很大勇气，想着要不然在这里坐下吧。

但江恕冷不丁地将沈拂的包从行李架上拽下来，丢在了上面。

顾清霜有几分没面子，只好装作无事发生，继续往里走。

待到沈拂上车时，江恕飞快地把包收了起来，扔回行李架上，并打开车窗，戴着墨镜，面无表情，单手托腮，装作看外面的风景。

他满脸冷酷，漆黑的额发被车外的风吹拂。沈拂看了他一眼，默不作声地走到大巴另外一边，一个人坐下来。

江恕等了好半晌，车子都出发了，也没见到身边来人，忍不住扭头去找沈拂，然后就见她戴上耳机，一个人坐在那里闭目养神。

江恕："……"

别说是江恕愣了，弹幕观众都愣了愣：……

"不服输"的CP粉开始哀号：这是发生了什么，为什么沈拂忽然对江恕退避三舍啊？前两天还好好的呢。

别说前两天了，就是刚下大巴那会儿，她还牵了江总的手呢。

奔跑的灯塔：气死我了，肯定是第五个男嘉宾从中作梗。

其他几家CP粉已经看自称碾压其他家的"不服输"CP粉不爽很久了，虽然没有明确组成"复仇者联盟"，但也暗暗拧成了一股绳。

还在说刚刚牵手那事呢，明明就是机位造成的视觉错位！隔着那么多路人，某家非要从缝隙截图，强行说牵了手，现在"打脸"了吧？

这几天沈拂和江恕走得实在太近，就连在公交车上都坐在一起。"不服输"的CP粉天天在弹幕里鬼吼鬼叫的，搞得其他几家被打压得都快冒出火来了。

此时见沈拂态度忽然后退了一步，这几家简直宛如打了个翻身仗，快高兴死了。

现在不管他们哥哥能否竞争成功，只要江恕败下阵就大快人心！

褚为粉丝：距离最终抉择还早着呢，现在笑，到时候没成，就等着哭吧。

向凌云粉丝：就是，且不说江总和沈拂这两人过去到底发生了什么还没搞清楚，光说那张照片——仅仅凭一张照片，你们就能下定论说沈拂以前暗恋江总，是不是太草率了？别说沈拂，就算我这个向凌云粉丝，手里有和江恕的合照也会好好保存。别的不说，他毕竟是真的意气风发、长得帅，可这不能代表我爱上江恕了吧？

温铮寒粉丝：上面的确定不是在夸江恕？

“没有人比我更会嗑”这几天虽然被羞辱到退网了，但其实一直在暗自看直播，此时见有翻身的苗头，立刻死灰复燃，跳出来了。

的确，之前被“不服输”误导了。一张照片能算得了什么？就算过去有点什么，那也是过去式了。她现在喜欢江总了吗？没吧。她和褚为还有一段过去呢，结果呢？还是 be。

褚为粉丝：……

膝盖中了一箭。

没有人比我更会嗑：所以，加入我们顾之岛沈拂的阵营吧。戴帽子的情侣头像现在都有了，耶。

弹幕里几家 CP 粉又开始大打出手。

这边大巴上。

虽然沈拂没再和江恕坐一块儿，但其他男嘉宾不敢轻举妄动。

他们也敏锐地感觉到了一点气氛的变化。

如果说前几天江恕看起来在他们前面领跑，那么现在江恕像是一个平地摔，一下子掉到末位了。

虽然不知道发生了什么，但似乎就是从江恕把沈拂脑袋拨到他肩膀上开始的，是不是这件事踩了沈拂的什么“雷”？

担心同样“踩雷”，几个男人都没有轻举妄动。

回到民宿后简单收拾了下行李，他们登上节目组的飞机。

晚上八点多落地后，他们在沙滩上进行篝火晚餐，在这期间，沈拂没再和江恕坐在一块儿，也没什么交流。

江恕本来在露天公园那里还因为沈拂忽然握住他的手而受到万分鼓舞呢，结果接下来沈拂就像是面对他的逼近而压力太大，不和他有任何交流了。

江恕闷闷地看了坐在不远处的沈拂一眼，俊脸上也有几分掩饰不住的烦乱。

还剩下三个地方，每一个地方都会宣布一位飞行嘉宾。

点燃篝火的时候，节目组宣布了第一位飞行嘉宾，正是上次捉迷藏环节来过的王轩衡。

“欢迎王总！”

导演倒是热情高涨。这可是投资方之一啊！但其他嘉宾坐在沙滩上，都兴致寥寥。

男嘉宾们甚至有点警惕。这不是江恕的朋友吗？怎么会作为飞行嘉宾出现？难道是见今天江恕落于人后，跑来助攻了？

居然没人欢迎他。王轩衡准备好的开场白都彻底冷场。

他有些尴尬，忍不住朝自己唯一的熟人走过去，伸开手臂对江恕打招呼：“来的是我。”

江恕从沙滩上起身，由于身形高挑，立刻挡住了半个火源，远处游客的视线也忍不住全都集中在他身上。他冷淡地拍了下胳膊和腿上的沙。

王轩衡还以为他要和自己击掌，激动得不能自已，赶紧冲过来。江恕戴着墨镜，冷着一张脸和他擦肩而过，甚至没给他一个眼神。

王轩衡：“……”

江恕离开去取饮料的工夫，这边节目组正在交给女嘉宾隐藏任务。

和第一期的隐藏任务差不多，都是要求女嘉宾在不能让男嘉宾知道有任务要求的前提下，邀请指定的男嘉宾完成卡片上的任务。

男嘉宾正在那边吃饭，都没注意到女嘉宾已经过去抽签了。

一共五张卡，四个女嘉宾抽。

规则先显示在直播右下角了，五张卡的任务内容分别是——

邀请温铮寒跳舞，想办法让他答应你；

邀请向凌云攀岩，想办法让他答应你；

邀请褚为单独找张桌子进行真心话大冒险；

邀请江恕明天离开其他嘉宾，单独去湖边环行；

邀请顾之岛让他单独为你弹奏钢琴。

弹幕观众看完规则，开始兴奋了：上次隐藏任务是对自己的约会对象提出要求，这次是直接抽卡，无论抽中什么都必须执行吗？这是不是就是节目组一开始说的“交换恋人”小环节？

不过几张卡片的内容为什么不太对等？一看就是影帝和江总的最刺激——跳舞有身体接触；环行时间长。其他三个人的内容都比较平常。

弹幕观众现在最好奇沈拂会抽中谁。

几家粉丝虽然没有在弹幕里发，但也都在心里希望这次沈拂能抽中自己家。

沈拂抽中谁，哪一组就吸引注意力。好歹把观众的眼球给吸引到自家来吧。

左玫第一个抽，抽中了温铮寒。

她心情略有些复杂。这要是节目刚开始，她可能千方百计也要抽中和温铮寒跳舞，但现在温铮寒靠不住，还不如抽中别人一起行动呢。

不过她转念一想，累积了十年的CP粉还是很强大的，趁此机会挽回一些流失的CP粉，倒也不是不可以。

于是她收起卡片，欣然接受。

果不其然，已经心灰意冷很久的“温左”CP粉猛然诈尸：“这就是缘分吧，呜呜呜，嗑到了，分道扬镳的be美学①。”

沈拂第二个抽。

顾清霜希望沈拂能抽中顾之岛，但没想到沈拂抽中的是向凌云。

攀岩？

沈拂刚想问能不能放弃任务。工作人员就道：“完不成隐藏任务会倒扣一分。”

沈拂：“……”

弹幕观众：笑死，男人没有分数重要。凌哥，你得感谢这一分。

向凌云、沈拂也是有着不少CP粉的，都纷纷激动起来了：啊啊啊，甜甜的恋爱终于轮到我们家了吗？再说了，“顶流 × 漂亮女明星”才是最好嗑的，嗑不到的都给我去洗洗眼睛。

说不定这一次隐藏任务导致的约会会改变现在江总一骑绝尘的局势，

---

① 又称悲剧美学，指悲剧、遗憾带来深刻的印象，从而产生一种美的艺术感。

一次性把向凌云在男嘉宾中的地位提升上来。

“不服输”的CP粉一时间哽咽，不知道该说什么。

怎么从今天开始越来越有衰败的迹象啊？这两人到底什么情况？

他们只觉得扑朔迷离。

许迢迢抽中了褚为，表示没有意见。

顾清霜本以为就剩下两张卡，自己怎么着也能抽中江恕，满怀期待地伸出手去，结果抽中了顾之岛。

她：“……”

所以，现在是江总落单？

褚为要笑了。他落单了那么多次，总算轮到江恕落单了。

江恕、沈拂的CP粉倒是稍稍得到了安慰。

沈拂和别人一组也就算了，可要是江总也和别人一组，那就完了。

选完隐藏任务后，节目组又分别让女嘉宾填了表格。

表格上的问题只有三个。

1. 抛开个人成见，你觉得异性里谁最帅？

2. 如果世界末日，只能带一个人上诺亚方舟，你会选谁？

3. 你觉得谁性格最可爱？

沈拂看着表格，一边因节目组真是花招无数而无语，一边还是听从本心地给自己选的人打上了钩。

节目组只让观众知道了这几个问题，但暂时还没放出来女嘉宾们的答案。

弹幕里一时间又是猜测无数。当然，猜测大部分都是围着沈拂的。

前两个问题我不清楚，但第三个问题她肯定不会选择江总。

哈哈哈，笑死，这个问题上没人会选择江总吧？

沈拂拿了任务卡片，放在外套口袋里，非常直接地朝向凌云走过去，在他身边坐下。

顿时，除了不在场的江恕，另外三个男人都盯了过来。

向凌云的表情变得优雅而温和起来，问：“怎么了？有什么事吗？”

虽然她上次直接砰地一下将他关在门外，但褚为和温铮寒也遭遇过那样的尴尬场面，所以向凌云并不觉得有什么。

但她主动过来找自己，可是其他人，包括江恕在内都没受过的待遇。

沈拂问："你明天有空吗？去攀岩？"

向凌云愣了一下，生怕她反悔，立刻道："好，时间你定，我都可以配合。"

沈拂完成了任务，点了下头，起身就离开了。

向凌云下意识站起来送她，都不太敢相信这是真的。他收回视线，瞧见温铮寒和褚为难看的脸色，心中不由得有点飘飘然。

顾之岛后上节目，光看转录，不知道沈拂之前对他们三个有多冷漠，所以现在见向凌云一副受宠若惊的样子，还有点莫名其妙。

至于吗？只不过是攀岩而已。

可能是看他是男人里除江恕外最擅长运动的，所以才邀请他吧。

如果是写歌、弹钢琴之类的事情，不就邀请自己了吗？

他正这么想着，顾清霜就过来拉他去远处的建筑物内弹钢琴了。

顾之岛："……"

向凌云重新缓缓坐下来，下意识低头系了一下自己的鞋带。

不知道的人还以为他和沈拂不是明天去攀岩，而是今晚就去。

不患寡而患不均。

"难兄难弟三人组"被沈拂拒绝惯了，忽然有一个人一飞冲天，得到了青睐，另外两人的心情都不是很愉悦。

凭什么，就凭向凌云是运动系？那沈拂怎么不找江恕啊？他每天晨跑，不比向凌云能爬？

他们突然想起来，沈拂从下午到现在，似乎都没和江恕有任何交流。

他们的心情微妙地好了一点。

看来可能发生了什么，江恕在沈拂那边已经被淘汰了。

凭什么？向凌云心想，当然是凭在几个男嘉宾里，他是以前和沈拂在一起时间最长的人。

他之前确实有点受挫，但此刻又觉得自己可以了。其实细细想来，上节目后，沈拂对他也是比对别人好一点的。

她会当场拒绝褚为，给温铮寒难堪，拒收顾之岛的礼物，对江恕冷脸，但似乎对自己都没有过，甚至在今天射击环节，亲手把射击枪交给自己。

或许是这个环节，让她发现两人相似点和共同爱好比较多呢？

向凌云很难不喜上眉梢。

弹幕观众看着他和几个男嘉宾的微表情，纷纷沉默了。

向凌云不会以为自己这是被沈拂选择了，从此“父凭选择贵”，能一步青云吧。醒醒啊哥哥，你只是她的任务。

褚为粉丝：我现在很想笑，对不起。

温铮寒粉丝：笑吧，宝，毕竟我已经在笑了。

摄制组的一圈机位都是围着篝火旁的嘉宾架设的，外圈的游客没有被直播拍进去，因此弹幕观众也就没发现江恕拎着一箱饮料站在后面很久了。

他看着沈拂在向凌云身边坐下来，又看着她邀请完后离开，心中的不安和烦躁已经达到了顶峰。

他戴着墨镜，篝火倒映在他黑色的墨镜上，让人看不清他的表情。

前面的摄像师感觉到身后散发出来的烦闷、阴鸷、晦暗的气息，下意识扛着摄像头转身。

但还没拍到江恕，江恕就拎着饮料走了。

第一晚的合宿过去，还是恢复了一人一间房。

今晚，嘉宾们会住在海边的酒店，这一次房间比较多，于是随机分了房卡。

王轩衡取完房卡回来，在沙滩上找了一圈，发现沈拂早就回房间了。

江恕也不见了踪影。

这两人怎么回事？自己好歹是他们的朋友，他们就是这么欢迎朋友的？

王轩衡融入不了那一群嘉宾，索性提着酒，去酒店里找江恕。

他去敲江恕房间的门，没人来开门。

王轩衡又找了小半个小时，都快找得不耐烦了，才终于在酒店顶楼的泳池发现了这家伙。

他坐在正对着落地玻璃和投影仪的沙发上，手里拿着一瓶气泡水。

没开灯，投影仪处于屏幕保护的状态，在滚动播放一些动物世界和雨林的照片。

黑暗中，江恕戴着墨镜，静静地坐着，听见身后有人开门进来也没理会。

王轩衡一进来就被江恕随手堵在门口的椅子给绊了一跤："……"

江恕这人是真的擅长坑朋友。

他爬起来，走进来，打开灯："怎么了？"

之前一片黑，弹幕观众虽然看得到这里的直播，但完全不知道是谁在那里一动不动地坐着。

现在灯一开，这部分弹幕观众才突然看清楚那人居然是江恕。

吓死我了，刚才坐了半小时不出声的居然是江总？

"你来干什么？"江恕皱眉，"打扰我沉思。"

王轩衡走过来，差点因他认真的样子笑出声："沉思什么？"

江恕神情幽幽的。

为什么沈拂就是不喜欢他呢？是不是还没忘记那四个家伙中的一个？

不对，还有高中时的那家伙。

上节目这么久，他见她对他们不理不睬，以为她心里已经没他们了。

这段时间，沈拂对他态度有所软化，浇水也没浇他，他还以为自己这次终于有机会了，但一下午又被打回原形。

她想攀岩，为什么找向凌云不找他？

江恕多少觉得有点难堪。

他无论怎么想打起精神，但垂着头，还是有几分颓丧。

是不是他逼得太紧了，压迫感太强，给她太大压力了？

实在不行，还是强取豪夺吧？

总感觉这次不把人攥在手心，又要等几年。

江恕这边正惆怅着，也不回答问题。王轩衡努力憋笑："明天沈拂要和那个姓向的去攀岩，你听说了吗？"

这人哪壶不开提哪壶，江恕的脸顿时黑了："滚。"

王轩衡坐下来拿出两个玻璃杯，倒了两杯酒。

江恕冷冷地："我不喝。"

"又不是给你倒的，一个人喝没意思，这杯放在这里撑场面的。"王轩衡说着，自顾自和桌上的红酒杯碰了一下。

江恕的思路全被这家伙打乱了，真想把这家伙扔出去。

“你最开始不是讨厌沈拂的吗？”王轩衡拿着酒杯，看着江恕，百思不得其解。

沈拂刚到江家的时候，江恕可烦她了。

当时江老爷子把江恕的卡放在沈拂那边，虽然给江恕很多零花钱，但只要江恕又偷偷和人赛车，他就通过助理打电话，让沈拂把卡冻结了。

老爷子打了一手好算盘。

江恕会和他闹，会对助理、管家出言不逊，但毕竟是个年少气盛、身高已经一米八的少年，不至于对一个小女孩发火。

沈拂也较真。一般人在这种情况下，都会圆滑处理，但她惦记着江老爷子帮她付了医药费的恩情，硬是江老爷子说什么她就做什么。

“能不烦吗？”江恕想起自己苦不堪言的少年时代，“只要我一犯规，她就冻了我的卡，一周只给我一百块零花钱。”

他当时还处于中二时期，虽然朋友多，但死对头也多。那些人知道他对一个小丫头束手无策，早不知道把他名声踩成什么样了，当时就开始叫他“妻管严”了。

当然，现在如果有人这么叫江恕，他会谢谢对方全家，但当时看，这就是羞辱。

江恕拿起桌上的饮料，一口饮尽，重重地往桌上一放，英俊的脸上露出苦闷：“这不是故意让我丢脸？”

彻底冻结了他的卡都比一周只给一百块好。

弹幕观众：江总和这位王总是不是不知道直播还开着？

本来观众都聚集在海滩篝火那边的，但大家奔走相告，几乎是兴奋不已地拥入了这边。

往事！他们一直想知道的往事！

王轩衡点头附和：“一百块真的羞辱人，这换了我，我也要把沈拂扫地出门。”

“没有谁比我更会嗑”也在这边，忍不住趁机挑拨：看起来年少的时候江总并不喜欢沈拂啊，你们到底在嗑什么年少双向暗恋？他这位朋友也说他讨厌沈拂……

弹幕没发完，江恕起身一把揪起王轩衡的衣领："你会不会说人话？当年她忽然跑了就是你挑拨离间的吧？！"

王轩衡："……"

没有谁比我更会嗑：……

江恕戴着墨镜，看不出来他的表情。

但王轩衡猛然觉得不对劲。

他低头朝桌上看去，吓了一跳："等一下，你刚才喝的是什么？我的酒呢？"

桌子上他的酒杯已经空了。

江恕冷笑："别想转移话题，那天晚上你是不是骂她了？"

王轩衡拿着空酒杯，气不打一处来："我闲着没事干啊？你那天晚上都说了不能因为那件事去指责沈拂，大家都听你的话，至今没在她面前多说她一句。"

"那为什么？"江恕英俊的脸上流露出苦涩。

他显然是因为刚才那一杯酒而有点醉了，居然把墨镜都摘了下来，眼眶有点委屈地发红。

那为什么沈拂说走就走？他开车追出那么远，她也不回头。

那一晚过后，他确实在气头上，但她干出了那种事，还不准他生一下气吗？

她居然一句话不说，趁着他还没回家就收拾包袱走人。

他出了车祸，她也不回来看一下。她走后那个月要是打个电话回家，就会知道他在医院躺了一个月。

每天晚上江恕都睡不好，经常做梦，梦到她过来了，但是惊醒后拉开病床旁边的窗帘一看，哪里有人？

等江恕自我消化掉那件事，没忍住跑去找她后，她已经在研究褚为的喜好了。

那天把感冒晕倒在宿舍房间门口的她送去医院，江恕的脸色比她更惨白，头一回觉得自己像个小丑。

她手机屏幕一亮，备忘录上面记的日期全和褚为相关。

褚为的出道日。

褚为的生日。

褚为父母的生日。

到底是谁值得她这么用心？

王轩衡冷静开口："其实我觉得……"

上综艺这么久，他也看了直播，觉得沈拂还是对江恕有点偏袒的，虽然当年不喜欢，但现在说不定……

话没说完，江恕的俊脸忽然红了，一屁股坐回沙发上，惆怅道："她当年——"

话没说完，王轩衡猛然注意到不远处闪烁的摄像机："啊啊啊！"

他猛然扑过去捂住江恕的嘴。

弹幕观众快被江恕这个冤种朋友给气死了。正听到关键时刻呢，怎么就不让他们听了？？

王轩衡被江恕一把推开。弹幕观众只勉强听得到含糊的半句："……会不会其实没那么讨厌我啊？！"

啊啊啊啊！

弹幕观众忍不住了。

听不清的部分到底是什么啊！！！

她虽然和她同桌打赌要追他，但是能上来就强吻，是不是说明她当时并不反感他啊？！至少不反感肢体接触。

何况不都说"酒后吐真言"，她既然能在酒后干出这种事，可能就说明在潜意识里对自己有一点喜欢呢？

但刚想到这里，江恕立马又被回忆打回谷底。

当时，她当着生日晚会众人的面亲了他。

他别提有多心花怒放了，整个人僵得像块石头一样，不敢动，怕把身上的她推下去了。

她是有些喜欢自己的吗？当时江恕在心里想。

他已经做好了准备——要是她做出什么更进一步的动作，他就不管了，先表白。

结果她下一瞬从他身上爬起来，居然喊了一句话。

他问她那是谁。

她抱着他的胳膊，在他耳边说了一个别人的名字。

那时候，江恕跳得飞快的心脏顿时犹如被泼了一盆冷水，冻在原地。

江恕拿起桌上剩下的酒喝了一口，愤怒道："我真的想不明白，为什么她会暗恋那小子？"

王轩衡知道他说的是谁，心想，别说了别说了，再说下去老底都要掉光了。

"你还为这事生气？"

沈拂走后，江恕出院后把她同桌收拾了一顿。

虽然对外说是不悦他拿自己打赌，但只有在生日晚会当天听见沈拂喊那个名字的他们才知道到底怎么一回事。

暗恋自己的同桌很正常，高中时期的女生经常因为同桌帅一点就暗恋上了。

沈拂的那个同桌门门功课年级前三，确实也挺优秀，但令王轩衡百思不得其解的是，要论帅，他们那群人里，谁也帅不过江恕啊。和江恕在同一个屋檐下朝夕相处，她居然还能看得上她那同桌？

"我现在怀疑她看上——"

弹幕观众已经疯了。江恕又被王轩衡拿沙发抱枕捂住了嘴巴。

王轩衡，你疯了，敢拿沙发抱枕捂江总，等他明天清醒过来，你命真的没了。

虽然江恕没说完，但王轩衡懂他的意思。

高中时她那同桌戴眼镜，现在的顾之岛也戴，温铮寒偶尔也戴。她现在看上这两人，会不会因为就好这一口？

江恕想尽量向沈拂的取向靠拢，但又不近视，也不喜欢戴那种文质彬彬、斯文败类风格的金丝框眼镜。

于是他整天戴着副墨镜。

都是眼镜，总能沾点边吧。

“怎么可能？又不是在集邮！”王轩衡头疼。

“怎么不可能……就是她的‘白月光’！她根本忘不了他！”

江恕怒道。

就算之后这人被他弄到外省去了，但沈拂谈过的几个人里面，江恕怀疑也都有这人的影子。

果然“白月光”还是得收拾干净，他还是下手太轻了。

王轩衡想去把摄像头摘掉，但突然发现泳池有五六个摄像头，等自己过去摘完，江恕不知道都说了什么不得了的话了。

于是他一边拿沙发抱枕捂住江恕的脸，一边把他往外拽。

弹幕观众气得抓耳挠腮：关键的部分全都没听到！今晚就暗杀这位冤种朋友。

江恕力气大，王轩衡根本困不住他，还得避开他挥舞的拳头，以免第二天起来变成熊猫眼。

王轩衡只想跪在他面前：“你到底想怎么样啊我的大少爷？！”

他想怎么样？

他想她爱他。

不是亲情的那种爱，也不是朋友之间的那种爱，他想她把他放在第一位，无论出了什么事都第一个想起他。

他想当她的第一个爱人，而不是排在一、二、三、四、五之后的六。

他是不是强人所难了？时光怎么可能倒流？

他非要强人所难。

江恕忽然又愤怒又涩然，一把推开王轩衡，大步流星地朝楼道走去。

他现在就要把沈拂抓出来。

逼她爱他。

Chapter 10

第 8 章 . 双向暗恋
第 9 章 . 笨拙试探
第 10 章 . 漫长爱意
第 11 章 . 自由表白

弹幕观众全在尖叫。

啊啊啊，家人们，我整理了一下破碎的信息。

所以，高中时期沈拂有个喜欢的人，也就是江总口中所说的根本忘不了的“白月光”，不知道是谁，我们姑且称为“X”好了。

但问题是，江总不知道沈拂随身带在身边的是和他的合照，而非什么X。换句话说，如果存在一个X，沈拂为什么不带X的照片？沈拂怎么可能另有“白月光”？

所以上面的意思是，其中是不是有什么误会？

奔跑的灯塔：急死了！全世界都知道她沈拂爱你，就你江恕个傻蛋不知道！全世界都知道！江恕能把命给你，就沈拂你不知道！！！

弹幕观众在激动之余快要笑死了：灯塔老师别激动，啥话都蹦出来了。

之前沙滩上围着篝火的一群人正在配合节目组做游戏，现在终于发现沈拂和江恕两个人不见了。

沈拂一贯睡得早可以理解，江恕怎么也不见踪影？

顾清霜环视了一圈，问：“江先生呢？”

许迢迢嗑着瓜子，道：“刚才去取饮料了，之后就没回来。”

男嘉宾们才无所谓江恕去哪儿了，但很在意沈拂和江恕两人同时消失这件事。江恕不会又趁着他们不注意，动用绿茶手段进了沈拂的房间吧？

褚为、向凌云几人对视一眼，对拍摄画报那天的事情心有余悸。

顾之岛率先起身，微笑道：“沙滩人多，我担心他们其中一个是不是被粉丝围住了，我去看看。”

其他人：“……”

好借口，看来这第五个男嘉宾也不是什么省油的灯。

顾之岛朝酒店方向去了。见他过去了，其他几个男人也就放下了心。

两个竞争者凑一块儿必定打起来。

“没有人比我更会嗑”又激动了：我觉得我们“岛拂”CP还能抢救一会儿。冲啊，顾之岛老师，快阻止江恕。

其他弹幕观众火急火燎地到处切换镜头寻找江恕身影，切换到这边来就看见这么一句，顿时怒道：滚啊！

虽然脑子云里雾里，但沈拂的房号江恕倒是记得非常清楚。

“2805！我现在就要去2805抢人！”

王轩衡根本拦不住他，可仔细一想，为什么要拦？要是趁着这机会让两人成了，这人回头不还得感谢自己吗？

于是王轩衡干脆放开了江恕，并掏出手机打电话联系节目组那边，当务之急是关掉一些固定的直播摄像头。

弹幕观众看着他打电话，全都在号啕：王总的行为就是电视剧放到高潮时他突然给我们关了！要是今晚什么都没看到，我真的会组团去“刺杀”他！

江恕推开王轩衡，雄赳赳气昂昂地往沈拂房间方向走，满脑子都是“强取豪夺”四个字。今晚他就要强吻回来。就许沈拂夺走他初吻，不许他亲她？！

没见过猪跑还没吃过猪肉吗？“金丝雀”文学还真当他没看过？

酒店走廊昏暗，但江恕硬是脚半点不打滑地冲到了沈拂房门口。

他攥紧了拳头，头重脚轻地环顾四周，找了一圈。

江总找什么呢？

弹幕观众刚问完，就见江恕找到房间门口的壁灯开关，啪地关了沈拂房间门口的壁灯，打开了对面房间的壁灯，给自己打了一道帅气的背光。

虽然没有墨镜，但看直播的观众已经觉得他仿佛戴了墨镜。

弹幕观众：哈哈哈哈哈哈，虽然喝醉了，但死也要装！

江恕才不管是直播还是别的呢，酷帅狂跩地抬手敲门：“沈拂，给我出来！”

弹幕观众本来以为江恕会走到这里就㞞了，谁料他还真的一鼓作气地敲响了沈拂的房门，全都激动得从椅子上站起来。

江总冲！二十万在线观众为你加油！

啊啊啊，江总站起来了，请把“江总很行”打在弹幕里！

我现在宣布江恕就是本恋综最猛的男人！

弹幕观众还没兴奋完呢，门从里面打开，沈拂蹙眉出来：“我没聋，敲这么用力干什么？”

江恕死死地瞪着沈拂，瞪了好几秒。

瞪到沈拂一头雾水，他才慢慢地、愤恨又无能狂怒地红了眼眶，高大的背影颓了下去，俯下身去，将脑袋搁在沈拂肩膀上：“为什么不理我？”

弹幕观众：把“猛”字画掉。

沈拂刚刚还在房间里收拾明天攀岩要穿的运动服，听见江恕敲门，没多想就过来开门了，谁料他一见到自己就一副被抛弃了的样子。

江恕似是有些站不稳，不仅俯身将下巴抵在她肩上，还将高大的身躯朝她压来。

沈拂踉跄一下，赶紧扒住门框免得被他压在身下一同摔倒。

江恕感觉到怀里的人的踉跄，似乎稍微清醒了一点，将重量从她身上抽离。

沈拂扶住他胳膊：“怎么了？”

空气中有着淡淡的酒香味，沈拂皱了皱鼻子。

这是喝酒了？她还问他怎么了？！

江恕站直了身体，冷冷道：“有因必有果，你的报应就是我。”

沈拂：“？”

江恕冷冷地盯着她，耳根越来越红，努力让自己显得理直气壮：“你强……我的时候没想过会有今天吧。我今天有恩报恩，有仇报仇，就要强……回去！”

不知道触发了什么敏感词，中间一些词或字消音了。

弹幕观众快气死了：啊啊啊啊，消音的到底是什么啊？！

他们非常不想想歪，但这关键的内容刚好消失了，怎能让他们不想歪？

沈拂听江恕说完，愣了一下，双手撑住他摇摇欲坠的身体：“等一下，你喝醉了。”

这在江恕耳中完全就是拒绝的话。她居然还敢用他喝醉了来搪塞他，他怎么可能喝醉了？他这不是好端端地站在原地吗？还认出了她的房间号。面前的她也是一个她，没有变成两个。

江恕冷笑，抓住沈拂的手腕：“我没醉，休想阻止我。”

今晚，现在，他就要逼迫她喜欢上他。

没等沈拂反应过来，江恕满脸凌厉，但实则耳根滴血，装作冷酷地将沈拂按在了墙上。

弹幕观众又是一阵尖叫。

奔跑的灯塔：啊啊啊，快掐她的腰，少了个步骤，快掐她腰！

弹幕观众：灯塔老师，你……哈哈哈，你淡定一点！

沈拂的背部被压在了冰凉的墙上。

虽然江恕说的话颠三倒四的，但她还是识别出了一些信息。

沈拂沉默了下，抬眸问：“你想亲我？”

她总算弄明白江恕的来意了。

感到不可思议的同时，沈拂又有点想笑。

醉了后的江恕废话好多，但又很可爱。

“怎么？”江恕装作强取豪夺式残忍冷笑，甚至还空出一只手捏住沈拂的下巴，把她捏成嘟嘟嘴，“笑什么？不准笑。”

事情仿佛兜兜转转，逐渐绕成了一个圈。

沈拂想起来几年前离开江家之前，自己也是这样头晕目眩地跪在他身上，当时脑子里什么也没想，一片空白，看起来冷静，实则自己都不知道自己在做什么。

那一晚她亲了他嘴角。

那么现在，江恕也是这样的吗？

都说“酒后吐真言”，有人信有人不信。

可沈拂是信的。

因为她自己就曾在一场酒醉后，将时光里的那些紧张情愫宣之于口。

沈拂打掉江恕的手。

江恕："……"

霸道忽然泄气，变成了几分沮丧。

然而下一秒，沈拂捧住他的脸。

"……"江恕受宠若惊，喉结滚动了下。

沈拂看着江恕，望进他一双眼睛里，他身后的壁灯光线落在他侧脸上，照亮他高挺的鼻梁和英俊逼人的完美眉眼。

他红了的眼眶仿佛还含着雾气。

沈拂问："你想亲的是谁？"

她要彻底弄清楚江恕现在在想什么——不拖泥带水，没有任何误会。

江恕毫不迟疑且得意扬扬："我老婆。"

沈拂又问："你老婆是谁？"

江恕略有些害羞，垂下眼睫："沈拂。"

沈拂没忍住笑了。

见她笑，江恕低头想亲过去。强吻，就现在！

沈拂捏住了他嘴巴。

江恕："……"

"话还没问完。"沈拂一巴掌打在他背上，继续问，"那么，为什么喝醉了想亲沈拂？"

江恕觉得很受伤，为什么不让他亲过去？

他又恼怒又理直气壮："因为我喜欢沈拂。"

终于听到了自己想听的话，沈拂的心跳猝不及防加快。

她继续捧着江恕的脸，试图让他清醒一点："你是喝醉了在说胡话吗？你知道你说的是什么吗？"

听听，不让他亲过去也就算了，还在指责他说胡话。

酒精冲上头顶，江恕看着沈拂，心中无比难过。从她离开的那一天到现在，他像座不断压抑的火山，想去把她抢回来，但又听信了不知道什么鬼话——万一她和别人是真心相爱的呢，他要是拆散他们，她会恨他一辈子。

为什么一个接一个，可根本轮不到他？！

他就那么差吗？

江恕将沈拂压在墙上，愤愤道："喜欢你，太喜欢了，从很早就开始喜欢了，你怎么能这么对我？"

"很早？"沈拂敏锐地抓住了重点，继续拷问，"多早？"

难道不是上节目开始对她产生好感的吗？

从什么时候开始喜欢她？江恕自己也分不清了。

年少的时候那么多时间都在一块儿，哪里能分得清具体是哪一天？

可能是在某个打完篮球回来热气蒸腾的午后，他忽然听见浴室有人洗澡，莫名其妙开始面红耳赤。

也可能是不知道从什么时候起，他总想从她教室那边绕路，借着身高优势，假装漫不经心地瞥一眼，看她又在干什么。

还可能是第一次看她穿百褶裙，猛然意识到男生和女生不是一个性别的。

他十几岁到现在，全是她，但她那时候的心思是不是都在别人身上？

江恕光是想象，心就像是被一只手攥住，有着难言的苦涩。

"我不知道。"江恕闷闷道，"在你一周只给我一百块的时候。"

他还记着这事呢。

沈拂有些尴尬。当时她不也是因为看他有点不顺眼嘛，既然是死对头，难不成她还给他一百万？

但同时，她心中也多了很多圆满的情绪。

果然，她就说肯定是系统出了问题。

江恕又问了一遍："可你怎么能这么对我？"

看着他委屈的俊脸，沈拂没忍住问："我怎么对你了？"

江恕按着沈拂的肩膀，愤怒控诉："你和别的男人眉来眼去！"

这锅沈拂可不背，上节目之后她根本没多看别人一眼。

她："我什么时候眉来眼去了？"

"从上节目到现在！"江恕越说越气，"居然还说死矮子是你的初恋！"

沈拂顿了一下，才反应过来他说的死矮子是谁。

虽然褚为只有一米七八，但也不算矮，反而是最平均的身高。

她见江恕咬牙切齿的样子，有点想笑，但又忍住了。

她道："我的初恋是你。"

走廊里的空气短暂凝固了一下，非常安静。

江恕愣住。

什、什么意思？

别说江恕愣住，弹幕观众也愣住了。

啊啊啊，这是彻底坐实了年少时期她也对江总有"箭头"啊！多说点多说点啊，我们又不是外人！

江总口中一直说的"强……"又是什么啊，到底还有什么是他们不知道的？！

弹幕观众正尖叫，沈拂抬眼看了一眼远处的摄像头，顿了一下。

她猛然反应过来走廊上应该也是有直播摄像头的。

不过，好像现在反应过来也已经迟了。

不是想亲吗？

进来亲。

这样想着，沈拂揪住江恕的衣领，后退两步，把人带进了房间里。江恕大脑一片雾蒙蒙的，虽然糊涂，但没忘反手把门关上了。

就在这时，王轩衡打的那通电话起了作用，节目组匆匆把这边的直播线路切断了。

页面顿时一片漆黑，连点声音都没了。

弹幕观众：啊啊啊啊啊，刚高潮就被打断！王总你是真的会被"追杀"的你信不信？！

那边王轩衡守在楼道口，见电梯门开了后顾之岛从电梯里走出来，赶紧冲过去一把把人塞回电梯。

但满屏尖叫的弹幕观众已经无心关心顾之岛姓"岛"还是姓"之"了。

系统匆匆赶来，出现在沈拂的脑子里："沈拂！我还没毕业不太清楚，原来心动指数爆表，超过一百也是验不出来的，会让机器直接冒烟失灵。"

它还没鬼吼鬼叫完呢，就见房间里沈拂被江恕按在门板上，正交换一个迟来的吻。

江恕身材高大，将沈拂遮得严严实实的，只能瞥见一些散乱在他肩膀上的发丝。

房间灯光昏暗，气氛旖旎，沈拂双手揽上江恕脖子。

江恕头一回这样亲密地将人抱在怀里，晕晕乎乎的，只感觉像是在做梦，耳根已经红得不行了。

她怎、怎么主动亲他了？

不管了，赶紧趁着梦没醒多亲会儿，亲回本。

系统：亲上了？

哦，那没事了。

“未成年”系统赶紧捂着眼睛撤离了。

系统的话沈拂也听见了，不过在得到系统测量出来的答案之前，沈拂已经相信了江恕说的“喜欢你”三个字。

她有点后悔一整天没理江恕，不过那不也是因为在气头上吗？所谓“好事多磨”，现在也不晚。

可能是酒精逐渐上头，进了房间的江恕看起来比刚刚更醉了。

醉了酒的他几乎是有问必答。

沈拂试图把他带到床上坐下，搞清楚一些事情，但她稍微离开江恕一点，他就又愤怒又委屈地把她脑袋按回去，狠狠地抱着她，恨不得将她嵌进身体里。

怎么在梦里她还要跑？！不给人活路了是吧？

大费了一番周折，沈拂才把他弄到床边。

途中江恕踹翻了茶几和椅子就不用多说了，连地毯都被他的强硬动作给弄得起了皱痕。

到了床边坐下，他还要死死拉着沈拂的手，红了的眼紧紧盯着沈拂，一副“生怕人跑了”的样子。

“不走。”沈拂亲了亲他的眼睛。

江恕总算安分了点。

他冷笑一声。不愧是他，强取豪夺说成功就成功。

沈拂完全不知道江恕在想什么，辩解：“我亲了你之后就没记忆了，怎么可能还说什么同桌之类的？”

江恕喝醉了也不忘冷笑一声，一副“我就看着你编”的表情：“你说断片就断片了？我看你当时清醒得很哪，强吻完我后还把我衬衣拉开，伸手进去乱摸。”

沈拂：“……”

什么有的没的？她怀疑后一句才是江恕乱编的吧！

她当时还是个刚成年的小姑娘，怎么可能做那种事？！

“当时我喊他的名字，可能是想说……不是因为和他打赌才亲你的。”

沈拂当时被打赌的那件事弄得心神不宁。

她的确喜欢江恕，只是没有做好告白的准备，但同桌突然提出来打赌，弄得她那段时间看江恕总有点不自在。

这就像她本来就打算去开一个盲盒，但有人总在她耳边告诉她，如果她去开，就给她十万块，导致她开盲盒的心一点也不纯粹。

“但是你怎么能把人酒后的话当真？”

她都断片了，哪里知道自己在说什么啊？

江恕听到沈拂说这话，顿时埋着脑袋，盯着和沈拂十指交握的手，有些苦涩。

他倒是不想当真，但那样的话，那个吻不就也不作数了？

有钱又帅的大少爷有时候也会没那么自信的好不好？

再说了，她当时整天说讨厌他，对他一脸嫌弃的样子，谁知道她哪句话是真，哪句话是假？

不知道是因为喝了酒、没戴墨镜，还是因为房间里只开了阅读灯，光线昏暗，江恕看起来半点没有平日的嚣张和倨傲，浓密的漆黑睫毛半垂，反而有几分湿漉漉的雾气感，看起来忐忑又落寞。

他修长的手将她的手抓住，看似占有欲惊人，实则不安。

于是沈拂凑过去亲了亲他的嘴角：“好了，现在知道了，我也喜欢你。”

亲完了唇，江恕冷着一张脸，面无表情，按捺着情绪没动。

努力按捺了几秒，他还是没忍住，扭头看向别处。

头顶要冒烟了，俊脸要红得滴血了。

可恶，他就说他不会这么没魅力。

她说也喜欢他！！

虽然已经坐得很近了，但他又往沈拂的方向挪了点，小心翼翼地试探着，将沈拂揽进怀里。

一副“反正这是在梦里，你能拿我怎么样”的谨慎又嚣张的表情。

沈拂觉得他是真的没经验，上次拍摄画报时就一副手不知道往哪里放的样子，现在手在她身侧握紧又展开。

再磨蹭下去天都要亮了。

“躺下吧。”沈拂把他往床上一推，顺势在旁边躺下来，“坐着腰好酸。”

猝不及防被推了个趔趄，江恕把人抱了个满怀：“可我们还没结婚呢！！！”

虽然嘴上这么说，但他还是非常口是心非地赶紧用双手把人一把死死抱住，牢牢箍住沈拂的腰，像是好不容易得到什么宝藏，赶紧藏怀里生怕被别人抢了。

他把沈拂往身上抱了抱，又掂了掂，俊脸不知怎的又晕晕乎乎地红了起来。

“你在想什么啊？”沈拂一头黑线，“赶紧给我停下。”

江恕握拳捶了下自己脑袋，努力让自己清醒一点。

沈拂：“……”

会更晕的吧？！

“那我当练习生那年，医药费该不会也是你出的吧？”

宛如剥茧抽丝般，沈拂想到了很多事。

她向老爷子辞行离开江家之后，自然不可能再花江家的钱。而且出于自尊心，她还得攒钱，把那笔钱还给老爷子，但刚和公司签约的她养活自己都难，哪里来的钱去付医药费？好在当时梁晓春说公司高层人员看中她，给她预支了一大笔钱。沈拂用这笔钱还了江老爷子的钱，并付了医药费。

江恕不吭声，假装没听见。

沈拂坐起来，佯装生气：“不回答就不亲了。”

江恕顿时“垂死病中惊坐起”，问：“为什么？”

沈拂看着他做贼心虚的样子，就知道果然是他。

江恕不知道该怎么说才能让沈拂接受，且不伤害到沈拂的自尊心。

离开江家暂时无法自力更生根本不是什么丢脸的事。后来她不是完全凭着她自己的努力站稳了脚跟，还赚了那么多钱吗？

“你不依靠我，还能依靠谁呢？”江恕小心翼翼道，“即便没有喜欢你，我也是你的家人。”

沈拂一晚上都在努力克制自己的情绪。

她听到他这话，终于没克制住，鼻腔有些酸了。

“那么，有一次你把我伞藏起来，撑着把伞，跩得二八五万地走到我面前来，原来是想和我共用一把伞啊？”

江恕：“不然你以为呢？”

沈拂：“我以为你想趁机把水溅我一身。”

江恕：“……”

怎么会有这么不开窍的直女啊？

沈拂皱眉思考了下，又道：“有一次我手机不是掉井里了？有一周没来得及买新手机，班长说他联系我了，但我问你，你说没有。原来你当时是吃醋了啊？”

江恕冷笑道：“别‘班长班长’叫得好听，你班长就是你同桌，那小子狼子野心昭然若揭，早就对你有意思了！”

说到这里，江恕抬起还不太清醒的脑袋，看了沈拂一眼，想问她和那小子究竟是怎么回事。为什么她离开江家后，那小子还带着她写给他的情书来找自己？

他想问，但又忍住了。等结婚后把人困住再问。

江恕像牢牢守着洞口的狼，好不容易把心爱之人抢回来，生怕一点闪失就把人弄跑了。

沈拂又问：“那年级旅游那次，你半夜抱着篮球出现在我们身后，让我们以为闹鬼了，原来是想把我送回住宿的那栋楼？”

江恕没好气道：“不然呢？你以为是故意吓你们啊，我哪有那么无聊。”

沈拂：“但你当时不是说刚好经过吗？”

江恕沉默了下，俊脸有点涨红：“傲娇懂不懂？”

十几岁的年纪，连喜欢都不太懂是什么，只是脑子里那么想的，就那么去做了，做完被抓包又有些恼羞成怒。

然而，像是打开尘封许久的佳酿一样，两人事到如今才明白，原来在很久之前，他们就已经开始互相试探了。

从开始试探对方的那一刻起，他和她就已经陷入了漫长的暗恋。

时隔那么久，他和她却都将一件件小事记得那么清楚。原来当时紧张的并非一人，仿佛能听到自己心跳的漫长回声的也不是一个人。

虽然今晚得到了这么多答案，但江恕心里还是觉得非常不真实。

到底是做梦还是他杜撰的?

怎么会这么幸运?他冲过来索要一个答案，她就刚好给了他最想听的答案。

老天真的这么眷顾他吗?还是他喝多了死掉了?

现在是在天堂……吗?

长久的沉默中，沈拂见江恕用一种怀疑的眼神看着自己。

接着，他伸出手，用力地捏了一下她的脸。

本来只是想判断一下真实与虚假，但捏着软软的，可能是捏上瘾了，他又捏了几下。

沈拂用想要暗杀江恕的眼神盯着他："你捏故（够）了没有?"

因为脸变了形，说话也吐字不清。

江恕英俊的脸上的表情忽然变得悲怆起来："果然是假的吧?说普通话都不标准！我们沈拂说话很标准的！"

沈拂："……"现在把这位大少爷丢出去还来得及吗?

看了一眼地上的攀岩器材，江恕又吃味了。

她怎么这样啊?今晚让他进房间，明天又约别人去攀岩。

明明他是第一个出现在她生命里的，可为什么被她排到这么后面?

如果不是他厚着脸皮来强取豪夺，她是不是干脆就把他从生命里踢出去了?

"我想排第一。"江恕语气幽幽的，带着一股哀怨。

既然都强取豪夺了，他怎么就不能野心大一点，占据她心里的第一?

虽然不知道江恕说的“第一”是什么“第一”，但沈拂打算不和一个半醉的人计较。

她拍了拍他的脸：“你就是第一，除了我父母。”

“呵。”江恕冷笑，一副“女人我看透你了”的样子，冷静地握住她手腕，缓缓将她手腕拉下来，“你就哄我吧，说什么以前就喜欢我，那为什么那么快就移情别恋？一二三四五，你上山打老虎呢，我是老六？”

还给褚为写备忘录，她给他写过备忘录吗？

沈拂觉得这真是哄不完了，这个问题刚进房门她就回答过他，他是失忆了，还是断片后不记得了，又问一遍？

别人是恋爱循环，他是吃醋循环。

“睡吧。”沈拂连把他一棍子打晕的心思都有了，试图挣开他的手，“你先睡，我要去洗澡。”

来的时候她看江恕头发微湿，似乎已经是洗过了。

江恕见她起身要走，嚣张的气焰顿时熄灭，赶紧坐起来从背后一把抱住她，双手死死箍住她的腰，小声道：“别走，我不叨叨烦你了。”

江恕身材高大，即使坐在床上力气也很大，沈拂被迫坐回他怀里，无奈道：“我只是去洗个澡。”

江恕不理会，就是不放开，无论她去哪儿。

他好不容易才能这样抱着她，不能放跑了。

沈拂侧头看了江恕一眼，江恕和她碰了碰额头，眼里占有欲惊人。

他垂着眸看她，英俊的脸怅然，低声道：“不要走。”

沈拂也不清楚到底是因为醉酒，还是因为他平时都在压抑，此时的江恕确实有点不正常，像是她一走，他就不知道会做出什么来的感觉。

沈拂叹了口气，道：“要不然明天去领证？”

江恕愣了一下。梦里还有这种好事？

这倒是他从没做过的梦。

他声音突然哑了，欣喜若狂道：“真的吗？”

“想得美啊。”沈拂真是哭笑不得，道，“你户口本带了吗？我的反正没带，在家里呢。”

江恕怒道："我的带了啊。"

沈拂："……"

怎么会有人随身带户口本啊？！

沈拂也不知道这一晚是怎么过去的。总之，折腾来折腾去，她第二天天亮才去洗澡。

翌日，江恕终于彻底从醉酒的状态恢复过来，坐在床上伸着两条长腿，抱着被子一副不敢置信的样子，紧张又望眼欲穿地等她从浴室里出来。

沈拂在浴室穿上浴袍出来。

四目相对。

江恕瞬间摸出兜里的墨镜戴上，一副"我什么世面没见过"的冷静淡定的样子，只是通红的耳根泄露了他的情绪。

很好。看来是没有断片，昨晚的事情都还记得。

"没有发生什么，你放心吧。"沈拂瞥了他一眼，道，"你说得等结婚。"

眼前的人开口说话了。看来昨晚的事情不是错觉也不是梦。

江恕忍不住开口："我强取豪夺成功了？"

虽然还有很多问题尚未解开，但她没赶他出去，而且如果他没记错的话，昨晚她还亲了他，告诉他，她喜欢他……这就够了。

江恕不知道该怎样形容自己的感觉。

仿佛奢望了什么太久，猛然发现终于得到了，有种不真实的狂喜。

听听，一清醒就开始不说人话。

沈拂被气笑了："敢情你昨天跑我房门口鬼哭狼嚎是来强取豪夺的？你说说看，你打算怎么强取豪夺？"

"幸好你没带户口本，"江恕意识到现在他是光明正大地得到了沈拂的眷顾，开始嚣张轻狂起来了，冷笑道，"不然半夜绑你去民政局。"

沈拂莫名有些面热，随手抓起桌上的遥控器往他身上一扔："快起来洗漱，在直播之前滚回你自己房间去。"

"老婆。"江恕强忍着羞赧，下床走到沈拂旁边，拆开一把新的酒店牙刷，"一起洗漱吧——"

沈拂从镜子里看了他一眼。他身材高大，一走过来就显得洗脸池小了，酒店干湿分离，洗脸池前本来就不大，这下更拥挤了。

沈拂伸手推了他一把，江恕硬是厚脸皮地站着没动。

沈拂："你不把墨镜摘下来怎么洗脸？"

"不摘。"江恕拿起杯子，墨镜后的俊脸一片红。

墨镜就是他的保护色，摘下来哪还能厚脸皮叫"老婆"。

出生二十四年他从没这么高兴过。

二十四年的过年加起来也没今天高兴。

两人站在一块儿刷牙，江恕用自己的大拖鞋碰了碰沈拂的小拖鞋，又俯身用下巴磕了磕沈拂的发顶。

磕完了他自己在那里沾沾自喜地碎碎念："老婆老婆老婆。"

沈拂："……"

她看他是真的有大病。

直播十点钟开始，几乎是打开的一瞬间，弹幕观众尖叫着拥入。

啊啊啊啊，江恕今天不会从沈拂的房间出来吧？

爹啊，娘啊，乡亲父老！我何德何能可以嗑上这么圆满的一对CP！给我快进到结婚！我要捐份子！

然而并没有如弹幕观众的愿，直播开始的时候，江恕晨跑回来了。

其他人在三楼吃早餐，他洗完澡换了身衣服后过去，戴着上节目第一天时的那副金色墨镜，一副意气风发的样子，英俊得引人注目。

走过去后，他神清气爽地对餐桌上的其他嘉宾打招呼："Hi."

几个男嘉宾莫名其妙地看了他一眼。

沈拂也刚过来。两人在空位子上落座。

因为别墅的餐桌位子大家已经习惯了，还是下意识地给他们留了那两个位子。

向凌云就坐在沈拂对面，忍不住对沈拂提起攀岩的事情："你几点有空？"

沈拂看了下时间，道："吃完饭就过去吧。"

早点完成任务。

这一次沈拂很主动呢。

向凌云不由得环视了另外几个男人一圈。自己的机会来了，他们输定了。

顾之岛、褚为、温铮寒都微微蹙了蹙眉，开始思考有什么办法能阻挠他们。

江恕黑了脸，放下刀叉，直接迎着向凌云那傲视群雄的视线瞪了回去。

沈拂用余光瞥了他一眼。

昨晚都解释过是节目组的任务，他怎么还这么能吃醋？

沈拂在桌子底下踹了江恕一下。

弹幕观众：救命，这几个男嘉宾是不是还不知道沈拂和江恕已经在一起了？

我现在就有种“这两人已经在终点了，其他人还在半路互相推搡”的感觉。

向凌云粉丝已经蓄上泪水了。

他们以前真的没发现他们哥哥那么自信啊。

这时候节目组开始念昨晚女嘉宾填的表格。

先告诉了嘉宾们昨晚表格上的三个问题，再宣布答案。

包括沈拂在内的女嘉宾们：“……”

昨天填的时候，节目组没说会让男嘉宾知道啊，现在是搞什么鬼？

公开处刑[①]？

三个问题分别概括为“异性谁最帅”“带谁上诺亚方舟”“谁的性格最可爱”。

问题一说出来，褚为自动与最后一个问题对号入座。

最帅可能轮不到他，诺亚方舟可能也轮不到他，但可爱……他出道的人设就是可爱啊。

果然，许迢迢的三个答案里，最后一个就是他。

弹幕观众：许迢迢是不是没看见褚为哥哥茶的那一面？

---

① 网路用语，指最不想让别人看到的东西被很多人知道了。秘密暴露，产生极大的羞耻感。

褚为粉丝：滚啊！

轮到念沈拂的了。

几个男人全部正襟危坐，尤其是期待着被念到自己名字的褚为。

弹幕观众：我也很好奇沈拂选的是什么，尤其是最后一问题，绝不可能选江总吧……

这句弹幕还没显示完。

节目组：“沈拂老师打了钩的三个选项是，江恕先生、江恕先生、江恕先生。”

褚为：“……”

其他嘉宾：“……”

弹幕观众：……

江恕俊脸一红，但是心想，可恶，身为正牌，这个时候可不能因为害羞退缩。

他摘下墨镜，用傲慢、嚣张、跋扈的眼神睥睨回去。

怎么了怎么了？都用震惊的眼神看着他干什么？沈拂就不能觉得他性格可爱？

真的是情人眼里出西施啊，江总这样的也叫可爱？凶得要死。他是只对沈拂一个人“啾啾啾”，对其他人都“拿命来”吧？

自信一点，把问号拿掉。

“不服输”的CP粉全都觉得自己赢一大截了。

别家的CP粉天天是做梦式抠糖、细节处掘地三尺地找糖，自家两位是每天抱着糖桶哐哐哐地往他们头上倒糖，砸得他们晕头转向，都快得糖尿病了。

好不容易闹了点小矛盾，这两人却又来个反转，关系一下子飞跃一大步。

现在想起早在第一个环节“春日约会”的时候，就有一小拨人开始悄悄嗑这两人，那些人真是慧眼识珠，有先见之明，是真正的“嗑学家”啊！

餐桌上，众人因为节目组念出的沈拂的选择答案而震惊了好半晌。

别说几个深受江恕迫害的男嘉宾震惊了，就连许迢迢、左玫和顾清霜都忍不住看了沈拂一眼。

江先生是不是拿枪指着她，逼她这么选了？

节目组又宣布了其他人的选择结果，众人才稍稍从那种“真是邪门”的气氛中缓过来。

九个人继续闷不作声地吃早餐。

酒店的餐桌和别墅里的不一样，长桌是铁艺的，焊在地砖上，顾之岛没办法把桌子搬到沈拂旁边。作为最后一个参与大家的男嘉宾，他只能坐在最右侧，也就是褚为的旁边，和最左侧的沈拂的距离完全是一条长长的斜对角线。

隔着这么长的距离，他忽然看向沈拂，对沈拂开口：“昨晚我去找你，但被江先生的朋友拦住了，没能见到你，你……昨晚睡得很早吗？”

坐在中间的三个男嘉宾都抬起头瞥了顾之岛一眼。

褚为是茶得肆无忌惮，破罐子破摔；江恕是背后冷不丁放暗箭，绿茶；这第五个男嘉宾作曲家是不动声色地茶，茶而不自知啊！

简直就是最高段位的茶。

没见到就没见到呗，还特意点明被昨晚那位飞行嘉宾阻拦，这不明摆着在向沈拂控诉江恕吗？

不过顾之岛针对的是江恕，向凌云等人自然乐见其成。

这两人打起来才对他们好呢。

以江恕的脾气，顾之岛敢当着这么多人的面茶，他一定会暴脾气回击吧。

餐桌旁，向凌云屏息等了一下，就等着江恕脸色一臭直接爆发。

谁知等了好一会儿却没等到什么动静。

他抬头一看，对面的江总非常淡定，甚至不知道因为他这话想到了什么，嘴角勾了勾，戴着墨镜的脸上反而还有几分得意。

几个男人：“……”

什么情况？为什么今天直播一开始，这位江总就让他们看不懂了？

他为什么是一副做了新郎官的样子？

沈拂昨天对他十分冷淡，一下午加一晚上都没交流，他高兴个什么劲？

难道他自我脑补[1]了些什么？还是追求不成打算放弃？

沈拂终于咀嚼完嘴里的食物，朝顾之岛看过去，道：“顾老师有什么事吗？”

顾之岛道：“看你晚上没吃多少，想给你送点食物过去。”

怎么还对上话了？当他们都是死的？

就在褚为和另外几人都忍不住想要跳出来，打断两人这隔着整张餐桌旁若无人的对话时……

沈拂“哦”了一声，接着就没了反应。

顾之岛又看了沈拂好几眼，但那一个“哦”字仿佛就是沈拂对这段简短对话的结尾。

她似乎对他昨晚干了什么丝毫不感兴趣。

顾之岛：“……”

餐桌上一时间陷入了比之前多百倍的僵滞和沉默。

见到第五个男嘉宾吃瘪的样子，褚为几人表面继续不动声色地吃早餐，但都在心里发出了讥笑。

看来这位新来的还没遭受过社会的毒打啊，居然还敢在这么多人的场合挑战。这丢脸程度不比他们砰地一下被沈拂关在房门外更深？

还是说他以为自己足够特别？也是真够自信的。

嘉宾们顾及着面子，想笑不敢笑，但弹幕观众笑得想死：哈哈哈，褚为、向凌云和温铮寒这三个男人的微表情真是笑死我了。救命，你们还在五十步笑百步呢，赶紧抬头看看江恕把你们甩哪儿去了啊！

对不起我很坏，大家也不要骂我，我现在只想看最终抉择出来之后，这几个男人见到江总一声不吭地夺得桂冠的震惊表情。

现在关心剧情和CP走向的观众占大多数，这几家粉丝已经被挖苦得面如死灰了，虚弱极了，根本无力去抵抗。

他们只流着泪努力在弹幕里挣扎一会儿：褚为第一个露出幸灾乐祸的

---

①网络用语，指在头脑中对某些情节进行脑内补充、幻想。

表情，我看他最普信[①]。还有，当时的群也是他拉的。本来上恋综正常对女嘉宾产生好感根本毫无问题，但温铮寒和向凌云太惨了，硬是被这二货坑得被全网嘲笑。

他们打不过观众，但骂一骂难兄难弟还是有力气的。

褚为粉丝气坏了，立刻反击：刚才就我哥哥幸灾乐祸了吗？温铮寒不是一副如释重负的表情？向凌云不也是一副“女人，我即将通过一次攀岩捕获你的芳心”的高深莫测的表情？

向凌云粉丝冷笑：别说了，谁要和你们难兄难弟啊？一个年纪大，腰有问题，搬树都搬不动；另一个“平衡”梗至今都在被全网嘲笑。

“没有人比我更会嗑”已经彻底被昨晚江恕醉酒后两人亲上了的剧情给弄得癫狂了。

不过他觉得还能再抢救一下，他的CP由他来守护。

笑死，是看自家竞争力最小现在都急了吧？谁也不想跑最后一名，但怎么办呢，现在除了江总一骑绝尘，就顾之岛老师跑第二！我们还能嗑一嗑“夺妻”的剧情，你们连嗑都没得嗑！

奔跑的灯塔：夺什么夺，给我滚。

看着弹幕观众闹来闹去，“不服输”的CP粉只想发“哈哈哈哈哈”。

他们现在只想笑。

真是赢得头皮发麻啊！

昨晚一过，CP超话又疯涨十万关注量。一夜之间B站出现无数新的CP视频，显然是那些都嗑疯了的博主连夜赶制出来的。

江总上节目以来穿西装的时候虽然不多，但在翠路基亚那次短暂穿过一天军大衣，于是一夜之间涌现无数博主发的乱世情缘、国恨家仇，以及“民国阴鸷军阀 × 孤傲清冷千金”向的剪辑视频。

下面的评论全是类似“可惜江恕不演戏，不然民国CP从此有了脸”的言论。

---

① 网络用语，意为普通却自信，多指令人迷惑的自我欣赏行为。

这么一安利[1]，跳坑的人更多了。

这仅仅是其中一个小类，还有剪两人古偶和现代前世今生的、校园双向暗恋的、“霸道总裁 × 冷面金丝雀”的、地下室两三事的。

不得不说现在的剪辑技术真是好，两人昨晚就亲了一下，在视频里，有人已经将两人的更多延伸剧情都给剪出来了。

他们这群“不服输”CP 粉还能说什么呢？！

粮再多点！再多点啊！扶他们起来，他们还能再攒份子！

除此之外，沈拂和江恕拍摄画报的投票之前因为另外几家粉丝比较多，一直被他们的投票紧紧追咬。

然而昨晚一过，直接五倍秒杀，将第二名远远甩开。

那几组画报中，只有江总一个人没拍过写真。

其他人都有拍摄经验。

向凌云和许迢迢的泳池照最为性感，眼神拉丝。

温铮寒和左玫当时虽然已经跟 be 差不多了，但在厨房那组照片还是拍得温馨无比的。

即便是向凌云和顾清霜在健身房的那组照片，看起来也有几分 CP 感。

唯独江恕和沈拂在床上的那组照片——一个看天，另一个看地；一个向南，另一个向北；一个僵硬得像雕像，另一个不耐烦地皱眉。

看起来毫无 CP 感。

虽然两人的颜值非常高，但看起来简直就像两个仇人被迫铐上了手铐，面临囚徒困境。

上周画报刚放出来时，江恕和沈拂的那一组能时不时地冲到第一，完全是靠两人一骑绝尘的颜值在撑。

然而谁能想到，在画报上越看起来眼神拉丝的组合越毫无感情，越看起来南辕北辙的组合越赢到最后啊！

“不服输”女孩抱着怀里吃到撑的粮，赢得泪流满面。

---

① 网络用语，意为把自己认为好的东西告诉别人。

吃完了饭，节目组让沈拂回房间拿上攀岩装备，准备送她和向凌云到附近的场馆去。

虽然知道是隐藏任务，但江恕还是有些不满。

要是能现在立刻马上结束节目，开飞机去民政局就好了。

他的视线忍不住一直追随着沈拂，确认昨晚发生的一切不是梦。

他总觉得还有点患得患失，怕她下一秒就跑了。

要是有手铐就好了。

周围全是吸引过她的前任，难保她哪一分钟忽然对这几位产生旧情复燃的好感呢。

光是想想有这种可能性，江恕就要嫉妒到发疯了。

想着想着，江恕开始怀疑自己患上了疑妻病。

这可不行。吃醋一次两次是情趣，吃醋多了沈拂肯定会烦。

烦了，她就又要跑了。

江恕竭力将这些阴暗的想法按住，努力往阳光体贴的男友的形象靠拢。

老实说，隐藏任务的奖金他也可以给沈拂，但奈何沈拂就是要把节目组的这一笔钱赚过来。

果然还是把他当成内人，把节目组当成外人，不想赚他的，只想赚节目组的吧？

这是爱啊！

这样一想，江恕如释重负，重新变得得意扬扬起来了。

沈拂从椅子上起身，就见江恕坐在那里正挑起眉眼，从墨镜上方睨视自己，脸上表情变幻莫测，一会儿乌云密布，一会儿晴。最后不知道完成了什么心理斗争，他重重地松了一口气。

沈拂："……"

虽然不知道他都想了什么，但总觉得非常曲折。

向凌云已经和节目组走在前面了。

沈拂看了一眼摄制组，避开摄像头，对江恕道："只是任务，你知道的吧。"

干吗？他又没有在吃醋，怎么还专门对他解释？

这就是恋爱吗？

他恋爱了。

江恕心里感觉羞赧和喜悦，但面上装帅如风地冷酷抬头，一副冷静、大方的样子，冷笑："放心吧，我没有想揍姓向的。"

沈拂："……"

你这话说得就很像是已经在心里揍了几百拳啊！

虽然答应了沈拂不要生气，但节目组的车子离开时，江恕还是没忍住开着车紧跟其后，一直到车子进了场馆。

向凌云差点被他烦死。

怎么有这么穷追猛打的竞争者？昨天沈拂的冷待还不够打击他的吗？

如果真对他有意思，沈拂昨晚邀请的就是他，而不是自己。

这人真是心里没点数。

向凌云内心活动很丰富，然而他根本不知道弹幕观众已经不在意他是喜悦还是烦忧了，全都在嗑"送妻千里"这个点。

这边，沈拂和向凌云去攀岩后，酒店内就只剩下温铮寒、褚为、顾之岛三个男人。

三个人倒是想找些法子阻止今天向凌云和沈拂单独相处。

然而沈拂看起来非常坚定，不仅在餐桌旁对顾之岛不太理睬，而且一吃完饭就要求立刻去攀岩，越快越好。

距离最终抉择之日就剩下三天了，褚为心中越来越焦灼，忍不住开始思考最近向凌云到底干了什么，怎么忽然得到了沈拂的青睐。

昨晚，节目组不知道为什么忽然撤了酒店内几个地方的摄像头。

其中就包括泳池的。

因为心中烦乱，褚为不是很想被直播观众看到，于是一个人默默上了顶楼，进了泳池。

刚进去，他就发现温铮寒也坐在那里，桌上还有空掉了的酒瓶。

褚为有些心惊："这么会儿工夫你已经喝了这么多？"

就算失意也不能把酒当白开水灌吧，温铮寒是痛苦到想灌醉自己？

温铮寒用看傻子的眼神看了褚为一眼，淡淡道："不是我开的酒，进来时空瓶子就在这儿了。”

大约是昨晚有人喝的。

酒店被包下了，工作人员不可能在这里喝酒。

昨晚大家又在沙滩上，顾之岛虽然短暂离开，但也只是为了去找沈拂，据他在早餐时说的，他还被江恕的朋友给拦住了，没见到沈拂。

沈拂是从来不喝酒的。

那么只有一个可能。

是江恕喝的酒。

两人对视一眼，同时联想到“江恕因为遭遇冷待后，一个人孤零零地坐在这里戴着墨镜喝闷酒，喝到醉了都没人发现，今早才灰扑扑地爬起来”的场景。

他们的心情不由得都有几分莫名的愉悦。

因为这点愉悦，两人暂时在沉默中和解了一两分。

褚为在温铮寒对面坐下来。

快要到最终抉择，就连打发时间的平板电脑都被收走了。褚为百无聊赖地从裤兜摸出一个东西，在手心里把玩。

是一个扑棱蛾子形状的钥匙扣。

看着看着，他又陷入了回忆，心头一酸。

温铮寒的脸色却微妙地变了变：“你怎么也有这东西？”

“也？”褚为莫名其妙，“什么意思？这当然是沈拂送给我的了。”

说到最后一句话时，他的语气还有点炫耀。

上次回到节目，他特意带上了这唯一一件沈拂花了钱送给他的东西，想着它可能在关键的时候起作用，勾起沈拂的回忆，影响沈拂的选择。

可惜上次在别墅的泳池边，沈拂坐在他身边那么久，两人好不容易有个单独相处的机会，他的东西却在房间里没带在身上，以至于没来得及拿出来。

吸取了那次教训，现在褚为都随身带着它了。

温铮寒表情变得有点难看：“我也有，一模一样。”

见他这表情，不用说，肯定也是沈拂送的。

褚为的脸也一下子僵了起来："什么？"

那边顾之岛也是想找个没直播的地方清闲一下午，一进来就听见两人对话。

他走过来一看，愣了一下："你怎么也有？我也有。"

温铮寒："……"

褚为："……"

褚为看了两人一眼，恼火道："你们搁这儿玩我呢？你们怎么可能也有一模一样的？！沈拂送我的时候说了这是有寓意的——扑棱蛾子靠近灯光时像是在翩跹起舞一样，她说希望我能在舞台上和蛾子一样发光发热！"

温铮寒脸色铁青："我的没带在身上，但沈拂送给我的时候说扑棱蛾子飞在灯光下，会留下不屈不挠的影子，希望我的演艺生涯永斩影冠。"

"没带在身上谁信你？"褚为气不打一处来，站起来骂道，"我看你们两个人衣冠楚楚，但脑子真的有病吧，怎么能——"

话没说完，顾之岛从裤兜里摸出了一个一模一样的。

褚为："……"

顾之岛一头雾水："沈拂送给我的时候说什么蝴蝶飞得过岛屿，是因为彼岸有扑棱蛾子等待，这个钥匙扣我带在身边都两三年了。"

三人忽然同时意识到什么。

温铮寒率先脸色难看地去外面找到工作人员，借他的手机联系到了攀岩场馆内的向凌云。

那头的向凌云更加愤怒："我是有，是不是被你们谁看到了，你们就说你们也有？我告诉你们，这是有寓意的，扑棱蛾子向上飞——凌云。和我名字挂钩！"

他觉得这三个人就是嫉妒他今天和沈拂出来攀岩，故意整些有的没的破招来打断。

"又是褚为那傻子支着吧？"

"不说了，挂了。"向凌云直接挂了电话。

这边三个人："……"

所以沈拂送了四人一模一样的钥匙扣，还解释了不同的意思？？？

为什么啊？！

三个人中，顾之岛表面最不动声色，但实则内心最惊涛骇浪。

褚为和温铮寒上节目这么久，最开始还以为沈拂是为他们来的，到后来被沈拂拒绝到麻木，其中种种经历苦不堪言。

他们的自信心已经逐渐在风中凋零了。

但顾之岛没有，还在坚定地认为沈拂当年没收那笔钱，被迫离开他身边，因爱生恨。这一恨就是两三年，所以她现在在节目上才对他如此冷淡。

他觉得还是有回到过去的机会的，尤其是沈拂在离开他之后，两三年的时间里只谈过褚为一个。而且在上节目之前，他看之前几期的转录，她对褚为毫不留情，可见她对褚为根本没什么兴趣，说不定当年也只是图个消遣罢了。

她心里一定还有一个角落属于自己。

所以此时此刻，顾之岛拿着手里的钥匙扣，最为震惊。

为什么送给自己的定情信物，这几个人也有？

在墓地一般的死寂之后。

褚为最先忍不住，看了看温铮寒，提议道："要不然，再问问江恕有没有？"

温铮寒皱眉："他又不是前男友，只是在追求中，怎么会有？"

"万一呢？"褚为愁苦道，"得弄清楚到底怎么回事。"

温铮寒沉默了下，一时间也有些动摇。

该不会江恕也是……

现在手里有这个钥匙扣的，不都是曾经和沈拂谈过的人吗？

顾之岛也和沈拂短暂谈过，是温铮寒最近从顾清霜那里知道的。

包括向凌云在内的三个人知道这件事之后，都已经麻木了，甚至没有经过太多的痛苦挣扎，就非常冷静地接受了"五个嘉宾里居然有四个是沈拂前男友"这件事。

反正，三个前男友已经够左右互搏的了，再来一个也不多。

甚至，因为顾之岛只和沈拂谈过半个月，他们都暗暗觉得顾之岛是他们中的底层。

才半个月，想想都知道沈拂肯定不可能走心。

他们知道顾之岛的身份，但顾之岛不知道他们的啊。

“等一下等一下。”顾之岛伸出手按住欲离开的两个人的肩膀。

两人不耐烦地看了顾之岛一眼。

顾之岛敏锐地抓住了关键：“温先生，你说的‘又不是前男友’是什么意思？”

这话怎么说得像在场的全都是前男友一样？

男嘉宾里，不是只有自己和褚为与沈拂谈过吗？

还有，为什么温铮寒第一反应是打给向凌云？

温铮寒和沈拂……不是温铮寒之前在拍戏时见过沈拂，认为沈拂非常有天赋，所以上节目后才开始对沈拂示好的吗？

向凌云和沈拂……不也是向凌云在上节目之后，才对沈拂产生好感的吗？

这些不都是他们经纪公司发出去的通稿吗？！

还在这里问问问，烦死了。

不过那天在天台打架，顾之岛的确没有参与。

碰壁那么久，褚为总算从这家伙身上找到了几分优越感。

“为什么？”他翻了个白眼，阴阳怪气道，“顾之岛老师，你现在还搞不清楚是什么局面？当然是因为我们都是前任啊！我、温铮寒、向凌云都是！”

虽然褚为声音不算大，但游泳池空旷，还是产生了回声。

这回声震得顾之岛脑子嗡嗡响。

顾之岛脸上的表情仿佛裂了又没裂，碎了又没碎。

他立在原地，震惊地看着褚为和温铮寒。

这副表情，早在天台打架那晚上，褚为和温铮寒就已经在彼此的脸上看到过了。

懒得去关心顾之岛的心灵破碎到什么程度，两人摇了摇头，直接架着顾之岛去找江恕了。

江恕正开车从场馆那边回来。

他将车子停在酒店门口，熄火，开门，动作一气呵成，节目组的小面包车硬是被他开出了时尚大片的感觉。

他戴着墨镜从车子上下来，英俊逼人。

这边三个人在电梯上，从顶楼下来。

温铮寒最为冷静，抱着手臂站在正中间，对两人分析道："不用和江恕多说这个钥匙扣的来历。以他的性格，要是知道是沈拂送的，可能会暴怒。不要引起不必要的麻烦，你们直接拿着钥匙扣不经意地在他面前晃一圈。

"他要是收到过，表情肯定会有变化；要是一脸莫名其妙，就证明他没有。"

褚为一只手插在裤兜里，紧紧地攥着那个钥匙扣。

"嗯。"他郑重地点了点头。

旁边的顾之岛持续震惊："……"

这都是什么和什么啊？！

之前感觉男嘉宾里，江恕是个脑子有坑、喜怒无常的"精神病"；褚为是个傻的；向凌云是个装腔作势的。现在为什么连温铮寒都掺和进来了啊？

最可怕的是，此时此刻，自己这个唯一的正常人为了弄清楚到底是怎么一回事，打算参与他们的行动。

顾之岛摘下金丝框眼镜，抹了把脸，试图让自己冷静一点。

昨晚王轩衡打过那通电话之后，节目组就关掉了一些摄像头。

因此观众是不知道三人在电梯里的对话的。

男嘉宾们突然都消失了，弹幕观众正在说节目组关掉的摄像头太多了，就见三人从电梯里出来。

三人朝着酒店门口走去，和戴着墨镜的江恕迎面相遇。

这三人刚去哪儿了？怎么一块儿下来？

褚为粉丝其实是有点欣慰的。节目前半段，他们哥哥的确丢了不少脸，脸都被"打"肿了，但最近两期，他们哥哥明显沉稳了很多。

现在最痛苦的应属向凌云粉丝，他们哥哥还在攀岩场馆那边因为沈拂邀请了他，而自信地以为可以扳回一城。

除此以外，最近褚为和温铮寒、顾之岛都没起什么冲突了。这两人一个是最佳男演员，另一个是作曲家，全都是能帮助到褚为的。

难道综艺快结束了，他们哥哥终于找回了他的事业心？

褚为粉丝正要在弹幕里往这个方面吹两句，就见褚为走在三个人的最前面，在与江恕擦肩而过的时候，忽然冷不丁地从裤兜里摸出一个那种十块钱能批发四条的、看不清是蛾子还是蝴蝶的钥匙扣，丢在江恕脚下。

江恕："……"

弹幕观众：他在干什么？

褚为粉丝："……"幸好还没来得及吹。

温铮寒和顾之岛简直不想看了。

褚为真的知道什么是不经意吗？他简直从头到脚都透着刻意。

江恕在墨镜后往地上睨了一眼，丝毫没有兴趣知道褚为这个智商欠费的家伙又想干什么。

他吸了口冰饮，直接从地上的钥匙扣上跨了过去。

这反应……是认识这钥匙扣，还是不认识？

他戴着墨镜，看不见他的眼神。

褚为有点郁闷，过去把自己的钥匙扣捡了起来，擦了擦上面的灰。

旁边紧紧盯着江恕的两人居然也判断不出来。

褚为走过去，小声地对温铮寒道："我去测试，测试不出来啊。毕竟江恕知道我是沈拂的前任，就算他有相同的钥匙扣，也会觉得没什么奇怪的。还得顾之岛去。"

顾之岛脸色难看。不是吧，这么蠢的事情他也得做一遍？

"至少等个没摄像头的时候吧。"顾之岛沉声道。

褚为有点生气："哪里还有机会？等攀岩场馆那边的人回来，马上就要去下一个地方了。"

在这里小声密谋，至少观众还听不清，等到了飞机上，全都是固定机位，一个微表情都能看得清。

酒店大堂机位比较远，弹幕观众还真不知道他们神情严肃地在密谋什么：他们三个人要干吗？

顾之岛那一小拨粉丝道：虽然不知道发生了什么，但感觉温铮寒早就被褚为传染了，现在有种“只剩顾之岛老师一个正常人了”的感觉，哈哈哈。

弹幕观众刚发完，就见顾之岛定了定神，转身追上江恕的步伐。

然后，他把一个一模一样的钥匙扣往江恕脚下一丢。

顾之岛粉丝：……

弹幕观众：……

江恕：“……”

温铮寒：“……”

江恕终于有几分恼怒，转过身，将脚下的钥匙扣一脚踹了回去：“你们两个买了情侣钥匙扣至于激动到用这种奇特的方式来宣告？”

褚为和顾之岛对视一眼，两人都一副咽了只苍蝇的样子。

顾之岛沉着脸，捡起被踢回到自己面前的钥匙扣，比刚才的褚为更加郁闷。

他也不想做得这么蠢。

但从后面追上江恕时，江恕仿佛听得到后面的风声，还没等他走过去，江恕就微微侧头，在墨镜后朝他冷冷一瞥。

不得不说，作为江氏的人，江恕“精神病”不发作的时候，气场还是很强大的。

顾之岛心中一惊，登时什么经意不经意的都忘了，完全是大脑不受控制地把钥匙扣丢过去的。

他现在有点理解刚刚的褚为了。

顾之岛朝褚为投去理解的眼神，而褚为只觉得有点莫名其妙。

他就是计划好才丢过去的。

顾之岛刚才还觉得他这样做丢脸，怎么现在还效仿他？

虽然丢了脸，但也测试完了，看着江恕拿着冰饮远去的背影，三人使了个眼色，走到外面沙滩上，避开跟拍摄像师，重新聚在一起。

温铮寒压低声音，一锤定音：“他应该没有相同的钥匙扣。”

温铮寒负责观察江恕的表情。

刚才江恕见到褚为和顾之岛都有这个钥匙扣，还以为他们买了情侣款，半点也没往沈拂身上想，可见他之前见都没见过这个钥匙扣。

这么看来，江恕不是前男友之一。

三人不由得松了口气。

然而松完这一口气，他们对视一眼，表情一时间又有几分微妙。

有什么好高兴的啊？！

这说明江恕不是冤大头，现在冤大头只有他们四个了啊！

这边三个人心情复杂，那边向凌云心情更加糟糕。

刚刚他和沈拂系好安全绳，正走到攀岩壁下方，那三个人通过工作人员打来一通电话，在电话里说了些有的没的。等他暴躁地挂了电话，沈拂都已经攀到中段了。

攀岩这种事原本就是两个人齐头并进、互相帮助才会产生吊桥效应，现在他落后那么长一段距离，沈拂还怎么看得到他的身影啊？

等向凌云急匆匆地检查完身上的绳索，追到中段时，沈拂已经登了顶。

室内的攀岩场馆不可能有多刺激，也就七八米的高度而已。

而等向凌云登了顶，沈拂已经结束了攀岩，下去喝水了。

两人完全没在一个频率上。

不只如此，等他下去时，沈拂已经和摄制组的工作人员打了声招呼，先行回酒店了。

向凌云：“……”

他好不容易等到沈拂主动一次的机会，被那三个人干扰得完全浪费掉了。向凌云无比恼火，把一瓶矿泉水从头顶浇下去，真是想回酒店把那三个人揪出来打一顿。

他现在感觉自己就是“春日限定画报拍摄”那晚的江恕，只是江恕足够绿茶，而他为人正派，完全干不出诋毁别人的事情罢了。

沈拂离开的时候，向凌云距离地面还有一小截，正要松开绳索往地上跳，因此他也就没看见场馆外沈拂是被谁接走的。

只有弹幕观众在笑：向凌云还对身边的人已经成了谁的老婆一无所知。

不过弹幕观众没有笑很久，因为江恕和沈拂进酒店后，直接从电梯那里消失了。观众只能看到路上的这一小段，完全不知道接下来的内容。

观众顿时号啕。

昨晚走廊上的摄像头大部分被关了也就算了，今天怎么还一直关着啊？

不只看不到沈拂和江恕去哪儿了，褚为、温铮寒和顾之岛三个男嘉宾在莫名其妙地朝江恕抛了两次钥匙扣后，也消失了。

另外三个女嘉宾更是没什么镜头。

合着综艺快结束了，直播让他们看空镜头是吧？

节目组里一直有人负责盯着弹幕和论坛风向，看见观众怨声载道，赶紧向导演反馈了。

于是导演赶紧让摄制组工作人员和嘉宾们说了一声，把关掉的部分摄像头又打开了。

打开后，弹幕观众四处搜寻沈拂和江恕的影子，仍是一无所获。

怎么还是找不到两个人？

不过倒是在顶楼的泳池找到了另外三个神情复杂的男人。

等吃完晚饭，嘉宾们就要登上飞机前往下一站了。

这几天一直在旅行中，江恕的行李箱基本没怎么打开过，刚才开车跟着沈拂去攀岩场馆后，他匆匆赶回来，简单将自己房间的行李收拾了下，于是这时候就可以理直气壮地以帮沈拂收拾的借口，黏着沈拂一道回她的房间。

“你帮我收拾的话，那我先去洗个澡？”沈拂特地嘱咐，“要把放在外面的毛毯之类的都给我叠进行李箱。”

自己的行李箱里还有那张和他的合照呢。

不知道江恕看到会是什么表情。

听到“洗澡”两个字，江恕的俊脸就有些红了。

他是一个身高快一米九的身材高大的男人，已经二十几岁，都是可以当父亲的年纪了，观众还认为他的形象是深沉神秘的霸总呢，虽然已经不像第一次谈恋爱的少年一样动不动心慌意乱，可他确实是第一次恋爱啊！

怎么办啊？！

江恕看了沈拂一眼，竭力让自己面无表情。

他的头发整齐地往后梳，用发胶定形，漂亮的眉眼下，架住墨镜的高挺鼻梁的线条凌厉，面容英俊。

他用“我很淡定”的表情看着沈拂，以一种可靠且沉稳的声线沉沉地道：“小事一桩，交给我吧。”

沈拂有点想笑。

其实不只江恕觉得她可爱，想捏她脚指头什么的，她也经常觉得江恕可爱，产生想掐他一下的想法。

沈拂忍着笑转身进了浴室。

江恕在外面紧张地拧开一瓶矿泉水喝了口，才赶紧面红耳赤地抓紧时间开始收拾沈拂的行李。

因为有些期待江恕发现那张照片时的表情，沈拂特意多洗了会儿，给他充足的时间让他发现。

等听见外面不再有动静后，沈拂才关掉莲蓬头，穿上白色浴袍出来。

她擦着头发出来时行李箱已经竖起来靠在门边了。

全都收拾好了，江恕跷着腿坐在沙发上，却除俊脸红了点外没什么异样。

没发现？沈拂的恶趣味没得到实现，顿时有些失望。

不过自己主动拿出来，又会太刻意了。

算了，下次再说。

这样想着，她开始四处检查房间里有没有被江恕粗心大意落下的东西。

沈拂洗了半个小时，江恕一直在看似拿着遥控器乱按频道看电视，实际上是完全心不在焉地等着人出来。

结果她一出来还不到他身边来。

江恕见她走来走去，抓不住也触碰不到，心里空荡荡得很，忍不住起身跟过去。

她走哪儿他跟到哪儿。

沈拂走到窗台边，感觉身后跟了个浑身散发着黑雾、戴着墨镜、身材高挑的男人，压迫感很重。

她一转身，猝不及防地撞上江恕的胸膛。

“你没事做吗？”沈拂揉着额头，忍不住道，“故意撞我？”

听听，这说的是人话吗？

江恕搓了搓手，把手心搓热了点，低头帮她揉脑袋，心中充满了怨念：“和我在一起你为什么不高兴？”

沈拂一头雾水：“我哪里不高兴了？”

江恕盯着沈拂，英俊的脸上流露出愤怒和苦闷，控诉道：“你不黏我。”

“热啊大少爷！”沈拂指了指外面的毒辣太阳，“外面都三十二摄氏度了！”

江恕认真思考了下，沉声给出提议：“要不然把空调开到最低，我们坐沙发上盖棉被？”

“……”沈拂，“我有一个更好的提议。”

江恕墨镜后漆黑漂亮的眼睛微微一亮。沈拂主动对他们的恋爱提出建议了。江恕虽然以前没谈过恋爱，但也清楚，这是良性发展。戴着墨镜的他表面看起来仍旧非常冷酷、沉稳且不动声色：“你说。”

沈拂指了指脑子：“要不下了节目我们先去脑科，给你看看？”

江恕：“……”

这才是恋爱的第二天，她就开始嫌弃他了！

沈拂检查完没什么落下。

她刚从浴室里把吹风机拿出来，江恕就接了过去，委屈道：“能让我给你吹吗？”

沈拂习惯自己的事情自己做，不过从小事开始依赖一个人，这感觉也不错。

她顺从地将头发拨到浴袍胸前，任由江恕帮她吹。

江恕往床上一坐，把沈拂抱到腿上，拿起她一缕湿漉漉的头发，开始用小挡的风吹。

沈拂没忍住瞥了他一眼：“你现在倒是抱得很习惯。”

江恕虽然戴着墨镜，但还是耳根一红。他总觉得现在的一切十分不真实，生怕沈拂下一秒告诉他这是个梦，所以虽然羞赧，可还是想时时刻刻将她禁锢在怀里。

“不然呢？”江恕漆黑眉梢一挑，虚张声势地冷笑一声，没拿吹风机的那只手将沈拂的腰箍得更紧了。

沈拂能看出他没什么安全感，但不太明白他为什么没有。

他们俩现在这不是解开误会，在一起了吗？

沈拂思考了下，亲昵地搂上江恕的脖子。

江恕不可置信地看了沈拂一眼，浑身顿时僵得像尊石像一样。

沈拂本来很自然、很大方的，被他这么一弄，脸上有些发烫起来。

“江恕，你能不能别一副被死对头抱住了的样子？你脸红个什么鬼啊，把墨镜给我摘了。”

江恕的喉结上下滚动一下：“你以、以为我想脸红吗？但、但现在——”

血液一下子蹿上头顶了。

“那我不回抱你了。”沈拂的手从他脖子上撤开。

“别！”江恕气急败坏，赶紧抬手把她的胳膊摁了回去，怒道，“你怎么一点恒心都没有？”

沈拂气笑了：“谁让你这么紧张。”

江恕继续给怀里的人吹头发，小声嘟囔道：“能不紧张吗？这还是你第一次主动抱我。”

沈拂怀疑他是故意的。她坐在他怀里，身体已经被他整个圈起来了，被他身上男性荷尔蒙的气息包裹，他的手还死死箍住她的腰。分明是他这个戴着墨镜的占强侵略性的一方，他还搁这儿撒娇。

他还垂下眼睫，一副深沉的样子。

沈拂问：“你现在还觉得不太真实吗？”

江恕闷闷地应了声。

在醉酒之前，他还以为沈拂根本不喜欢他。她一天没理他，甚至可能还有点讨厌他，或者因为他的强势而想逃。

当时冲到沈拂房门口，他已经做好最坏的准备了，可万万没想到，沈拂说他才是初恋。他是不是太被老天眷顾了？

他就像奢望了一颗糖太久，骤然得到，捧在手心里，不敢剥开糖衣，只敢呆呆地捧着。

猛然从地狱被拽到天堂，他至今还在晕晕乎乎。

沈拂问："那你站在房门口敲门之前，以为事情会怎么发展？"

江恕抬头，墨镜后的眸色深沉，语气也沉沉："我以为，我对你强取豪夺，你会拼死反抗。下了节目后，我动用江家的势力逼迫你和我结婚，你迫于无奈和我结了婚，但恨死了我。婚后，我们有着冷冰冰、无实质的婚姻——我坐下来吃饭，你就把餐桌掀了；我睡着了，你就把西装蒙我头上，试图闷死我。直到有一天……"

"等一下！"沈拂实在忍不住了，打断他，"我以为你上节目之前日理万机，你居然还有时间看这些没营养的剧？"

江恕冷不丁道："这些都是你拍过的剧。"

他可没有看偶像剧的爱好，但她拍的，他都会重复看几遍。

沈拂："……"

房间中陷入了死一般的寂静。

只有他拿着吹风机继续给她吹头发的声音。

沈拂有点尴尬，试图把话题绕回来："你为什么觉得我会拼死反抗？"

江恕苦涩地道："我为什么不这么以为？"

直到昨晚，他还以为她是为了其余男嘉宾中的一个上的这档节目。

沈拂气不打一处来，抓住他肩膀晃着骂人："我为什么要反抗？你有病啊，我也喜欢你很久了啊。"

江恕没说话，但他的脸忽然红了。

像是一条追着要答案的狼狗忽然被塞了最想要的骨头。

他突然心满意足。

"吹好了。"他别开脸，关掉了吹风机，眼角眉梢是抑制不住的喜悦。

沈拂从他腿上跳下来，索性把话说个明白："我那一天没理你，也在纠结你是不是喜欢我呢。"

江恕用吹风机挡住脸，小声道："哦。"

"和你在一起了我也很高兴，只是我这不是……"沈拂抓了抓头发，不知道怎么说。

她习惯喜怒不形于色了。

在影视行业待久了，一点微表情都容易被放大，尽量还是“面瘫”的好，加上这几年演戏浪费太多情绪，生活上她很少有情绪波动。

她其实也有点感觉不真实，一整天都晕晕乎乎的。

毕竟离开江家时，她也一直以为江恕讨厌自己。

当时她强吻了他，他还不喜欢自己，她尴尬得脚指头抠地，只想拖着行李箱马不停蹄地去火星生活。

沈拂忽然走过去，把江恕用来挡脸的吹风机扒下来。

江恕的俊脸已经红得滴血了，实在不想让沈拂看到。他这么大个男人，现在太丢脸了，戴墨镜都没用。

“干吗？”他抬起头来，竭力装作若无其事、冷酷嚣张。

“你是觉得我的反应过于平淡？”沈拂抱起手臂打量着他。

“那这样呢？”沈拂又朝他走了一步。

江恕被她一个俯身靠近逼得后仰，双手迫不得已往床上撑去，支撑住自己的身体。

沈拂抬手摘掉他的墨镜。

江恕高挺的鼻梁和英俊的五官完完整整地露了出来。

沈拂钩起他下巴：“我承认你的小花招吸引到我了。”

不是说看完了她所有的剧吗？反正她已经在他面前社死了，那再死透也无所谓。

江恕：“……”

“你醉酒的小花招吸引到我了，所以我打算正式和你在一起。”沈拂在他耳边轻轻吐气，“满意了吗？”

“满、满意了。”江恕想要努力克制住自己疯狂上扬的嘴角。

然而身体背离了理智，他没忍住，伸出双手将沈拂抱进怀里，破罐子破摔地亲了她一下。

又亲一下。

泳池边，三个男人沉默了一下午。

现在摄像头重新打开了，他们不能直接交谈，只能勉强用眼神交流一些东西。

弹幕观众看不到房间里的沈拂和江恕，只能看看其他人打发时间。

但是看了他们一下午，完全不知道他们在眼神交流个什么东西。

温铮寒：直接去问沈拂？

褚为和顾之岛都在踌躇。

以温铮寒的性格，他最想直接得到一个答案，但沈拂已经承认过是耍他的了，对他来说，最坏也不过如此了，他当然不怕。

可另外两人就不同了。

一个还在幻想破镜重圆，另一个刚刚得知其他人全都是前任，之前全部莫名自信的念头都粉碎掉了。

温铮寒皱了皱眉，决心不继续和这两人凭眼神商量了。

再互相看来看去，观众可能以为他们脑子有病，而且节目组也通知要上飞机去下一个目的地了。

温铮寒起身，直接抓紧时间下楼。另外两人见状，赶紧跟上。

不管是怎么想的，他们可不希望温铮寒这个情敌单独见到沈拂。

三个人出了电梯，来到沈拂房门口。

“这次谁来敲门？”褚为低声问。

温铮寒看了顾之岛一眼，眼神有几分暗示。

现在就剩这家伙没被砰地一下拒之门外了。

顾之岛被他们推到正中间。

顾之岛虽然心中有些不悦，但更多的是有了一些更加隐秘的想法——这几人被关在门外的视频他上节目之前看过了，假如他来敲门，沈拂没把他关在门外，那是否说明他还是特殊的？

顾之岛这么想，弹幕里他的粉丝也这么想。

我猜外面有三个人，沈拂应该不会让顾之岛老师难堪。

“没有人比我更会嗑”虽然这会儿没发言，但已经在屏幕前期待起来了。

如果沈拂这次没关顾之岛的门，那绝对会有一堆顾之岛、沈拂CP粉死灰复燃。

如果沈拂没关顾之岛的门，那说明她不是只对江总特别，第二顺位也很好嗑啊姐妹们!

“不服输”的CP粉骂了几句，弹幕里顿时又吵成一片。

这边，顾之岛定了定神，往沈拂的房门上敲了三下。

门外的三人几乎和观众同一时间听到开门的声音。

弹幕里的一些顾之岛、沈拂的CP粉全都暗暗激动了起来。

然而下一秒，房门打开，站在门后的是戴着墨镜的江恕。

顾之岛：“……”

弹幕里顾之岛、沈拂的CP粉：……

江恕推着沈拂的行李箱，正欲帮沈拂推出去。

扫了门外三人一眼，他挑起漆黑的眉：“来帮我们搬箱子的？”

没有人比我更会嗑：……

“不服输”的CP粉：哈哈哈哈哈哈哈哈哈哈!

这一次，沈拂的确没关顾之岛的门，那是因为房门就是江总开的啊!

Chapter 11

第 9 章 . 笨拙试探
第 10 章 . 漫长爱意

第 11 章 . 自由表白

到了这一步，房间门外的三个人再迟钝也都意识到江恕和沈拂之间不太对劲了。

三个人都脸色一变。

到底发生了什么？从海边飞这里的那天，沈拂不是还对江恕不理不睬吗？他们都还以为江恕做了什么没分寸的事情，让沈拂讨厌了呢。

现在怎么一下子进展神速，沈拂都允许江恕自由出入她的房间了？！

顾之岛想起自己按照节目组要求，送个礼物给沈拂都送得极为艰难，眼前江恕却能推着沈拂的行李箱出来，心中顿时十分不是滋味。

他皱起眉："节目组没有发布新的任务，你怎么会从沈拂的房间里出来？"

奔跑的灯塔：人家小情侣的事情轮得到你一个妖怪来反对？

顾之岛粉丝：褚为家能不能管好你们家的粉丝？

褚为粉丝：……

江恕像只酒足饭饱的老虎，正春风得意，并不生气，反而勾起唇："不是来帮我们搬行李的吗？那就让一让。"

他把行李箱往前推，差点从顾之岛的脚上碾过。

顾之岛迫不得已退了几步，撞到后面的两个人，三个人脸色铁青。

江恕看他们难看的脸色，越想越得意。

就算沈拂以前喜欢过他们又怎么样，现在沈拂说她喜欢他了，他才是现在进行时。只要接下来他看严点，不给别人"偷家"的机会，上沈拂族谱的不就只有他？

江恕推着两个箱子，跩得二五八万地睨着三个人，从他们面前朝电梯走去。

三人："……"

他为什么横着走啊？！

弹幕里的"不服输"的CP粉：哈哈哈，我看综艺之前真的没想到会嗑上这一对，真的。

奔跑的灯塔：谁说不是呢，为了褚为而来，结果在这里看着别人的爱情抹眼泪。

褚为粉丝纷纷心想，你还有脸说呢。

弹幕里有人表示自己刚开播时就觉得沈拂和江恕之间暗流涌动。

一切都是从节目开播第一天嘉宾见面时江总的那一声冷笑开始的，命运一般的冷笑啊，呜呜，我现在还时常回味。当时不知道是什么含义，还有人骂沈拂，说江总是看沈拂不顺眼呢。现在看来，江总当时听到"初恋"两个字，简直恨不得把褚为屁股剁了吧？！

呜呜呜，现在唯一的遗憾就是不知道他们以前到底发生了什么事。

醉酒那晚，江恕语焉不详。

而且因为他的那个冤种朋友，弹幕观众听得有一句没一句的。

悄悄问一句，江总说的"强……"，大家认为到底是不是强吻啊？

上面的你别想了啊，哈哈哈，别连累直播被封！

如果是沈拂强吻了江总的话，江总不赶紧表面骂骂咧咧，实际上面红耳赤地娇羞就犯？两人不应该后来会分道扬镳啊，为什么那时候没在一起？

ID乱码是4525245的人那天虽然被骂了一顿，后面没再说话，但也是一直在看直播的。

见到弹幕里的讨论，他心中也生出了"好可惜"之类的想法。

他忍不住掏出手机，仔细看了下那天问师兄的话。

"沈拂暗恋江恕并向江恕表白过，然而惨遭拒绝。"

他忽然觉得师兄是不是知道些什么。

他打开微信，又开始联络师兄："师兄师兄，你看这几天的直播了吗？我嗑的CP真的在一起了！"

实验室那边，一个戴了金丝框眼镜的人的手机振动了一下。他取下橡胶手套，看了一眼。

还是在一起了啊。

果然，天上的人只会和天上的人在一起。

他们这些凡夫俗子，多年以后，在她的故事里，可能只是没被记住姓名的男同学罢了。

他和沈拂同桌三年，余光往左一瞥就能看到她。

沈拂刚转学过来的时候，不爱说话，和全班的人都不怎么交流，只因为偶尔跟不上进度，问过他一些问题。

因为位子的关系，两人擦黑板值日都一起，策划黑板报也一组。

放学后，他在教室后面的黑板上写粉笔字，一回头，沈拂就坐在不远处看着夕阳发呆。

他心里很难不产生一些奇怪的情绪。

何况那时候，沈拂是班上最好看的女生。

直到后来，他发现沈拂和学校里那位风云人物住在同一屋檐下已经两年半了，他们瞒得很好，居然全校都不知道。

他发现有一次沈拂提前交完试卷，百无聊赖地在白纸上速写，画出来的身影竟然和那位非常相似。

他发现沈拂表面上对那人似乎比较嫌弃，但在那人经过窗户外面时，她的笔尖总是下意识顿住。

更糟糕的是，那位天之骄子的教学楼明明是另一栋，却总是绕远路从他们教室外经过。

那年运动会，有人不小心扔篮球把沈拂绊倒，沈拂膝盖出血，那位扭头就和人家打了一架。这件事迄今为止沈拂都不知道吧。

打赌看起来像个玩笑，但无人知道当时他心里一些阴暗的想法。

像江恕那样的家庭，如果知道江恕喜欢上了寄住在他们家里、父母等同于双亡的女孩子，绝对不会同意吧。

他如果把沈拂往前推一把，会不会让她提前碰壁，知难而退呢？

因此那次沈拂的生日，他并不知道发生了什么。

只知道后来沈拂离开了，江恕就跑过来把他揍了一顿。

他胜利了，但好像也失败了。

因为那位江总有钱有势，可以轻而易举地找到离开后的沈拂，他却找不到。

这些年从来没人知道过这些。像是秘密，被他埋在心底。

见师弟追问，也许是压抑得太久了，他没忍住将这些编成了另一个人做的事，发了过去。

他道：“当然，这些都是我猜的，毕竟他们两人那个圈子我哪里清楚那么多。

“你觉得，这个 X 可怜吗？”

师弟很快回复：“师兄，是你编的吧，你真会编，你业余爱好是写剧本？怎么会有人这么贱啊我去。”

他：“但你不觉得，喜欢一个人没有错吗？同样是喜欢沈拂，为什么江恕能不择手段，X 就不可以呢？而且当年他们都才十几岁，冲动一点没有太大的错吧？”

师弟：“师兄，你觉得这个故事里 X 是输在没有江恕有钱有势吗？他输在不够真心啊！江恕嘴上说希望沈拂喜欢他，但行为表明无论她爱不爱他，他都会爱她并保护她。他的不择手段也是针对别人。你这个剧本里的 X，嘴上一直强调对沈拂心动，暗恋沈拂，可他只是希望沈拂喜欢他。如果沈拂不喜欢他，他的不择手段就是针对沈拂的了。”

师弟气得手都抖了，居然发了一堆过来：“这确实是你编的，不是真的吧？不然别说是剧本里的江恕了，换我这个 CP 粉都要赶到这傻子的城市把他揪出来打一顿！”

“确实是编的，你不要激动。小顾，你什么时候成 CP 粉了？”

师弟：“早就是了！谁拆我 CP，我拆他的房子！”

好在这全都是师兄乱编的，而且现在沈拂和江恕圆满地在一起了，不然他真的会遗憾死。

师弟和师兄发信息之际，屏幕上的嘉宾们已经上飞机了。

等嘉宾们都系上安全带后，节目组开始宣布剩下的行程内容。

“目前为止，我们《限时心动》已经进行了为期二十七天的直播，还剩最后三天，我们就将收官。”

弹幕里一片嗑糖的、吵架的、看乐子的都傻了：时间怎么过这么快？一眨眼节目快结束了。别啊，我还可以再看一百期，呜呜。

这次最大的收获可能就是粉上了沈拂，我要大声告诉我的宝贝，你很好！

再去看直播第一天的转录，看见嘉宾们挨个说自己的初恋，已经有恍如隔世的感觉了呢。

不管是谁家的粉丝，听到节目快要收官，心里都产生了一些依依不舍的感觉。

毕竟闹归闹，这档节目还是给他们带来了很多想象不到的快乐。至少让他们在四月茶不思饭不想，一回家就只想看直播。

一时间，弹幕里吵架的言论都少了，大家纷纷刷起“春天永不结束”这样的话题。

飞机里嘉宾们的心情却和观众的迥然不同。

左玫坐在靠窗的位子，不耐烦地躲避镜头，看向窗外的云。

听到还剩三天，她更多的是“快解脱了”的感觉。当时她就该听经纪人的，放弃和沈拂争。这下好了，她想尽办法动用人脉把第五个男嘉宾换成顾之岛，反而给沈拂送了个人头。

谁能想到顾之岛又是个“后宫”，又帮沈拂争取了不少镜头啊？！

昨晚为了完成隐藏任务，她过去邀请温铮寒跳舞了。

一支舞毕，左玫就知道两人回不到过去了。

也许曾经在电影学院的时候有过什么悸动，但如今，她好像已经不再是温铮寒心里的“白月光”了。

左玫戴上眼罩，虽然知道现在对她来说，最重要的是事业，但心里仍是有些怅惘的。

人心易变，世界上哪里有那么多江先生啊。

她仍对沈拂一肚子怨恨，但现在孤立无援，顾清霜也和她产生了龃龉，就算她想给沈拂整点幺蛾子，但还剩三天，也整不出来了。

不过她手中倒是还有一把刀没用出来，或许下了综艺后，可以把刀递给另外一个人。

赢不过沈拂就赢不过吧，给她使点绊子，让她没那么顺风顺水也好，算报了综艺这么久以来处处被她压一头的憋屈之仇。

许迢迢的心则已经飞向了下一个求生综艺，听说邀请了她喜欢的肌肉帅哥。

顾清霜小心翼翼地扭头朝后看了一眼，见江恕和沈拂又是坐在一起的。

看今天江恕和沈拂之间的氛围，好像又比在上一站的时候进步了一大截。

怎么回事？难道沈拂对她哥就只剩下恨，半点曾经的眷恋也没有了吗？

还是说她哥魅力不如江恕？没用啊，哥哥你。

不过……

顾清霜打量了后排的顾之岛一眼，视线转回江恕身上。

啊，这……好像确实……换了她是沈拂，也不会选她哥。

顾之岛就坐在沈拂后方，看着沈拂和江恕同款眼罩都用上了，只觉得脸都青了。

他感觉到前方来自顾清霜的打量的视线。

他："……"

这嫌弃的眼神是怎么回事？明明以前在整个顾家，顾清霜对他这个堂哥最为崇拜。

节目组打断了嘉宾们暗流汹涌的眼神："今晚我们将抵达酒店，明天去雪山，会有一个背女嘉宾耐力爬山的比拼。结束任务后，我们会回到酒店，进入第七环节，也就是'自由表白'。"

弹幕观众：啊啊啊，表白日总算要来了。

节目组："'自由表白'之前，我们会把手机还给大家。不过在节目正式结束之前，为了防止外界信息干扰选择，嘉宾们还是不能联网。

"'自由表白'当晚，异性嘉宾之间不能见面，大家可以选择打电话、发短信的方式表白。

"表白环节结束后，嘉宾可以选择一位异性嘉宾前几天合宿环节的录音来听。注意，只能听一位异性嘉宾的，同性的倒是可以随便听。当然，这个环节也是全程直播的。”

弹幕观众顿时又沸腾了。

前几天嘉宾们录音的时候，他们都没听到。

现在终于要公开录音笔里的内容了！

不知道沈拂和江恕分别录了什么，呜呜呜，信女愿一生吃素，求这两人的录音是关于对方的。

哈哈哈，上面的别想了，沈拂录的肯定是关于钱的。

我现在其实很好奇左玫会录给谁，她和温铮寒上了节目后的爱恨情仇其实也很好嗑。

CP粉还在希望温铮寒能追妻火葬场①，然而飞机上两人都没坐在一起。

我还好奇褚为会录什么。唉，我的破镜重圆CP，呜呜呜。

大家不觉得除录什么很让人期待外，这些嘉宾会选择听哪位异性嘉宾的录音也很好嗑吗？

弹幕观众这边沸腾，嘉宾们则各有盘算。

江恕想听沈拂的，但想想也知道，沈拂的录音内容肯定和积分、钱什么的有关吧。

反正和自己有关的概率不大。

想到这里，他忍不住摘掉睡眠眼罩，幽幽地看了身边的沈拂一眼。

沈拂问他的问题，他全都回答了，但他至今还不知道沈拂说他也是她的初恋到底是怎么回事。

她学生时代哪里有喜欢他的迹象了？

那时候她分明动不动就挠他、瞪他、骂他，还一周只给他一百块。

果然完全是哄他的吧？

就像出去干了坏事后被发现，赶紧及时补救一样。

而且她还画别人的背影。

沈拂虽然戴着眼罩，但也能感觉到一道来自旁边的、醋意深重、仿佛

① 网络用语，指男主角一开始对于女主角没有感觉，但是在相处的过程中又对女主角产生了好感，最后费尽心思，想要追求女主角的情况。

想要把她的心挖出来看个究竟的怨夫目光。

沈拂压力好大。

她把眼罩推到额头上去，瞥江恕一眼："你又怎么了？"

"既然你问了，我就说了啊。"江恕心有不满地睨着沈拂，"那一天你书包里掉出来的画册，上面居然有十几张一个人不同的进教学楼的背影的画，是怎么回事？"

沈拂故意装不记得："哪一天？"

江恕气急败坏："就那一天。"

沈拂："你不说清楚具体日期，我哪记得是哪一天？"

江恕："二〇×五年十二月二十三日。"

沈拂："……"不是吧，他还真记得日期。

见沈拂瞠目结舌，江恕挑一挑眉，得意扬扬。

沈拂其实记得。当时两人还因为这事三四天没理会对方，当然，后来又莫名其妙地和解了。

年少时他们就是这样，莫名其妙地生闷气，然后一方忍不住找台阶下，另一方表面看起来不情愿，但赶紧顺着台阶往下跑。

班上的座位总在调动，那一段时间她刚好靠窗，一扭头就可以看到教学楼下面。

于是偶尔考试的时候，她就可以看见江恕那个班在下面上体育课，一群男生朝气蓬勃地打篮球。

沈拂交完卷百无聊赖，便会在空白本子上涂鸦。

有一次回家，不知怎的画册从书包里掉下来了，被与她擦肩而过的江恕捡起来，他顿时将她书包拽住不让她走。

那时候江恕身形修长，还是个少年就已经很高了，盛气凌人的样子，沈拂只觉得他又在找自己碴。

更何况，她也无法解释为什么无聊涂鸦就画了十几张他的背影的画。

江恕恼火，她比他更恼火，她都不知道他为什么生这么大气，还管她在考试时做什么。

她一把抢过自己的本子，让他别碰。

她一生气，江恕更生气，指着本子问："到底是谁啊？！"

沈拂怀疑他要去找老爷子打小报告，甩开他，抱着自己的书包就跑。

现在想起来，有些情愫是可见端倪的。

但当时还只有十几岁的沈拂哪里能懂。

"其实画的是你。"沈拂凑过去，在江恕耳边回答。

"谁信啊。"江恕一脸"你就哄我吧"的表情，愤愤不平，"你画的那玩意儿和我有半毛钱的关系？你画的那个人五官崎岖，还穿着校服，我从来不穿校服。"

沈拂一脸黑线，他还好意思说？

"怎么就五官崎岖了？我又不是专业的，用铅笔在草稿纸上随便涂涂打发时间，当然画得歪歪扭扭。"

而且当时是冬天，江恕穿大衣或是带帽子的黑色羽绒服，打篮球脱掉外套，里面也是毛衣之类的。沈拂根本画不出来那么复杂的衣服，但总不能画个不穿衣服的男生吧，那多不好意思，就随便照着教科书上画，成了校服。

江恕真是想太多了，按她的小学生画技，她画只鹰，他可能都会认成鸡。

这怎么能当真？

"等一下。"沈拂猛地反应过来，"所以你那时候就吃醋了？"

江恕也突然意识到自己暴露了什么，俊脸慢慢地红了起来。

"那你那个时候已经开始画我了，不也……"他嘟囔道，声音越来越小。

江恕舔了舔后槽牙，掩饰不住得意。

反应过来沈拂还看着自己后，他不自在地把沈拂的眼罩往下一扒，强迫她不要看自己。

沈拂的眼睛被遮住了，但眼罩下的唇角却忍不住翘了翘。

弹幕观众：啊啊啊啊啊啊！

坐在两人后面听了一路的四个男人："……"

什么啊，他和她在说什么啊？怎么他们一句都听不懂？

耐力爬山环节正式展开。说是山，其实就是寺庙脚下到最高点的百来级台阶。

男嘉宾还得背着女嘉宾，而女嘉宾再轻也有九十多斤，这个环节要设置得太困难的话，可能接下来两天男嘉宾们走路都得拄拐。

所以本质是热闹热闹气氛。

到了节目末尾，比拼已经不重要了，最终选择才重要。

比拼之前的分组依然是靠抓阄。

几个男嘉宾脸色都有点不大好，万万没想到在这种随机性这么强的环节，江恕能被沈拂抽中。上节目以来，他都和沈拂组队多少回了？

摄像机后的导演露出深藏功与名的笑容。

从“春日限定画报拍摄”开始，他做了这么多补救的事情，总能抵消综艺刚开播那一周的失误吧。

他现在就坐等综艺结束后，江恕给自己加鸡腿了。

比拼结果又是江恕、沈拂赢。

到了寺庙最高的平台上，节目组让所有嘉宾站在红砖旁边，趁着黄昏时刻钟声响起，提前给大家拍一张收官照。

女嘉宾上来都没费什么力气，没出汗，也没弄花妆；男嘉宾除了江恕还神采奕奕，其他人哪里还想说话。

就连刚才抓阄环节落单的顾之岛都不想吭声了。

非常仓促地拍完，节目组把照片发到了官方微博。

弹幕里一群人看着嘉宾们拍照，快要笑死了：除江总外的男嘉宾，帅还是帅的，但都好憔悴啊，哈哈哈！

哈哈哈，怎么办呢？情场嘛，有人欢喜有人愁，有人胜利就有人失败。

这是能说的吗——褚为你不要偷偷踮脚。

笑死，谁还记得第一环节约会时，向凌云去接女嘉宾还戴墨镜，潇洒极了，现在墨镜不戴了，红酒也不喝了。

温铮寒也没心情露出那种高深莫测的表情了。

你们忘了顾之岛老师吗？他刚出场时还穿着白西装，仿佛随时可以演奏钢琴呢，现在已经彻底没心思捯饬了。

哈哈哈，上面的多损啊！

几家粉丝心如死灰，已经躺平不想反抗了。

原以为还可以争一争谁能获得沈拂青睐，证明一下魅力，谁知道一场游戏下来，完全被江恕抢了先。现在他们还能争什么？他们哥哥都是江恕的手下败将罢了。

难不成还像顾之岛家那位“没有谁比我更会嗑”一样争谁是老二啊？

他们也是有骨气的好不好？！

除了暂时还不相信其他人都有同款钥匙扣的向凌云，温铮寒、褚为，以及顾之岛都还惦记着钥匙扣的事情。

距离收官只剩两天，留给他们的时间不多了，无论如何都要把这件事弄清楚。

从昨晚到现在，三个男人心情复杂，一直想找到和沈拂单独说话的机会，但不仅江恕总在沈拂身边阴魂不散，不给他们机会，他们彼此之间也会互相阻挠，导致根本没办法接近沈拂身边。

虽然同是天涯冤大头，但他们心中也互相歧视着，将彼此分了三六九等。

褚为觉得自己作为初恋，怎么着也是除江恕外，最有分量的。

他可是第一期时沈拂亲自认证的初恋！

除此之外，向凌云可能排第二。

至于温铮寒和顾之岛，一个被沈拂亲口承认过是在演戏，另一个上节目后被她又浇水又拒收礼物，能在她心里占多大点分量？可能都没有芝麻大！

顾之岛自不必说，他还没从大家都是前任的震惊中缓过来，但心里也觉得，毋庸置疑，自己是最重要的那一位。

其余人只从顾清霜那里知道了他也是前任，但还不知道他和沈拂认识的时间仅次于褚为吧，更不必说还有那无法让人释怀的分手费。

不说现在情况如何，起码那时候，沈拂对他有过真心吧。

向凌云攀岩被打断，从昨天到今天都对这几个男人没好气，竭力忍耐想要揍人的冲动。

只有温铮寒还算冷静，盘算着今晚回酒店后找沈拂问一问钥匙扣的事情。

结束白天的活动，大家回到酒店开始用餐。

倒数第三晚，摄制组特地在餐桌上摆满了玫瑰花瓣，但嘉宾们一顿饭吃得各怀心思、七零八落的，哪有心思欣赏是白玫瑰还是红玫瑰。

节目组："晚餐之后，就正式进入'自由表白'的环节，大家请各自回到房间进行准备。"

弹幕观众刚要激动，就听节目组继续说："发短信的'箭头'必须公开，但表白内容嘉宾们可以选择隐藏。"

弹幕里立刻炸开了：为什么要隐藏，把我们当外人吗？！

笑死，我能理解节目组为什么这么干，男嘉宾们再丢脸下去，可能粉丝都要走光了。

他们好歹全都是公众人物，地位还非同凡响，这都快临近尾声了，还不赶紧挽回一下形象？

哈哈哈，老实说，现在嘉宾们的感情线都非常明朗啊，就算对我们隐藏，也几乎能猜得出来谁发给谁。沈拂和江恕双向"箭头"；其他女嘉宾要么弃权，要么随便发发；"后宫"都会发给沈拂，没有疑问吧？

赞同，看不看"后宫"的表白都无所谓了，想看的话上B站，几千个博主剪"后宫"大作战的视频给你们看，我现在主要想知道沈拂和江恕的录音内容。

几位男嘉宾的粉丝：你才是"后宫"，别把认真热烈的欣赏和爱说得这么难听！

弹幕观众这边闹成一片，嘉宾们倒是的确都松了一口气。

不公开内容的话，颜面可以稍微挽回点。

晚饭后，嘉宾们各自回到房间，在明天"最终抉择之夜"之前，按照规定不能再见面了。

这就像是一场游戏，竞争激烈这么久，鼓声敲响，终于要分出个胜负了。

男嘉宾们的心情都非常复杂。

节目组之所以提前拍摄收官照，是因为进入最后雪山环节的，将只有牵手成功的情侣。

而没能牵手成功、上节目这么久还是一无所获的，明晚过后，将止步于此，直接一张飞机票送回家。

雪山挂锁的浪漫将只属于脱颖而出、走到最后的恋人。

其他人？灰溜溜地落幕吧。

顾之岛看着手机屏幕，神情有些落寞。他倒是想回到过去，但上节目这么久，沈拂一直没给过他机会，不只如此，还将“恨他”写在脸上。

难道真的就只能这样阴错阳差地被他母亲拆散吗？

正当他思考是小作文自我剖白更加真诚，还是浪漫诗词更能引起沈拂兴趣时，手机忽然亮了起来。

难道是有人先给他发了短信？顾之岛赶紧滑开手机。

然后就见自己被拉到了一个群，群名“要表白的人来这里排队”。

顾之岛：“……”

群是褚为建的，除了被拉进来的他，温铮寒和向凌云早就在里面了。

顾之岛真是服气。

表白环节只有半小时，这么紧张的时间他们就拿来干这个？！

之前就听说过他们那个“抗江联盟”的群，久闻不如一见，万万没想到自己也有被拉进来的一天。

“拉我干什么？”他又不是“后宫”。

顾之岛黑了脸，立马就想退出。

“等一下。”褚为发文字，“你们不觉得我们现在挨个表白根本没用吗？之前类似于表白的事情我们干得还少吗？有用吗？没用啊！在场的每个人都吃过闭门羹吧。”

顾之岛觉得和这三个人一个群简直玷污了自己的智商：“你们吃过闭门羹，我可没。”

褚为：“你是没，但你被浇了三桶水。”

顾之岛：“……”

“我们现在的诉求是什么？是搞清楚钥匙扣到底是怎么回事，以及问清楚在她心里的排序！”

褚为早就想知道这一点了，就算最后不能和沈拂在一起，他也要确认沈拂是否有过真心，否则来综艺一趟就真的白来了。

最后一句话里，褚为竭力掩饰自己的一些小心机和一些小得意。

抛开江恕不谈，他觉得自己肯定是沈拂心里排最前面的那个。

温铮寒有自己的打算，没拒绝褚为的提议，也没在群里说话。

倒是向凌云瞬间火冒三丈。攀岩的事情他还没找这几个人麻烦呢，这几个傻子又来给他整事：“还在说钥匙扣的事情，你们做戏还做全套呢？一个两个都说自己有同款钥匙扣，你们倒是拿出来啊！从昨天到今天你们有谁拿出来了吗——”

话没发完，褚为给自己手中的钥匙扣拍了张照，发在群里。

昨晚到现在一直被摄像机拍，敢情自己和顾之岛没把钥匙扣拿出来，这哥还不信呢。

向凌云：“……”

顾之岛虽然觉得这一切都离谱到了极点，但还是情不自禁地跟褚为做出了一样的行为，也拍了张自己的钥匙扣的照发在了群里……

怎么回事？难道他也被这几个人带低了智商吗……

顾之岛心里一阵无力……

温铮寒则冷静地打了一行字过去：“我的没带，但我确实也有。”

向凌云的心态终于彻底崩了，在群里咆哮：“谁来告诉我这是怎么回事？！！”

“你想知道是怎么回事，我们还想知道呢。”褚为冷冷地敲手机键盘，“所以我提议不要分开做无用功了，我们团结一点，趁这个机会把沈拂拉进来，问清楚到底怎么回事吧。”

观众能看到各个房间内嘉宾们的各种状态，焦灼、恼怒、气定神闲或是无聊，但这个环节，所有嘉宾无一例外地选择了不公开自己的表白短信，所以观众也不知道他们到底在用手机给谁发。

向凌云看起来好激动啊，打字都快把屏幕戳烂了。

难道他发的人回他了？不然他为什么还发了好几段过去？

温铮寒一贯很镇定，不过他也发了一行过去欸。

笑死我了，又是褚为噼里啪啦打了最多字，他该不会写了什么小作文吧？

顾之岛对着他那个钥匙扣拍照干什么？

对了，灯塔老师在吗？此处“@”灯塔老师，你的视频剪得太早了，少了个顾之岛老师。

救命啊，家人们，我有个猜想。这几个人……该不会……又拉群了吧？

哈哈哈哈哈哈哈！

褚为的提议不得不说是有些道理的。

节目组没有要求女嘉宾一定要回应男嘉宾的表白，所以今晚他们就算给沈拂发短信，也不一定能得到沈拂哪怕一个标点符号的回复。事到如今，他们不得不承认这一点。

如果错过了今晚，可能永远也无法知道答案了。

除此之外，褚为心里的那些小九九，另外几个男人心里未必没有。

褚为觉得自己是前任里最重要的一个，其余人可都是这么觉得的。

谁又不是被沈拂真情实感爱过的呢？这些货不是整天自信得要命吗？那就当着他们的面让沈拂说出答案，打消他们的盲目自信。

抱着一些不可言说的心理，顾之岛和向凌云突然沉默下来。

四个男人都认可了这个提议后，褚为把沈拂拉了进来。

沈拂骤然进了一个四人群，还有点蒙。不过转念一想，表白环节之前，节目组应该是在每个嘉宾的手机上将所有嘉宾的联系方式都添加上了，方便这个环节能够顺利进行。

她坐在沙发上，点开一看，发现群名叫“要表白的人来这里排队”。

褚为猛然意识到群名有点尴尬，赶紧删掉了这个群名，改成了普通的“四男一女组”。

另外三个男人：“……”现在群名更奇怪了好吗？！

后进群的人是看不到没进群前的聊天记录的。

于是褚为把上面两张钥匙扣的图片又发了一遍，并组织了下自己的语言：“这不是综艺马上要结束了吗？我们本来都想要对你表白，但前天忽然发现我们四个都有这个……”

褚为删了又改，改了又删。

中间夹杂着表情的大段文字叫人没耐心看，沈拂直奔最后一句。

褚为：“……想问问这是为什么？”

沈拂思索了下。她问：“在回答之前，我能再拉一个人进来吗？”

群里四个男人：“……”

什么，还有第五人？？！

总不可能女嘉宾里也有人是前任吧？？？

谁？许迢迢吗？她很可疑啊！

当沈拂把江恕拉进来后，四人震惊的表情都稍稍平复了下来。

就说嘛……事情总不至于那么离谱。

本来拉江恕进来，他们都应该愤怒的，但因为想偏了在前，以至于再看到被拉进来的是江恕，他们居然都显得非常淡定。

江恕一进来，愣了一秒后，顿时恼火地把群名改成了“幸福小两口和四个不自量力的傻子”。

其他人：“……”

顾之岛拿着手机，绝望地看着窗外。

这下好了，又进来一个“精神病”。

沈拂在群里发：“江恕刚进来，不知道你们之前问了我什么，你们谁再发一遍。”

褚为当然不会错过这种卖力的机会，赶紧道：“我来。”

他把上面的图片和小作文复制粘贴了一遍。

向凌云抹了下脸，试图让自己从这种荒诞的现实中冷静下来。

沈拂：“我现在可以回答了。”

江恕在房间里，抱着手机，脸色很臭。

还让沈拂给他们排序？虽然现在他已经确定了自己是第一，但看着沈拂给前男友排序，他还是会嫉妒、会吃醋的好不好？

另外四个男人才不管江恕在这一边脸色难看成了什么样，全都聚精会神地盯着手机，就连有些在风中凌乱的顾之岛都屏住了呼吸，迫切地想知道沈拂的答案。

下一秒，沈拂的答案跳了出来。

“没有序位，都是演的。”

褚为：“……”

向凌云：“……”

顾之岛：“……”

温铮寒：“……”

方才还不断弹出消息的群，一下子陷入了冰天雪地一般的僵。

空气如坟墓一般死寂。

都是演的……

都是演的……

除顾之岛外的三个人，忽然不知为什么，不约而同地想到了那天《戏如人生》的三个片段……

几个男人的手机忽然又抖了一下。

以为沈拂要做出什么反转的解释，他们赶紧朝屏幕看去。

江恕：“哈哈哈，今晚月色这么好，大家都开心点啊！”

四个男人：“……”

虽然江恕觉得沈拂这么说只是为了哄他。

但沈拂能特意这么哄他，他也心花怒放了。

江恕这么想，四个男人更是这么想。

不然怎么解释沈拂说是演的？

沈拂……八成是喜欢上了江恕，所以特地在江恕面前和他们撇清关系。

即便是这样，也足够让人心如死灰了。

沈拂她……好像对江恕是真心的。

尽管不想承认，但事实令人沮丧，他们都彻彻底底输了。

弹幕观众只见房间里刚才还噼里啪啦打字的男嘉宾们忽然就泄气了的样子，纷纷猜测：他们总算知道沈拂和江总双“箭头”了？？

笑死，综艺都快完了，他们也该知道了吧。

除了粉丝，无人在意他们想什么。

早就已经嗑生嗑死好几天的观众，才不管这四个男人的心是碎成一瓣一瓣的，还是碎成一片一片的，只想催促节目快点进入听录音环节。

按照刚刚嘉宾们的表情，表白环节应该就和我们猜测的差不多了，快快快，直接听录音。

节目组还是按照规则，足足等半小时过了，才进入下一个环节。

酒店每个房间都放置了一台小小的扩音器。节目组人员的声音传出来：“现在，‘自由表白’环节已结束，请嘉宾们点进手机屏幕主页面，我们会给你们每个人发送一个弹窗，请你们在弹窗上面选择一名异性，听取对方当时的录音。注意，只能选择一位。

“听取后，如果对方提出了什么与您有关的问题，您可以当场回答对方的问题。

“同样地，嘉宾选择听谁的录音，会向观众公开，但录音内容嘉宾可以自行选择不公开，并戴上耳机。”

怎么快收官了不做人了？我要听录音！我要听录音！！！呜呜呜，今晚听不到录音，我整个人都会消瘦！

真是，玩不起就别玩。

同性之间可以随便听，但只能听一位异性的录音。

毫无疑问，几位男嘉宾纷纷选择了听沈拂的。

女嘉宾会选择听谁的啊？

左玫会选温铮寒的吗？这都快收官了，真的要be得这么彻底吗？拜托！

左玫不太想听见温铮寒的录音。如果他的录音内容和沈拂有关的话，她只怕会控制不住自己的脸色。

在几个男嘉宾中思索了下，她选了江恕。

现在的录音内容恐怕会涉及明天的最终抉择，她得弄清楚沈拂和江恕是不是真的成了。

顾清霜毫无疑问地选择听江恕的录音内容。

许迢迢对沈拂和江恕之间的进展有点好奇，也八卦地选了听江恕的。

弹幕观众：笑死，男嘉宾都选沈拂，女嘉宾都选江恕。这些人到底怎么了？比我们还八卦吗？

谁还记得一开始许迢迢和褚为才是一对……

沈拂继续在沙发上坐着，戴上白色的耳机。

相隔十米的另一个房间里，江恕挂上黑色的无线耳麦。

两人都选择隐藏自己的录音，因此其他房间的嘉宾们想听他们的，也得戴上耳机。

沈拂想到自己当天的录音内容，确实有点尴尬，但脚指头抠地这种事，抠着抠着习惯了就好。

江恕则屏住了呼吸，不知道沈拂的录音内容会不会有自己。

“开始了哦。”节目组的通知声音从扩音器传来。

“三——

“二——

“一——”

倒计时结束后，两人同时从略带了些嘈杂电音的耳机中听到了对方的声音。

以及对方的声音里，自己的名字。

——“江恕，这一次，不会是真的，终于喜欢我了吧？”

沈拂的声音听起来有些紧张。

她好像坐在庭院的某个角落，隐约有虫鸣。

——“希望沈拂能喜欢我。”

长久的沉默。

江恕低沉的声音听起来有几分假装轻松的从容：“不过，即便最终她不选我，我还是从头到尾只喜欢她……”

紧接着是一片嘈杂的嗡鸣声，听起来像是江恕那边有汽笛鸣过，他问了摄制组。

“这段录音会被沈拂听到吗？如果听录音那晚，她不选择听我的录音的话，是不是就永远听不到了？”

居然是关于自己的。戴着耳机的两人同时心想。

沈拂忍不住翘了翘唇。

十米之外房间里的江恕赶紧转身背对镜头，把墨镜戴上装冷酷，实则心快要从胸腔跳出来了。

他是真的没想到沈拂的录音内容和自己有关。

这种感觉非常奇妙。

在两个房间，他们却仿佛注视着彼此。

宛如隔着时空，一起感受到了几日前对方的意乱心慌。

手机上弹出提示："如果确认了录音，可以对录音内容做出回答。"

沈拂这边，江恕的回复弹了出来。

江恕那边，沈拂的回复也以语音形式弹了出来。

江恕声音沉沉的："是，但不是这一次，是早就。"

沈拂声音很轻快："恭喜你，十七岁的江恕，也恭喜现在的江先生，你第一句话里的愿望，早就成真了。"

听到对方的回复，两人一愣，都同时忍不住笑了起来。

这种仿佛连胸腔都产生共鸣的感觉……

弹幕观众：啊啊啊啊啊啊，他们在说什么啊？！

他们的录音到底是什么啊！

啊啊啊，虽然不知道录音是什么，但为什么还是这么让人想要尖叫？！！

不要让他们住两个房间啊！今晚就给我圆房！

屏幕前的观众鬼哭狼嚎。

明明没听到录音内容，只听到沈拂和江恕对彼此的回答，可为什么他们的心情还是这么澎湃？！

听到了录音，却听不到回答的其他嘉宾："……"

敢情这两人早就明修栈道，暗度陈仓，连双向暗恋都搞上了？

嘉宾们的反应，哈哈哈哈，男嘉宾的脸真的都绿了。

许迢迢你不要一副撸起袖子打算写几百万字小说的样子！

笑死，你们不在意其他嘉宾的录音吗？他们都只听了沈拂和江恕的，导致我们都听不到其他嘉宾的回答欸。

这一晚，没人睡得着。

想想也知道，"自由表白"这一环节肯定上了热搜，但词条肯定是沈拂和江恕的。

今晚过去，就是明天的最终抉择了。

虽然最后一日还没有到来，但和已经到来了也没什么区别。还可能会发生任何变故吗？只有沈拂和江恕会牵手成功吧。

好痛苦啊。

虽然节目组的规则是最终抉择之前嘉宾们不能见面，但那是在镜头面前。直播一关，哪还剩下什么规则？

褚为翻来覆去，实在睡不着，拿着手机出去找酒喝。

没找到酒，他在饮料自动售卖机那里买了几瓶气泡水，独自搭乘电梯来到酒店顶楼，在露天的沙发上坐下，翻开手机，开始看以前的照片，看完了照片，又没忍住，摸去B站看他和沈拂过往的剪辑视频。

然而现在首页全是江恕和沈拂的视频。

睡不着的不只褚为一个人，向凌云也无法入眠。

他从行李箱里翻出自己带过来的红酒，拿了玻璃杯，来到了天台。

他刚走过去，就见天台上居然已经坐了一个人。

褚为正坐在那里，肩膀一耸一耸的。

向凌云走过去。

褚为泪流满面地抬起头来："你怎么也来了？"

向凌云："……"

向凌云心想：我还想问这话呢，半夜想吹吹风，怎么又和你这傻子撞一块儿了？

不过同是天涯沦落人，向凌云竭力忍住了自己想骂人的欲望。

他倒了杯酒，在褚为旁边坐下，见褚为拿着手机，问："你在看什么？"

褚为递给他看："一些视频。"

向凌云："……"这傻子为什么要看沈拂和江恕的视频啊？！

视频是外放的，就算向凌云不想看，声音也传到了他耳朵里。

这视频看起来点击量非常多，都五六百万了，背景音乐是《暗号》。

"我想要的，想做的，你比谁都了。"

配的画面是初次见面那天，江恕拉开椅子，面无表情地在沈拂身边坐下。

这个镜头重复两遍，第二遍慢动作，显得惊心动魄且暗流涌动。

“任何人都猜不到，这是我们的暗号。”

配的画面是照片缓缓从沈拂的行李箱里飘落，接着几个画面快速切换——江恕总在嘉宾最后默默地注视着沈拂，快步走过去帮沈拂洗碗，或是递晕车贴过去。

“有太多人太多事，夹在我们之间咆哮。”

是他们几个阻挠沈拂和江恕的画面。其中画报拍摄时，向凌云试图把沈拂从江恕手中抢过来，扭曲的脸一闪而过。

向凌云：“……”

“想吹风，想自由。”

“春日约会”时，沈拂和江恕走向海边，沈拂长发飞扬。

“终于连上彼此的讯号。”

是醉酒那晚的一个吻，是听录音时两人同时戴上耳机的心照不宣。

是无数个江恕和沈拂走在一起交换眼神的瞬间。

视频逐渐淡出。

剩下沈拂和江恕的声音。

——“因为我喜欢沈拂。”

——“我初恋是你。”

屏幕打上一行字：“献给我爱的两个人，愿你们的爱恋永不褪色。”

向凌云：“……”

等一下，这个吻是什么时候的啊？！

还有这两句话，这两人什么时候说过？剪辑的吧？！

褚为抱着手机流眼泪，哭得稀里哗啦。

向凌云暴躁道：“你又在哭什么啊？！”

褚为摇了摇头：“他和她，好真啊！他们确实比我们真啊！！！”

向凌云：“……”

傻子。

论坛很多观众也睡不着。

“深夜睡不着，爬起来从头捋了下整个综艺，又开始姨母笑[1]了，我又捋出来很多细节，整理一下过几天开个分析帖。”

“呜呜呜，我也在为别人的爱情失眠，蹲楼主的分析帖。题外话，那个圈怎么套到江总脖子上的至今还是未解之谜，真的没有大神能用红外线扒出来吗？”

“不管是江恕自己套的还是沈拂套的，都很好嗑啊。前者是蓄谋已久，后者是顺从心意。”

还有人在微博上找“奔跑的灯塔”：“能不能给男嘉宾们来一个混剪啊？之后怕是至少几年的综艺都看不到颜值这么高的阵容了吧？”

“奔跑的灯塔”居然没睡：“剪什么剪，其他四个人和我‘女婿’的颜值不在一个档次上，不配和他出现在一个混剪视频里。”

“你‘女婿’？”

大哥，你醒醒，你的简介上不是写着你才十八岁吗？！

另一个博主在微博发预告：“害羞。其实我也正在剪沈拂和江恕的新视频，大家可以期待下，明晚八点钟发。”

“啊啊啊啊啊，连您都开始嗑了！”

节目快要收官，又上了热搜。

酒店房间里的沈拂也没睡，正在提前收拾行李。

长达一个月的综艺总算快结束了，不得不说确实还是有点累的。

把行李收拾得差不多后，她在床上坐下来，开始处理手机里收到的一些工作信息。

房间的门忽然被轻轻敲响了两下。

同时沈拂的手机振动一下，江恕发来消息：“是我。”

沈拂走过去开了门，两人一对视，都有几分不好意思。

现在见面就像是古代结婚之前明确规定男女双方不能见面，这对男女却忍不住提前私会一样。

“睡不着的话，”江恕朝着酒店顶楼的露台偏了偏头，“要不要去看星星？”

---

① 网络用语，指露出一种慈爱、宠溺、欣慰的微笑。

他刚洗完头，一头黑发湿漉漉的，更衬得五官英俊逼人。他没戴墨镜，漆黑的眼半垂，期待地看着她。

沈拂探头朝走廊上看了一眼："现在？"

"被发现了也没什么，"江恕道，"又不是早恋，我是理直气壮、光明正大过来的。"

沈拂看了他一眼，忍不住笑："好啊。"

她一笑，江恕顿时耳根红了，有点恼羞成怒："笑什么笑？"

虽然明天还要见面，但半夜他就不能来找老婆了吗？！

怎么了，嘲笑他心急吗？

"笑一下也不行了？"沈拂道，"这么凶？"

"凶吗？"江恕立刻有点紧张，调整了下自己的语气，"沈拂，现在呢？"

沈拂牵牵他的手："开玩笑的。"

江恕松了口气，侧身取下她挂在玄关处的外套，递给她："先穿上。"

江恕本来想去天台，但天台不知道被哪个傻子半夜占了，他去的时候差点踩到一个酒瓶，便索性没继续往上走，转而让工作人员帮他把顶楼的一个露台花园收拾了出来。

沈拂被他牵着手，跟着他上去。

沈拂不知道那顶巨大的白色帐篷，以及点缀着的灯光是他布置的，还以为是这里本来就有的。

"江恕，你可真会找地方。"

就不能往更浪漫的方向想想？

不过她都以为是酒店本来就有的了，他再说是自己安排的，未免太刻意了。

江恕手插兜跟着她走过去，懒洋洋道："可不是嘛。"

两人在帐篷里的双人小沙发上坐下来。

沈拂抬头看了一眼头顶的夜空，道："夏天快到了。"

江恕腿长，不得不把沙发前的箱子踹开，否则腿无处安放。他坐下来，打开一瓶饮料递给她："不是说好来看星星吗，你怎么还拿着手机上来？"

沈拂喝了口饮料，随手还给江恕，继续低头发信息："你敲门的时候我正处理工作呢，还没回完。”

手机被没收了一段时间，邮箱和微信都积攒了一堆信息。有些东西梁晓春那边可以直接拍板，但大部分信息还是得她自己过个目。有广告商那边发来的样片，让她发微博的，还有龚宽那边发来的剧本，让她提前熟悉下，这档综艺结束后她就得进组了。

沈拂：“你等一下啊。”

江恕将饮料放在箱子上，托腮盯着沈拂看了会儿。他虎视眈眈，沈拂却视若无睹。江恕终于忍不住了，试图引起沈拂的注意力，压低声音沉沉道：“老婆。”

沈拂抬头看了他一眼：“什么？”

“没什么。”江恕欣喜，看来他还是比工作重要的嘛，“叫叫你。”

沈拂：“……”

真的很烦哪！

见沈拂不理他，江恕抓起沈拂的一只手，带着她往上指：“老婆，你看那边那颗星星怎么那么亮。”

沈拂不想吭声。

江恕黑了脸：“老婆，这都快十二点了，哪些不要脸的还在打扰你休息？他们公司该破产了。”

沈拂头也不抬。

江恕张开双臂困住沈拂，恨不得将沈拂揉进怀里，但沈拂仍无动于衷，他：“……”

强制爱不行，试试帅哥撒娇？

“老婆老婆老婆。”他将俊脸埋到沈拂的肩膀，带着怨念叨叨个不停。

反正都几天没回信息了，再等一天也没关系吧，什么事还能比一起看星星重要？

怎么会有这么不解风情的女人啊？！

沈拂把他的脑袋一把推开，因为他人高马大，差点没推动：“我看你只是想叫这两个字吧？”

江恕：“你怎么知道？！”

沈拂："……"

她忽然感觉未来的家庭生活不得安宁。江恕在外面冷酷如风，但私底下是真的有病啊！

沈拂："你能不能也处理一下自己的工作？"

"约会的时候我才不想管那些。"话虽然这么说，但江恕还是骂骂咧咧地掏出了自己的手机。

沈拂低头，赶紧把急需处理的处理完了，没那么紧急的等明天综艺结束后再回。

一旁的江恕终于安静了。

沈拂飞快地把需要确认的邮件确认完，熄掉手机屏幕，打算专心约会。

她就见江恕也正盯着手机，拧起漆黑的眉，一副专心致志的模样。

他真的很帅，五官精致到无可挑剔，从十五岁看到现在，沈拂也不得不这么承认。如果不是脑子有点毛病的话，真的无比完美了。

他认真工作起来，仿佛多了几分除平日桀骜不羁外的沉稳气息。

这样想着，沈拂带着欣赏的目光，忍不住凑过去看看他在处理什么工作。

然后就见他正专心致志地在搜索什么。

他的搜索框里——

天空婚礼、草坪婚礼、海洋婚礼，哪个更让老婆记忆终生，并对老公爱得更热烈？

请柬用什么字体比较有格调？能震慑到老婆前任。

婚礼当天要不要邀请情敌？

老婆约会时非常冷淡是不是不爱了？

怎么让老婆把注意力从工作转移到自己身上？

沈拂："……"

很好，你现在就引起了我的注意。

褚为和向凌云在天台上惆怅地喝酒，往边缘走了两步，便看见下边一层楼的露台上还亮着灯。

褚为疑惑地问："酒店还在那里弄了帐篷？"

因为隔着帐篷和玻璃，没办法看到那边是谁。

向凌云又喝了口闷酒，道："节目组可能没把酒店全包下来吧，居然有情侣大半夜不睡觉还在那里看星星，也是醉了。"

褚为苦涩地道："真想扔块砖头砸过去。"

现在他看见别人谈恋爱，就像单身狗一样难受。

翌日，早餐和午餐，嘉宾们都是在房间里吃的，等他们被节目组叫出来时，沈拂和江恕已经飞往雪山参加下一个环节了。

这次节目组并没像之前的素人恋综一样，让男嘉宾们站在冷风中等，由女嘉宾来进行选择，看来还是给他们几个人留了面子的。

他们的房门一直没被敲响过，就意味着最终选择之日，只有沈拂和江恕是双向选择。

虽然早知道结果会是这样，但事情已成定局，还是叫人有些无法接受。

节目组留了一部分摄制组工作人员在这边，道："我们请来了两位飞行嘉宾，将与剩下的、没被选择的嘉宾进行对话疗伤。大家有什么不开心的都可以向我们的飞行嘉宾倾诉。请别着急收拾行李，我们还需补一下后续采访。"

被留在酒店里的七个人："……"

可真是谢谢你们节目组了啊。

弹幕里的大部分观众都跑去看雪山那边的沈拂和江恕了，只有这些嘉宾的粉丝和一小部分路人还留在这边看热闹。

笑死我了，疗伤，节目组也是够损的。

居然没有沈拂掠过几个男嘉宾走向江恕的名场面吗？我还以为最终抉择之日会出现这样的场面呢，看来快要收官了，节目组还是心慈手软了一把啊。

哈哈哈，上面的也太损了吧，这种场面在之前的八期还少吗？

向凌云和温铮寒等人的粉丝却稍稍松了口气。幸好抉择之日用了比较体面的方式结束，不然要真按弹幕观众说的那样进行，等综艺结束，B站又要新增无数素材。

当然，现在也好不到哪里去……

几家粉丝看着自家狂掉的粉，纷纷沉默了。

最后的行程只剩下两个人，江恕感觉世界都清静了。

节目组开着吉普车带着江恕和沈拂两个人来到雪山脚下。

“这里是我们《限时心动》的最后一程，这一环节结束，我们就正式收官啦。感谢直播前一直支持的观众们，我们一个月后将在同一时间放送第九期‘是新婚夫妇了吗’，会为牵手成功的恋人拍摄一段节目，是去看极光的旅行。”

呜呜呜，谢谢节目组，还有第九期专门撒糖！

到了第九期，就已经到夏天了吧？！夏至刚好在漠河看极光。江恕、沈拂，我准备好西瓜和勺子等你们。

第九期也是在节目合同里的，因此江恕和沈拂并不意外。

两人换上较厚的冲锋衣，开始和节目组一道爬山。

踏在雪山上，周围白雪皑皑，一切都仿佛变得圣洁起来。冰凉微冷的风吹在脸上，夹带着些许雪花，眯住了沈拂的眼睛。

江恕摘下手套，替她擦了擦：“好点了吗？”

沈拂点点头。

弹幕观众又开始号叫了：什么啊什么啊？小情侣又开始了。

呜呜呜，有谁注意到江总摘手套时都没放开沈拂的手？

不愧是恋综，想谈恋爱了，单身狗哭了。

一路走走停停，终于抵达海拔4680米的高峰。

节目组提前清场，此时没有其他游客，石碑前就只有两个人。

摄制组大哥乐开花：“现在要拍牵手成功的恋人的情侣照了，请两位站近一点，留一张特别一点、有纪念价值一点的照片。”

沈拂看了一眼江恕早就扣住自己肩膀的手，道：“他都把我搂进怀里了，还能怎么近？已经够近了吧。”

江恕偏光墨镜后的俊脸忽然微红。

可恶，这是在说他太主动了吗？

“这样呢？”江恕冷不丁地把沈拂打横抱了起来。

在海拔数千米的高峰上公主抱，应该还算特别吧？

沈拂吓了一跳，下意识搂住他的脖颈。

弹幕观众：啊啊啊啊啊。

长达一个月的综艺就这么结束了，观众们都很不舍。

正式结束的时候，节目组从之前的照片中挑挑拣拣了一些，发了一组九宫格图片[①]的微博，其中正中间的就是沈拂和江恕在雪山上公主抱的那张，略微调了调色。为了和洁白的雪山对应上，调成了电影质感的。

照片上，两个人的颜值简直逆天，即便不知道前因后果，只是路过，也会忍不住仔细点开原图看看。

底下热度第一的评论："有人收获了爱情，有人收获了沧桑。"

热度第二的："好爱沈拂，呜呜呜，顺带爱一下'女婿'吧。"

热度第三的："笑死，叫什么《限时心动》，不如叫《"后宫"大作战》。对不起，粉丝别打我，调侃一下而已。"

结束后嘉宾们没有回别墅去，而是直接由公司来接，或是自己回家。

沈拂和江恕从机场出来，江恕让公司的人把他的车子开过来，把两人的行李箱放进后备厢，直接自己开车载沈拂回去。

车子离开机场，沈拂突然想起来："那把你车子开过来的下属怎么办？"

江恕戴着墨镜，恍惚了一下："让他打车回去。"

开车过来却被丢在原地的下属："……"

我的冤种上司。

"这几天没睡好，我送你回去，你先洗个澡好好睡一觉，"江恕递了个抱枕给沈拂，"或者先在车子上睡会儿。"

沈拂应了下，接过抱枕正要闭上眼，忽然觉得哪里不太对劲："你送我回去？"

"是啊。"江恕目视前方，转了下方向盘。

---

① 网络用语，此处指的是在发布微博时，一次性发出九张图片。

沈拂："你不问我家在哪儿，你就送我回去，而且你居然不导航？"

一副对路很熟悉的样子。

江恕呛了一下，卡了壳："……"

虽然那晚还在别墅骑自行车的时候，她就猜到江恕可能查过自己的住址，但现在显然是证据确凿了。

江恕耳根略红，试图转移话题："你要眼罩吗？"

"给我吧。"沈拂笑了笑，顺便给他台阶下。

江恕开着车不好伸手取，对沈拂道："你伸手在后座找一下，应该有个盒子里有蒸汽眼罩。"

顿了顿，他装作漫不经心，道："之前不知道买什么送的。"

沈拂伸手一找，果然找到了，打开后发现是自己常用的牌子："这个牌子不会和别的商品捆绑做活动，你买什么送的？"

江恕恼羞成怒，破罐子破摔道："就是给你准备的不行吗？早就暗恋你，上综艺之前就计划把你绑回家不行吗？"

沈拂快笑得睡意都没了。

"行，什么时候绑架，我入股。"沈拂往后一靠，戴上眼罩。

江恕的耳根红了红。

虽说打算直接回家，但刚开到三环的时候，梁晓春打来了电话，让沈拂过去签两份代言合同。

于是沈拂让江恕先把自己送公司去。

沈拂看着江恕熟练地驶入地库。路过亭岗时，保安一副见过这位江总很多次的样子，招呼都不用打，江恕就直接将车子开了进去。

沈拂："看来我公司你也很熟悉。"

江恕："……"是的，他不仅熟悉，还了若指掌。暗恋犯法吗？！

江恕在地库里等，沈拂先行上楼。

进梁晓春的办公室之前，公司的前辈苏秋月和她擦肩而过，若有若无地看了她一眼。

沈拂感觉哪里有点不对劲，推门进去便问："怎么了？"

苏秋月不是梁晓春带的艺人，平时也忙得很，怎么会出现在这里？

梁晓春道：“她送来了这个。”

沈拂低头看了一眼，发现是一些资料，资料上有一些群演的采访，还有一些她拍摄单反广告时的路透图[①]。

梁晓春道：“有人想把她当刀子，给她送去了这个，暗示她给你泼耍大牌的脏水，但她直接送过来了。”

“没想到啊，她和你关系还不错。”说到最后时，梁晓春有点诧异。

也不至于不错，娱乐行业里都是竞争者，哪来的关系好的人？

苏秋月曾经是春秋影视顶梁柱，但现在资源反而不如她，苏秋月心里应该有所不满才对。

不过沈拂刚进公司的时候，就发现苏秋月父亲和自己父母在同一家医院的疗养楼，患上了阿尔茨海默病。

那时候苏秋月事业正值巅峰期，飞来飞去走红毯，比她忙得多，根本没空去探望，沈拂则固定一周去一次。

有一天，苏秋月在练舞室找到了她，问她去探望的时候，能不能顺便帮自己探望一下，免得护工觉得自己父亲没亲人看望，做事敷衍。

对她提出这样的请求之前，苏秋月想必已经通过一些方法验证过她的人品，觉得她可靠，才放心让她去探望自己的父亲。

之后，虽然苏秋月没有再提过，但沈拂还是雷打不动地在看望完自己父母后，去一趟疗养楼那边，反正也是顺带的事。

之后苏秋月逐渐过气，时间越来越多，可以自己去看了。

业内也不全是尔虞我诈。

女明星想要出头可比男明星难多了，大部分时候女孩子们还是互相帮助的。

只是苏秋月和沈拂两个人都不是爱将情绪表现在脸上的人，平时根本看不出来有私交，所以公司里，甚至公司外的人，可能都以为她们不和。

这不，一不小心，把刀子递给了她的熟人。

“这份通稿发出去也构不成什么影响。”沈拂道，“顶多就是让人硌硬

---

① 网络用语，指通过非官方渠道曝光出来的明星图片。

一下罢了，能和我扯上什么关系？”

“还是小心为好。”梁晓春道，“先存下来，那边万一再想闹什么幺蛾子，我们也好有证据。”

沈拂点点头：“你处理就行。”

“对了，公司那边打算给你一些股份。你先回家休息，等过几天再来一起开个会。”梁晓春又道。

一般情况下，公司怕艺人翅膀硬了飞了，在艺人到达一定地位的时候，会用股份笼络。上一个在春秋影视得到股份的，还是几年前的一位五十多岁的视帝呢。

光看公司高层人员这个举措，就知道沈拂现在飞到什么程度了。

“好。”沈拂倒是没什么受宠若惊的感觉。

“还有一件事，粉丝后援会提出想要把应援色改成明黄色，你觉得呢？”

沈拂知道这事。她刚出道时，后援会本来是打算用明黄色的，结果刚好和当时一位比较火的女团成员的应援色冲突了。她的后援会人单力薄，硬是被人家撕到只能改色，换成了暗紫色。

现在想换回去，可能也是想扬眉吐气一番。

粉丝里面是有人真心爱着她的。

沈拂也不愿意他们受委屈，但她对这些事情向来不在意：“我觉得不用换，紫色挺好的，只是一个颜色，又不能决定什么。”

沈拂走后，梁晓春让助理去和领头的粉丝说了下。

一直为这件事耿耿于怀的容晓臻他们也终于放下了：“其实紫色看顺眼了也特别好。”

“拂拂是真的挺豁达的。”

“呜呜呜，真的百感交集，家人们，我们总算出头了。”

看着沈拂现在发一条微博都有几十万评论，粉丝们心里也非常为她开心。

除了名声，事业和爱情她也都收获了呢。

沈拂回到地下车库，江恕一直在原地等，见到沈拂过来，他酷跩地张开双手，挑眉看着沈拂，暗示沈拂他被抱一下才能好。

又犯病了？

沈拂拉开车门径直上去，道："可以回家了。"

江恕："……"为什么演了那么多偶像剧却一点都不打算那么对他？

系统给的两个月时间还没到，明天沈拂打算去医院探望一下父母，但是等他们真正有苏醒的迹象，可能得一个月后了。

不过即便如此，沈拂也已然心满意足。

而且如果江恕算作攻略成功的话，那钱应该可以还给她吧？

系统冷不丁地冒出来："是的，祝贺你，你现在有钱了。"

沈拂："你作业写完了？"

系统悲伤道："没呢，而且我又将前往下一个宿主那里了。希望下一个宿主不要像你这样不争气，五年才完成任务。"

沈拂："……"

沈拂："你再这样，我就做一些未成年不能看的事情给你看。"

系统："我不信，你没胆。"

话音刚落，沈拂凑过去，亲了刚上车的江恕的侧脸一下。

"未成年"系统赶紧遁了。

江恕："……"

谁说他老婆不解风情的！他老婆好会！

江恕的俊脸红了半天，才慢吞吞地启动车子。

要上主干道，他看着她怀里抱着的厚厚的剧本，问："刚结束一个月的综艺，你们公司就给你安排了新工作？"

"不是公司安排的，我本来就和龚宽签了电影合同，马上要进组了。"沈拂道，"事业刚起步，得有后续才能稳固，你以为都像你一样挥金如土啊？"

江恕转动方向盘驶出地库，墨镜后的脸满是苦涩。

老婆太有事业心怎么办？

"我明天陪你去医院。"江恕道。

沈拂意外地看了他一眼。他怎么知道她明天要去医院？

江恕心想，她只要不在外拍戏，每周都要去，以为他不知道吗？

不过这下可以光明正大地以她家属的身份，帮她照顾她父母了。

沈拂看着他英俊的侧脸，心里一股暖意淌过。以后她就不再是一个人了，现在她心里有了挂念，好像去哪里都不会觉得冷清。

虽然知道两人之间已不必言谢，但她还是忍不住小声道："江恕，谢谢你。"

不只是这件事，还有她几年前晕倒被送去医院那一次，以及投资分红的事情。

虽然没问，但沈拂知道，这几年江恕应该暗中帮了自己很多，只是碍于自己的自尊心，他没有让那些人说出来而已。

江恕没吭声，但冷酷地抬手，点了下自己的脸。

"你越来越不要脸了啊，我向你道谢，你居然还趁机索吻？"沈拂的感动瞬间变成哭笑不得。

江恕有点羞愤："谢人就要拿点诚意出来！"

"专心开车。"沈拂忍不住笑，"回家再亲。"

"哦。"江恕的脸色顿时有点红。

说回家，不知道回谁的家。

上了电梯走到家门口，沈拂就发现了不对劲。

江恕跟着她回来，戴着副墨镜不自在地看天看地也就算了，怎么还走到隔壁那家门口去了？

沈拂开门的手一顿："你去开隔壁的门干什么？"

江恕正掏出兜里的钥匙，开门不是，不开也不是，耳根发烫，修长的手指快把门板抠烂了："老婆，你也住这里？好巧。"

"你什么时候住我旁边的？"沈拂简直一头问号，"等等，别急着进去。"

她一把拽住面红耳赤的大少爷的外套。

她现在知道江恕为什么对她从家到剧组的距离了若指掌，因为他就住在隔壁啊！

"所以我放在门口经常消失的垃圾是被你带下去的？？？"

江恕恼羞成怒："你别说得像我偷你垃圾一样！我这不是顺手帮你减轻负担，免得你总大半夜下楼倒垃圾吗？"

"那五个月前楼上夫妻吵架，吵得人睡不着，听物业说有人上去把那男的骂了一顿，也是你？”

江恕觉得自己已经彻底没有面子这种东西了：“不信谣不传谣，我只是上楼教育了一下那男的，并没有动不动就骂人。”

“那肩膀上那道疤呢？”沈拂冷不丁道，“为什么王轩衡说你是在我走后的那一个月出的车祸？”

提起来这件事江恕还委屈呢，幽幽道：“我像那张动图一样追你，你完全都不回来看一下。”

沈拂冷静地道：“你在这里等一下，我回家拿个枕头出来捂死你。”

如果当时年少的江恕的自尊心没有那么强，死活不肯开口的话，如果当时年少的她没有那么退缩，像只鸵鸟一样遇到事就躲起来的话，他们是不是早就在一起很久了？

江恕：“……”

“老婆，我爱你。”江恕看出沈拂情绪不对劲，将她拥入怀中，他的下颌抵在她发顶，高大的身躯将她包裹起来，闷闷地道，“不要捂我，刚得到你呢，我不想死。”

沈拂：“……”悲伤的情绪一秒破功。

沈拂推了推他：“不要在家门口搂搂抱抱的，先进屋。”

“也是。”江恕牵着沈拂的手进了家门。

沈拂的视线落在他紧紧抓着自己的手上，门开时仿佛有阳光落在那里，她忍不住蜷了蜷手指，十指相扣了回去。

不过即便当时知道他的感情，绑定了系统的她或许还是会做出相同的选择。

从那时候到现在，一切都是最好的发展。

所以，不必后悔，不必回头看，不必怅惘。

因为余生还长。

他们相遇很早，相恋也不晚。

门内传来声音。

“江恕，你忽然站住干什么？”

“老婆，在车子上怎么说的？”

“什么怎么说的？

“说我正在开车，回家再亲。”

“你记性……”

“怎么，想反悔？”

“烦死了，过来。”

年少时，光线昏暗，江恕站在旋转楼梯那里往楼上看。

高挑的少年心思如野草生长，什么也不懂，只想迫切地和她谈个恋爱——如果那些杂乱无章的心跳、面红耳赤的恼怒命名为“喜欢”的话。

到现在他的愿望依然没变。

想和沈拂白头，只要沈拂愿意。

江恕仔细思考了下，冷笑一下，把这心理独白改成了——

沈拂，你不愿意也得愿意。

Extra

番外

番外一

梦时年少

锦城的整个十月都在下雷雨，但天气仍热得不行，黏腻闷燥的空气令人心烦。

无法出门，约好的一场比赛不能去，江恕的心情有点暴躁，叼着根棒棒糖，坐在地毯上打游戏，手柄都快被他的力道按到碎得七零八落。

王轩衡盯着自己的手柄，心疼得要死，又不敢从他手里抢过来，一直在倒吸冷气："你能不能轻点？我刚从国外买的限量款。"

江恕漫不经心："敢情你花的不是我的钱？"

王轩衡顿时一凛。

上次因为王轩衡犯错，家里直接断了他的零花钱，他现在冲个游戏点卡都得找这位借钱。

拿人手短吃人嘴软，王轩衡只能任由心里淌血。

窗外一声闷雷，电话铃声就是在这个时候响起的。

"江恕，准备好了吗？该去接人了。"周特助的声音传来。

王轩衡一愣，问："接人，今天你家亲戚要来？"

江恕一脸不耐烦："你问我，我怎么知道？"

听房间里游戏的声音还是震耳欲聋，周特助皱了皱眉，拿着手机敲门进来，道："外面雨下得大，老爷子特意打电话过来让你不要迟到，免得让人家久等。"

江恕烦得要命，把手柄一摔："你一个人出不了门？"

他虽然才是个十几岁的少年，但发起火来眉眼间戾气十足。

一边的王轩衡忍不住缩了缩脖子，往旁边挪了点，顺便保护好自己的另一个手柄。

周特助不愧是周特助，站在房门口，仿佛根本没听到江恕的话，不徐不疾地道：“老爷子说了，必须让你去。人家刚来锦城，没个江家的人亲自接，多少是会委屈的。”

这当然不是什么主要原因。

主要原因当然是老爷子担心今天江恕会偷偷溜出去比赛，想办法给他整点事来缠住他。

“如果你不想去的话，也可以，不过需要你亲自打电话给老爷子说明。”

周特助把手里的手机递了过来：“需要我替你拨通吗？”

江恕狠狠地盯着他。

和这个人对峙几秒，江恕败下阵来。

当然不是因为怕他，而是怕他身后的老爷子。

江老爷子雷厉风行，手段歹毒，搞不好真的会把拿着扫帚满院子抽江恕的视频发到江恕的学校，让全校人围观。

江恕才十几岁，哪怕再嚣张、再无法无天，脸皮也还很薄。

“告诉我她叫什么。”江恕臭着一张脸起身。

“沈拂。”周特助顿了顿，问，“她的资料昨晚我不是已经发到你手机里了吗，你没看？”

江恕哪里有兴趣看，对方是条鱼还是只虾都和他没关系。

这样的事情江家那些亲戚还干得少吗？去年有个表姑从国外回来，非让江恕陪她亲戚的女儿去逛书店，表面上打着“不熟悉锦城，让江恕陪着逛逛”的旗号，就是暗地里想拉近关系。

偏偏老爷子也不拦着，认为他这性子需要被磨磨。老爷子正愁这混世魔王没人治，正巧来了难缠的亲戚，刚好折腾折腾他，让他没时间偷偷跑去赛车。

江恕就连推托、敷衍都没耐心，通常都是直接甩脸走人。

但这次不一样，老爷子不知怎的像打通了任督六脉似的，居然知道用丢脸视频威胁他。

“怎么没看？看了。”江恕敷衍道，“那走吧。”

主人都要走了，王轩衡这个客人再赖在江家似乎也不太好，周特助先下去开车，王轩衡跟着起身，和江恕一块儿从旋转楼梯那儿下去，开始打听："听起来是个女孩子的名字，长得怎么样，好不好看？"

"我怎么知道……"那资料他根本翻都没翻开。

还没见面，江恕已对那个女生产生了抵触的情绪。他走到玄关处，蹲下来给他心爱的白色运动鞋系鞋带，想到今天注定错过的比赛，看着外面闷热的雨，又看了一眼自己的鞋，心里一阵烦。

王轩衡好奇："你家亲戚你不知道？"

江恕这人脑子里完全没有"异性"这个概念，对女生凶得要死。

狗见到他都要绕道。

年少看老，王轩衡觉得江恕家里有钱，长得……嗯，虽然不及自己，不过被评为校草，应该还是不错的，但就凭他这狗脾气，八成要单身到老。

"我家哪儿来的那么多亲戚？"江恕拧眉，"老头子以前一个朋友的孙女罢了，在这之前听都没听说过，谁知道打哪儿冒出来的。"

王轩衡诧异："那为什么要忽然住到你家来？父母出国了，她过来临时借住？她没有别的亲戚了？"

"我怎么会知道这么多？"江恕暴躁地撑开伞，"让开。"

王轩衡赶紧侧身躲开他的伞。

他再看过去，少年疾走几步，修长的身体已闪进车里了。

说是在车站接，但去了车站，根本没见到人。私家车进不去，车子只能停在远处，江恕在车上坐着，烦躁地闭着眼听比赛直播，周特助撑了伞进站找人。

江恕在车上等了约莫半个小时，等到不耐烦地要给周特助打电话，周特助才急匆匆地回来了。

他湿漉漉地上车，收了伞，道："没找到人，她可能是没等到我们，先打车去家里了。"

江恕皱了皱眉："那你急什么，我们直接回去不就行了？"

"你不知道，这附近很多黑车。"周特助的神情显得有点着急，"她出站时间是半小时前，要是打到了正儿八经的车，这会儿早到江宅了，但我刚刚给李姨打电话，她说家里还没人到。"

江恕问："她电话呢，也没接？"

周特助摇头："没。"

江恕心里咯噔一下，他确实是对这个素未谋面就已经给自己制造了这么多麻烦的"妹妹"很没好感，但也不能真让她出什么事。

"那还愣着干什么？"江恕怒道，"赶紧找人啊。"

周特助把车子从车站驶离，江恕打了几个电话，让人分散出去找，该报警的时候就报警。

雷雨来得迅猛，眨眼间雨就小了点，但天还是黑压压的，下午三点多硬是像晚上六七点一样。交通也不方便，雨刷不停来回摆动。

周特助开车沿路往回找，说不定路上能碰到有异常的车。

"她长什么样子，你发给我。"江恕道。

周特助愣了一下："你不是说她资料你昨晚看过吗？"

江恕有几分恼羞成怒："少废话。"

周特助把沈拂的照片从自己手机里调出来，反手把手机给后座的江恕递过去。

江恕视线扫到那张照片，略微顿了一下。

是一张蓝底的证件照，不是特别清晰，照片上女孩的眼睛有一种朦胧的感觉，是那种绝对让人一眼记得住的出众长相。

江恕正要将照片传给电话那边的人，让对方找人，视线忽然瞥见桥上的一个身影："停车。"

周特助下意识踩了刹车："江恕，怎么——"

话没说完，他也注意到站在烤红薯小摊的大棚伞下的一个身影。

沈拂手里有伞，倒没怎么淋着。她坐在小摊贩提供的小板凳上，一边哭一边吃着红薯，隔几下还打一个嗝。她身边有个行李箱，倒是不土，但穿得很朴素，下面还是校服裤子，怀里放着一个很大的男士钱包，看起来装的是钱。男士钱包旁边是她的手机，挂着粉红色的挂件，屏幕已经碎了。

她一边哭，一边从包里掏出钱递给小摊贩老板，又买了一个红薯。

周特助："……"

江恕放下手机，瞥着那边，语气冷冷的："在车站放我们鸽子，原来是跑这儿来买吃的了。”

江恕这人最睚眦必报，他冒着大雨来接人，绕着车站好一阵转，完全错过了今天的比赛，结果不仅没接到人，对方还晃了他的点。

周特助看他臭着一张脸，知道他心情不好，正要说些什么，他已经推开车门，撑开一把黑色的伞踏下去。

沈拂余光扫到一双白色运动鞋走到自己面前。

她下意识抬头，一个高挑、帅气、眉眼冷淡的少年正居高临下地看着她。

他穿了件黑色的外套，修长的手举着一把黑色的大伞，黑压压的天在他头顶，衬得他肤色更加冷白，整个人非常有压迫感。

他抽出插在兜里的那只手，摘掉耳机线，然后面无表情地掏出一张纸巾，弯腰朝沈拂递过来。

那一瞬间，沈拂确实愣了愣，以为自己进入了某个画报故事当中，遇见了化作人形的妖怪少年。

他朝沈拂靠近那一刹那，沈拂闻到了对方身上一股很淡的香气——野草和树木交织在一起，有一种倨傲强劲又朝气蓬勃的感觉。

沈拂下意识伸出手，要接住他递来的纸巾。

下一秒，少年弯腰，在她旁边用纸巾擦了擦他自己昂贵的鞋。

沈拂：“……”

远处车子上的周特助：“……”

报了被放鸽子之仇，江恕徐徐起身，神情愉悦，随手将纸巾丢进旁边的垃圾桶里，一只手插进外套口袋里，撑着伞优哉游哉地转身回车。

刚坐进车子里，手机屏幕忽然亮了一下，江恕勾起嘴角随手一滑，便猝不及防看到了那张照片后第二页的沈拂资料。

江恕的脸猛然僵住。

周特助也忍不住抱怨道：“江恕，小姑娘不熟悉锦城，到处乱跑也不是什么大错。你平时犯横也就算了，怎么明知道她家里这个情况还……”

他不知道。他怎么会知道？

所以刚才那张白净的包子脸上挂着的泪水，不是因为头发被打湿了或……而是因为……

他虽然是个恶劣的人，可要是早知道她现在的处境，又怎么会在这种情况下落井下石？

江恕摘掉耳机线捏成一团扔在后座上，心中有点烦躁："你怎么不早说？"

周特助："……"昨晚就把详细资料发你了，你自己说看过了。

江恕又往那边看了一眼，推开车门下了车。

沈拂很快看到方才那个眉目精致的少年回来了，他虽然打了伞，但这一次走得有点急，肩膀落了好些雨水。

沈拂擦了擦脸上的泪水："？"

"我是江恕。"江恕睨着她，一如既往地跩。

但因为方才的恶劣行迹，他心中多少有点愧疚。

要道歉吗？

可他长这么大什么时候道过歉？

他看着沈拂，舒展了眉心，努力让自己的表情看起来没那么凶，顿了顿，他重新给沈拂递过去一张纸巾："是来接你回家的。"

沈拂擦掉嘴边的红薯，将剩下的用塑料袋包起来放进包里，茫然地起身，拖着行李箱跟着他走。

江恕拨开人群，在前面大步流星地走了几步，回过头来看她，见她居然还停留在原地几乎没挪动多远。

小姑娘一手打着一把断了几根骨架的伞，另一手拖行李箱，箱子在大雨中泥泞的路上歪歪扭扭地溅起泥。她身形单薄，被风一吹显得非常伶仃，像雨里快被吹跑的小狗一样。

他再一看她脚上的帆布鞋，全是泥。

沈拂注意到前边的少年停住脚步回过头来瞪她。四目相接，她局促地跟着停住脚步，扯了扯断掉的伞骨。

是不会说话也不会请求人吗？

江恕皱了皱眉，过去接过了她的行李箱："你直接上车。"

沈拂能看出他的不高兴，垂着眼睛不敢说话，爬上车后，尽力让自己缩成一团，不占太大空间。

她朝车外看，开车的黑西装男人打开后备厢后赶紧小跑过去，把少年身边的行李箱提进了后备厢。

少年还在远处皱眉看着她。

沈拂缩了缩脑袋，赶紧收回视线，努力减弱自己的存在感。

江恕："……"

他就随便看看。

她怎么一和他对视上就躲，他会吃人？

周特助开着车，试图缓和气氛，对沈拂笑了笑，道："老爷子不在，不过他已经叮嘱我帮你把转学手续办好了。你身上这身校服去新学校后就不能穿了……新的校服和课本文具已经给你准备好了，等回去后看看还缺什么，明天我带你去买。对了，我姓周，你和江恕一样喊我'小周'或者'周特助'就行。"

知道沈拂的情况，周特助没有多问她来锦城之前的事，免得触及人家的伤心事。

换了个环境，不就是为了展开新的生活吗？

沈拂感激地对他点了点头。

周特助从后视镜中看了她一眼，又道："当然，学校你也不用急着去，我看了你的成绩，非常好，也不急于这一时半会儿，可以先休息一段时间，看看书、逛逛街、交交朋友什么的。"

沈拂又点了点头。

"去学校的路线问题也不用担心，老爷子让你和江恕上同一所学校，干脆让江恕的车带你吧。"

沈拂踌躇了下，用余光看了身边不耐烦的少年一眼。

感觉他可能会很排斥。

一直戴着耳机看着车窗外的江恕蹙眉，果然道："不行。"

江恕朋友多，但死对头也多，要是被外边的人知道她就住在江家，少不了要找她麻烦欺负她，就她那在风中摇曳、哭得眼睛都肿成核桃的样子能应付得了？

周特助只得改口："那我另外派辆车。"

江恕勉强认可，闭上眼继续听比赛实况，不再说话。

沈拂坐在车上，始终很局促。

车子在雨中开了一路，终于抵达一栋别墅。

上午，江恕和王轩衡在房间里打游戏，没留意周特助已经把沈拂的房间准备好了，就安排在三楼。

周特助偶尔会宿在一楼，有一个自己的办公室，处理一些老爷子交代的生活上的事情。江恕一个人占据了整个二楼。江恕父母早些年去了国外，忙得很。老爷子花园那边有另一栋别墅，因此这里平时就住着江恕和周特助两个人，顶多加上偶尔因天气异常回不去的司机或是打扫卫生的保洁。

三楼虽然被打扫得干干净净，但几乎全是书，江恕平日里懒得上去。

把她安排到三楼，一个人住会不会有点吓人？

江恕双手插兜走在最后，忍不住瞟了前面的沈拂一眼。

她不会又哭吧。

但他随即又觉得关自己屁事，自己管什么闲事。

不过因刚见面时的恶劣行径，江恕觉得自己还是得做点什么来表示一下自己虽然不爽家里来了外人，但也没那么想把她丢出去，她还是可以安心在这里住下。

总结一下就是"被迫欢迎"。

周特助帮沈拂把行李提上去。

江恕走到厨房打开冰箱，随手将自己喜欢的青柠味气泡水拿出来，往玻璃杯里倒了一杯，并手腕一抖，丢进去两块糖。

糖在气泡水里溶化，上下翻腾，看起来有酒的时髦效果，但又不是酒。

味道非常棒。

这可是江恕的宝贝，连王轩衡那群哥们儿都没分享过。

放完行李，周特助带着沈拂下来，打算给沈拂介绍一下其他地方。

江恕靠在二楼那边，挑了下眉，牛皮哄哄的，把玻璃杯递过去："给你的。"

周特助看着那红红绿绿的不知道什么水，忍不住皱眉。

人家刚来，就欺负人家？他平时性格恶劣也就算了，现在知道了小姑娘的处境还这样，真是没救了。

周特助简直想打电话给老爷子。要不然让这小姑娘住到另一栋别墅去吧？

他开口想要劝阻："江恕……"

江恕觉得他也想喝，冷笑着瞪他一眼，走到沙发上坐下，向后一靠，开始玩手机："没门。"

周特助："……"

沈拂拿着玻璃杯，怕得胃里都在打结。

人在屋檐下，不得不低头。她虽然知道少年可能是想给她来个下马威，但为了避免好心的周特助和他起冲突，她还是硬着头皮，双手捧着杯子，咕嘟咕嘟喝干净了。

这么喜欢？江恕滑了下手机，抬眼看她，眼睛很亮："怎么样？"

味道一言难尽，沈拂的脸色很古怪，非常担心自己晚上会拉肚子。

但她不敢说。

她努力挤出笑容，点了点头。

江恕忽然看这小丫头顺眼不少。

安静，不找事，还能欣赏自己的喜好。

但是为什么一直不开口说话？

看着沈拂去洗手间，江恕猛然发现一件事，问："怎么把她领回来这么久，就没听她发出过声音？"

周特助听江恕一说，也猛然顿了一下。的确，沈拂一直没回答过他的问题，都是点头或者摇头。在烤红薯小摊那里，倒是见她买红薯时张了张嘴，但他和江恕都在远处车子里，哪儿知道她发出了声音没有？

江恕看向周特助："资料上说她有一定程度的车祸后创伤后遗症，不会是失语症吧？"

"不太清楚，资料是江老爷子那边的人直接发给我的，我还没联系，等今晚打电话问问什么情况……"见沈拂出来了，周特助声音小了下去，道，"不过江恕，你就当大发慈悲，可不能因为这种事嘲笑人家小姑娘。"

“我有病吗？”江恕恼怒道。

这群人到底对他有什么误解？

虽然他的确不是那种会在马路上扶老奶奶一把的人，但他们也没见过他把人一脚踹进井里啊，怎么就总觉得他恶劣得无可救药？

沈拂从洗手间出来，因为洗了把脸，她皮肤又薄，眼眶周围就又红了点。

沈拂家里发生变故，刚开始的确难熬，但过了三个月，除了偶尔躲起来哭，大部分时候，她的情绪其实已经基本稳定下来了。

但落在盯着她的江恕眼里，现在的她就像是一条家破人亡、无处可去的小狗。不知道她在父母车祸后是怎么过日子的，刚见面居然还对两个红薯狼吞虎咽，难道亲戚都没让她吃饱饭吗？刚见面时就哭过……现在又不知道怎么了，进洗手间后眼睛又红了一圈，是觉得来到一个陌生的地方不适应？

江恕硬生生地因自己的脑补而生出了几分怜悯。

让她不适应的肯定不是自己，那多半就是周特助了。

江恕又瞪了周特助一眼。

周特助：“？”

周特助带着沈拂里里外外转了转，介绍了下从别墅去市中心的路线，又说了保洁和司机的时间安排，以及江恕的习惯、脾气等。

沈拂听得很明白，他话里话外只有一个意思——其他一切都好，就是对江恕，能绕道就绕道。

别惹他。

沈拂将这些话牢牢记住，点了点头。

周特助见和她说了这么久的话，全程她都没开过口，心中越发觉得她得了失语症。

但他怕问出来让她伤心和窘迫，于是一直忍着没问。

送沈拂回房间后，周特助对江恕道：“恐怕确实……”

江恕放下手机游戏，眉宇间罩上一层忧愁，他感觉自己现在已经像个担心孩子去学校会被欺负的家长了，操心惆怅得不行。

“我们学校里的人可不是什么好相处的，要是知道她是个小哑巴，哪里会有人和她做朋友？”

学费昂贵的私立学校的事情难免比较多，周特助很清楚这一点，道：“给她换所学校？”

江恕觉得这样更糟糕，在自己学校，自己和王轩衡那群人还能罩着她，在别的学校万一发生什么，谁帮得了她？

“就在这里吧。”江恕拧眉，“我会让低年级的人盯着她点。”

“对了，她是不是还不会手语？”江恕没见她比画什么……不对，买红薯的时候她倒是对老板比画了几下。

周特助道：“车祸之前肯定是会说话的，现在不能说话估计也是暂时的，需要治疗。”意思就是这么短的时间内手语肯定没学会。

“医院方面安排上。”江恕道。

半小时后。

沈拂待在周特助给她安排的房间，正在收拾自己的行李，房门被敲响了两下。

高挑俊美的少年站在门外睨着她。

“你跟我来。”江恕道。

说完他便双手插兜转身下楼。沈拂不敢不从，跟着他过去。

小哑巴没办法说话，但字总会写吧。

江恕到处找纸和笔，但半天没找到。

他不是个爱学习的人，家里除了游戏机就是车子模型，哪里有什么笔记本？

江恕找得有点心烦，当然，主要也是因为沈拂跟着他，视线一直落在他身上。

被她雾蒙蒙的眼睛看着，江恕都有点紧张了。

江恕索性带她进房间，捡起扔在角落里的家庭作业，撕下一张，和笔一块儿随手递给她。

沈拂不知道他要干什么……

一上来让自己帮他写作业？

面前的少年快比自己高出一个头，压迫感十足。

沈拂沉默了下，接过纸和笔，走到一张放CD的桌子前。

“就写你——”江恕打算让她写一下她衣服和鞋子的尺码，以及吃饭的忌口，打算让周特助去给她买几身衣服来。

但他话没说完，就见沈拂唰唰唰几笔帮他把卷子上的填空题写了。

江恕：“……”

沈拂写完，放下纸和笔，小心翼翼地看了江恕一眼，又确认了下答案没问题后才走出房间。

她走出了房间，江大少还在风中凌乱。

不是，这小哑巴什么脑回路？

“你在房间里等我一下。”江恕跟着出去，道。

还有？

沈拂倒并不是不愿意。她既然来了江家，替他干点事是应该的，但如果他把作业全给自己写，他的成绩怎么办？

没等沈拂思考出怎么应对，少年就一溜烟风风火火地出门了。

又过了半小时，三楼，沈拂的房门再次被敲响。

沈拂打开门，江恕先往她怀里丢了一张卡，道：“老头子给你的零花钱的卡，密码后面写着。”

然后他又丢了一部新手机给她：“旧的摔碎了就换了吧，里面有照片需要转移的话去找周特助帮你送去修。”

就在沈拂以为这就是全部了，江恕忽然又拿出身后的一袋子小本子和笔。

他把这些统统递给她：“以后把这些都带在身上。”

沈拂差点被怀里的一整袋子小本子和笔压趴：“……”

为什么啊？

“还有，”江恕夺过她手中的手机，撸了撸袖子，示意给她看，“以后我给你打电话呢，你表示‘在’，就用手指敲击一下手机，表示‘正在被欺负’，就用手指敲十下。”

十下是不是太多了？到时候还没敲完，手机就被欺负她的人抢走了！

江恕又改口：“就敲击两下。”

至于其他暗号，江恕还没想出来，等需要的时候再说吧。

做完这些，江恕自我感觉非常帅气，并没等沈拂反应过来并感动得抱着他哇哇大哭，就转身下楼继续去打游戏了。

女孩子哭什么的，他才不要见到。

偷偷躲起来感动就好了。

而沈拂一头雾水地抱着他给的这些东西，转身回房间，将他给的东西摆在桌子上。

看着那部需要敲几下的手机，以及重重的一袋子小册子和笔，沈拂脸上的表情……非常复杂。

为什么比自己大一岁还中二地爱玩暗号什么的？

以后和他打电话不能直接说话，只能敲手机吗？

这位少爷的外貌俊美逼人。

但脑子好像……有病。

沈拂把一张全家福照片拿出来擦了擦，摆在床头柜上。

照片是去年过年时拍的，沈拂还记得当天因为自己提了一句“想吃火锅”，一家人就开车出去找临近除夕还开着的火锅店。当时也像这样下着暴雨，他们找了好半天才找到最后一个停车位，在热气腾腾的火锅店落座后，爸爸笑着举杯，说：“我们一家三口来碰个杯吧，今天这么走运，看来明年有一个好的开端。”

沈拂呆呆地回忆以前的事情，刚被她放下的手机忽然响了起来，吓了沈拂一跳。

沈拂揉了揉眼睛，走过去，手忙脚乱地用手指滑了半天才弄清楚新手机怎么解锁。

她一接通，江恕就在那边懒洋洋地道：“这是我的号码，你存一下。”

沈拂刚要说“好”，就听江恕又低沉地道：“不用紧张，听明白了就敲一下手机。”

沈拂：“……”

江恕不知道见面才短短半天，他在沈拂心中已经从妖怪少年变成了怪少年。

暴雨里，人群中，他撑着伞在她面前俯身时那锐气倨傲的第一眼，给她带来的、沾染着野草树木气息的逆光般冲击感的滤镜已经碎了一地。

是把自己当成跟班了吗？入他的帮会，以后不会每天都要喝一杯那种奇奇怪怪的饮料吧？

沈拂苦着脸，按照他的要求敲了一下手机。

江恕对小哑巴的配合非常满意，越发觉得她乖巧，道："不错，你继续收拾东西吧。收拾完了可以进三楼其他房间看看，有个房间有大电视机，放了一些动画片碟子，你无聊了可以看看动画片什么的……"

沈拂："……"

"就这，听明白了敲一下。"

"……"沈拂用手指在手机上敲了一下。

江恕挂掉手机，得意扬扬地给自己打了一百分，觉得自己简直是个满分"家长"。

周特助给老爷子那边负责为沈拂父母转院的人打了通电话，让他们把更加详细的资料发给自己后，过来敲门。

"沈拂，收拾好了吗？如果收拾好了，我们再出去一趟？转学手续还需要你跟我一块儿去签个字。"

江恕的学校学费昂贵，相应的，手续也很烦琐。大部分事情周特助已经提前让人处理完了，但还有些是需要学生本人配合过去填写的。

比如学校要求每一个学生最好都有一项特长，在高中三年中参加比赛并拿到奖项，马术、击剑、舞蹈、游泳、高尔夫，各种五花八门的运动学校都提供了教学，可以自由选择。

"顺便带你认识一下为你安排的车，还有学校的路线。以后你想和新结交的朋友一起逛逛，也可以打电话让司机等，不过还是不要太晚回来。"

沈拂点了点头。

新朋友……她能交到新朋友吗？

沈拂不敢独自体验新的生活，会有种将父母抛下的内疚感。

很快到了学校。

雨已经小了点。

沈拂背着书包，撑着伞紧紧地跟在周特助身后，走进这所庞大而陌生的学校。沈拂之前读的中学已经是非常不错的了，可面积和豪华程度不及这所私立学校的十分之一。她茫然地被周特助带到几个地方签了字，全程晕头转向，最后来到一个游泳池场馆前，进了旁边的一间办公室。

周特助道："最后一张需要填的表格了。"

沈拂俯下身去拿起桌子上的笔。

特长?

家里发生变故之前有台钢琴，但父母和自己进医院那会儿，它已经被姑姑卖了。沈拂鼓起勇气想写，但酝酿了会儿，还是停住了笔。如果写了，是不是还得让江老先生掏钱给自己买新的钢琴?

她已经欠了医药费，不知道什么时候能还得完，一台钢琴不便宜，写了就像在不知廉耻地继续讨要。

沈拂看到表格底下有备注——如果无特长的话，可直接填"无"。

沈拂索性写了"无"。

当年的沈拂还是对江家的深不可测一无所知，不知道江家将她接过来之前，早已将她的资料查得一干二净。

周特助知道她以前钢琴演奏拿过不少奖，低头扫到她在那一栏填"无"，顿时就忍不住看了她一眼。

处理完所有手续，周特助去开车，让沈拂在校门口等他一会儿。

江恕在家里待着无聊得很，打了通电话过来："怎么样了？"

周特助心想，还问怎么样了，不是你江恕刚见面就给人家小姑娘下马威，人家会这样小心谨慎吗？看得他都难受。

周特助跟在老爷子身边快十年了，但到底只是个下属，哪敢把心里话说出来?

于是他只把刚才的情况如实说了一遍。

"为什么不填？一台钢琴贵吗？"江恕怒道，"她嫌我穷？"

周特助："……"

江恕自出生开始便想要什么就有什么，很难要求他立刻理解沈拂寄人篱下的小心翼翼。

但努力思考了会儿，他也反应过来了，心里顿时又对这小哑巴多了几分怜爱……不过他不是给她亲手调制饮料了吗？她怎么还觉得自己寄人篱下？他活了十几年，什么时候给第三个人调过饮料啊，这是“至高无上”的荣耀了好不好？

难道是因为不能说话而自卑？

江恕想象了下之后的场景——上课，她站起来“嗯嗯啊啊”却说不出话来，被全班盯着看的样子。他顿时又因自己的脑补心碎了一场。

“买。”江恕道，“赶紧让人搬三台三角钢琴过来。”

“三台就不必了吧。”周特助一头黑线，“还是很占地方的。”

“那就两台，就说我和她一人一台，是家里本来就有的，就这样。”江恕不耐烦地挂了电话。

周特助开车带沈拂回家。

回去的一路上又是沉默。

车子在别墅外停下来时，下了好几天的雨终于彻底停了。

周特助接到了一通电话，对沈拂道：“你先进去吧。”

沈拂点了点头，背着书包，推开车门下车。

短短一下午，她的心情已经发生很多变化。周特助人很好，住在这栋别墅里的少年虽然性格很奇怪，但也不算太坏。现在转学手续已经彻底办完，今后自己就将留在这座全然陌生的城市了。

沈拂小心翼翼地推开半掩的别墅大门，轻手轻脚地进去换鞋。

刚进去她就听见一阵丁零当啷的弹钢琴声。

不对，与其说是在弹钢琴，不如说是在砸。

全无章法，弹得难听到狗都想跑。

钢琴声停下来。

眉眼冷淡的少年忽然出现在旋转楼梯那里，看了她一眼。

四目相对。

“……”沈拂下意识觉得自己又哪里得罪了他。

她低头看了看自己的鞋子……泥似乎没有带进来啊。

江恕也不知道小哑巴一进来就东看西看什么，怎么自己每次看她一眼，她都跟被怪兽盯了一眼似的？她虽然动作上没有后退，脸上却一副想躲起来的样子。

这合理吗？他这么帅。

他又不凶。

“看什么呢你？进来。”江恕道。

沈拂这才背着书包走进来。

她一进来就发现客厅靠窗的位置摆着一台看起来就很昂贵的三角钢琴，雨后略微昏暗的光线从落地窗那里照进来，落在三角钢琴上，现出了清浅的光。

沈拂顿时愣住。是她的记忆出现问题还是怎么了？为什么她记得两小时前第一次进这栋别墅时，这里还是一个巨大的银色战甲机器人？

现在怎么变成钢琴了？

而且刚才少年没下楼，却传来了钢琴声，说明楼上还有一台。

可之前周特助带着她转，她根本一台钢琴都没看见啊。

那以后是不是可以趁着江恕出门时，偷偷弹一弹了？

江恕抚着栏杆，居高临下地睨着沈拂，见她瞪大眼睛，一副怀疑自个儿记忆是不是出了问题的样子，他得意地勾起嘴角：“你在看什么？”

沈拂突然发现自己好像非常失礼，迅速收敛了目光，垂下头，不敢再东看西看了。

江恕：“……”

他这是问句，不是质问！

他把自己当爱护弱小的长腿哥哥，她怎么好像把他当恐怖的深夜骇客？

江恕的心情顿时不太好，道：“去餐厅吧，要吃晚饭了。”

自从父母住院后，沈拂被亲戚们踢皮球长达三个月，不得不学会了对别人的情绪敏感。她意识到江恕不太高兴，却又不知道为什么。

她攥着书包带子，有些不知所措。

江恕下了楼，从她身边经过时，她才赶紧小声说了一声：“谢谢。”

江恕倏然停住脚步。

沈拂又被吓了一跳，往后跳开一步。

高挑俊美的少年扭过头来，不敢置信地瞪着她：“沈拂，你骗我感情？”

沈拂：“……”啊？

少年怒不可遏：“你不哑？”

沈拂：“……”她什么时候哑过？

这边周特助接到的电话也说的是同一件事：“失语症？没有啊。不过她说话很少倒是真的。我们去帮她父母办转院时，只听她开过一两次口。发生了这么大的事，变得沉默也很正常吧。要是不放心的话，你再带她去医院检查一遍。”

“不用了。”周特助一进来就看见江恕臭着一张脸。

直到吃晚饭时，江恕还是恼羞成怒的状态，他用筷子戳着碗里的饭，对对面的沈拂虎视眈眈，觉得这小哑巴……哦，现在不是了……让自己闹了好大一出笑话。

他以为她是个可怜的小哑巴，还为她忧心忡忡得不行，结果她根本没哑，只是不想和他说话。她这不是欺骗他感情还是什么？

沈拂专心吃饭，并不敢也不想抬头和江恕对视。

她多少有点担心脑子有问题这种事会传染。

江恕丢脸丢到了家，不想再理会沈拂，何况周末结束了，他也得去学校了。

托他的福，沈拂过了三天安静日子。

周特助开车带着沈拂去买东西，沈拂不是很能理解为什么要买新的，她的书包是去年她爸给她买的，还是新的。虽然在车站沾了些泥，但被她洗过之后已经干净如初了。

但她还是点点头跟着去了。

多说多错，来到一个陌生的地方还是不要说话的好。

周特助给沈拂买了一堆东西，结账的时候，沈拂悄悄看了一眼收银单，被上面的价格震惊到了。

“其实我的衣服很够。”沈拂有点窘迫，小声道。

她实在觉得没有重新买的必要。

周特助道："不一样，之后你要在这里读三年，肯定得想办法融入对不对？"

沈拂沉默很久，最后点了点头。

周特助见她还在下意识地看账单，像是在努力记住上面的数字，笑了笑，道："我刷的都是卡。这样吧，我给你记着，等你成了年，我把账单一次性发给你。"

沈拂同意了，并松了口气。

沈拂的父母被安排进了一家医疗条件最好的医院。沈拂被周特助带去看过之后，心中只觉得感激得无以复加。亲戚都不一定能做到这一步，何况江老爷子只是当年和爷爷有过一些交情。

对于江家而言，这些可能全都是举手之劳，但对于沈拂而言，无异于救命稻草。

她待在江家，就做些力所能及的事。周特助没时间整理的资料，沈拂按文件夹上面的标注替他分类好；阿姨忙得没时间给花园里的花松土，沈拂拿着小铲子花了一下午的时间给松完了。

"去你家打游戏？"校门口，司机开了车门。江恕把书包往车上一扔。他人刚上车，王轩衡就紧跟着钻了进来，还用那种贱兮兮的语气说。

江恕知道他打什么主意，就是想看住进他家的沈拂长什么样。

要平时，王轩衡提出去旁边学校看美女，江恕顶多嗤之以鼻并不理睬罢了，但这会儿不知道为什么非常恼火。

住进他家就是他家的人了，他也算是半个家长，王轩衡这小子连他家养的小孩都要惦记？

"滚，没空。"江恕把王轩衡踹了出去。

车子停在别墅前，江恕摘掉耳机，拎着书包进去，到处找沈拂。他得叮嘱她防备着点王轩衡那家伙。

他咚咚咚地上楼，随手把书包和耳机往地毯上一扔，一眼就看见露台那边有一个穿棉布裙子的人影。

沈拂？她在那儿干吗呢？

江恕大步流星地走过去，将推拉门一拉开，看见沈拂正在晾衣服。

洗衣房有烘干机，但家里雇用的阿姨较为老派，坚称衣服需要晒到太阳才能消毒，江恕平时也懒得管，但这会儿怎么变成沈拂在晒了？

江恕纳闷儿地抱臂靠着门框，见她踩在一张椅子上踮脚，拿着撑衣杆，费劲地把衣服挂上去。

他的视线从她长裙下白皙纤细的脚踝上不小心掠过。平时见多了一块儿打篮球的男生的腿，他还是头一次这么近距离地看女孩子的脚踝，江恕心头莫名有点奇怪的感觉。

大约是因为陌生吧。

他赶紧移开视线，匆匆顺着她的动作往上看，就看见她正在晒的是他宽大的 T 恤和运动内裤。

她的手很白，也很小，运动内裤颜色很深，反差极大，叫人眼皮狠狠一跳。

江恕顿时脑子嗡的一声，血液往上涌："沈拂，你背着我干什么？"

沈拂被他这一吼吓一跳，差点从椅子上掉下来。

江恕赶紧扶了她一把。

沈拂勉强站稳："我帮张阿姨……"

江恕仗着自己高挑，把她手里的内裤一把夺过去，看了一眼，居然还是那条屁股上有超人的运动内裤。他脑子登时嗡嗡响。怎么会这样？要晒好歹也晒正常一点的那几条吧！

自己作为"家长"的脸面已经全没了！

江恕的脸已经红得要滴血了，又羞又怒："我自己来！"

"哦……"沈拂乖乖下来。

少年个高，都不用踩椅子，站在她面前，拿着撑衣杆，手一抬就挂了上去。

江恕挂完，肢体僵硬，脸上的表情很是尴尬，垂眼看沈拂一眼："你还站在这里？"

沈拂一愣，退后两步，转身就跑。

江恕："……"

跑什么？怎么还趁着自己上学去了偷偷挂自己的运动内裤啊？！

丢脸的事一茬接一茬，江恕的脸红得发烫，很难去找沈拂开口说这事，于是等稍稍冷静了点后，他找到正在洗衣房的张阿姨，咬牙道："以后别让沈拂碰我的……"

"衣服。"那"内裤"两个字他实在说不出口。

张阿姨愣了愣，忙道："好的。"

都让沈拂住进来了，江恕怎么还对她那么排斥？

这小姑娘以后的日子可有得受了……这样想着，张阿姨忍不住给沈拂留了个果盘。

沈拂不敢招惹江恕，唯一的办法就是减少和他碰面。

江恕下楼，没看见人，倒是看见了还放在门口玄关处的、没来得及收拾的七八个装衣服和鞋子的纸袋子。

旁边还有一个双肩书包，里面装着一些文具。

江恕光看那双肩书包，就觉得土得要命。周特助三十多的人，给沈拂挑的东西都很贵，但看起来平平无奇。现在他的学校里哪还有女生背玫红色的双肩书包啊？这带到学校去，她能交到朋友吗？

他再一翻衣服，也是一些大牌但款式过时的衣服。

江恕觉得自己真是操碎了心。闲着没事，他索性拎起地上的袋子，回到了车上，给王轩衡打了一通电话。

沈拂在房间里写完了作业，快睡觉的时候，才想起来玄关处的东西还没拎进来。

她看了下时间，晚上九点多。

这个时间江恕大概率在房间里打游戏。

沈拂轻手轻脚地开门，打算下楼去把东西取上来。

然而她一开门，几个纸袋子便倒了进来。

应该是周特助提上来的？

沈拂分了两趟才把袋子拎了进来。

她的房间里有一个浴室，还有一个衣帽间，她带来的衣服不多，现在衣帽间还是空荡荡的。

沈拂把袋子里的衣服取出来，挂进衣帽间。

挂着挂着，她忽然觉得不对劲。

怎么和白天买的那些不一样？

沈拂去翻最后一个牛皮纸袋，发现玫红色的双肩书包也变成了一个挂着粉色闪亮碎片的单肩包。

沈拂的脑袋上缓缓冒出一个问号。

但沈拂没有多想，只以为是周特助认为这样比较合适，给她换了一下。

翌日，沈拂正式去上学。

她已经在餐桌边坐着吃早餐了，江恕还在床上躺着，没从被窝里爬出来。周特助去敲了好几遍门，二楼的门才被不耐烦地打开。

少年刚起床，冷白的俊脸上一副厌世的表情，浑身散发着不爽。

周特助下楼，小声对沈拂道："他有起床气，你赶紧吃，不要惹他。"

沈拂听完，忙不迭加快了把包子往嘴里塞的速度，想在江恕下来之前尽快吃完。

但她吃饭的速度显然没有江恕下楼的速度快。

少年腿长，几步并作一步下了楼，去冰箱拿了瓶冰水，灌了一口，懒洋洋地坐到餐桌边。

见对面的小沈拂看着他，他以手支颐，懒洋洋道："提前警告你，在学校别说认识我，也别说住在我家。"

要是说了，接下来三年她恐怕都不得安宁，巴结她的人有，但欺负她的人也会蜂拥而至。

说完，他打量了一眼沈拂今天穿的裙子。

是他昨天从货架上取下来的。

江恕虽然不知道女生应该穿什么，但按照学校那群女生的装扮买，应该不会出错。

这小姑娘穿起来，显然比学校里那一群好看多了。

少年非常满意。

沈拂看他一直盯着自己，还不准自己在学校说认识他，只以为他嫌自己土。

沈拂点了点头，塞包子的速度更快了。

门口两辆车，送沈拂去上学的那辆价格在中低档位，较为低调，送江恕去上学的那辆则能有多拉风便有多拉风，像极了他的性格。

沈拂先吃完，坐上车时，江恕才慢吞吞地走到玄关处蹲下换鞋。

周特助和他说了什么，少年不耐烦地答了几句，像还没睡醒一样，起身后，拎着书包上车，慵懒闲散。似乎感觉到视线，他抬起眼皮朝沈拂的车那边看去。

沈拂赶紧收回了视线。

十月，锦城处于夏末秋初，有些落叶已经开始往下掉了。下过一场暴雨后，空气清新，学校外的梧桐叶还沾着些许水珠。

沈拂第一天上学，不知道几点上课，周特助按照平时叫江恕的时间叫她，以至于她起来得也有些迟。

她下车时，校门口的大门已经快关上了，一脸严肃的教导主任在那里查人数。

沈拂有些紧张，赶紧抱着书包朝学校飞奔过去。

在大门关上的前一秒，她冲了进去。

教导主任记得她是前几天过来办过转学手续的，算是个新生，便没教训，直接放行了。

沈拂前脚刚进去，江恕后脚顶着一张烦躁的脸拎着书包走了过来。

然后他就被直接拦住了。

"又迟到。一年有三百六十五天，你要迟到三百六十七天！"教导主任恨铁不成钢地数落他，拿出迟到记录册，道，"签字！"

江恕迟到惯了，爱搭不理的，眼皮子都不抬一下，熟练地摘下书包。

教导主任看他倒提着书包，倒了半天，一支笔都没倒出来。

江恕："……"

他昨天打游戏中途拿笔出来画路线图，好像随手扔在一边忘丢进去了。

教导主任怒道："上学你不带笔？！"

江恕："你有吗？"

教导主任："……"

江恕："你没有，那我也没有。"

"……"教导主任虽然一肚子火，但一时间竟然无法反驳这话。

江恕看了要溜走的沈拂一眼，道："给我支笔。"

然而，他刚说完，就见沈拂脚步不停地往里走了。

说了在学校不认识就是不认识。

信念感非常强。

江恕："……"

沈拂一进教室，班上所有人的目光都聚集到了她身上。

新来的转学生吗？书包看起来很贵，乌发白肤，还很漂亮，看起来不像是什么简单的人物。

但为什么转学过来之前完全没听说过？

班主任的视线转了一圈，指了指一个空着的位子，对沈拂言简意赅道："之前班上人数是双数，你先坐那儿吧，等下周重新换位子时再给你安排同桌。"

沈拂有点茫然。那里距离窗台很近，没有桌椅。

但上课铃声已经响了，班主任匆匆把教室让给了任课老师，自个儿拿着教案去其他教室了。

沈拂只好顶着全教室陌生的目光走过去。

附近有几个人七嘴八舌地问她之前是哪所学校的，见沈拂抿唇不答，也就觉得没意思地扭过头了。

"怎么不坐下？"任课老师纳闷地问。

沈拂正要答话，前排有人笑了两声，道："她没地方坐啦。"

任课老师"哦"了一声，道："你自己去物资室搬一套过来吧，快去快回，这堂课要小测。"

沈拂点了下头，下意识要从进来的那扇门出去，任课老师不悦地看了她一眼，道："从后门出去。"

同学们又笑起来，没有恶意，但沈拂还是涨红了脸，她匆匆打开后门出去，一个人背着书包走在空荡荡的走廊上，努力靠着记忆找物资室。

江恕被教导主任拦在校门口训了好半天，一肚子火地将书包扔在靠窗的桌子上，拉开椅子坐下。

正在讲解习题的老师被他打断了一下，差点忘了讲到了哪里，忍不住盯了江恕一眼。

后面的王轩衡憋笑："你就不能早点起？这月底，学校把你的考勤记录发给老爷子，你又少不了挨一顿揍。"

江恕火大，正要撑他，一扭头忽然瞥见对面教学楼走廊上沈拂小小一个，正艰难地抱着一张桌子往回走。

她搬一段路又放下，回去搬椅子，如此走走停停，像蜗牛在移动。

江恕感到莫名其妙，立刻掏出手机给周特助发消息："怎么回事？沈拂怎么在我对面的楼里？"

周特助一阵头大："如果我没算错时间的话，你这会儿还在课堂上，上课发消息……"

"少废话，"江恕怒回道，"她不是比我低一个年级吗？"

周特助回复："她和你一个年级啊，她以前成绩好，跳了一级。"

江恕："……"

"江恕！"任课老师忍不住点名。

班上的人纷纷笑起来，还有女生借此机会多看他两眼。江恕皱着眉收起电话，又扭头朝窗外看。

他都专门打了招呼，让人给今天过去的转学生提前搬好桌椅，结果沈拂自己跑去搬了。怎么不早说？

江恕对这个事有点介意，在他心里，他就是小沈拂的监护人，结果沈拂一下子和他同级了。

哪有监护人和被监护人读同一级啊？

他的面子还要不要了？

"谁啊？不会是你'捡'来的那个吧？"王轩衡顺着江恕的视线往对面教学楼看，伸长了脑袋，跟乌龟出壳一样。

江恕更加不爽了。看看看，再看把你眼珠子挖了。

他脚一踹，漫不经心地把椅子往后一按，把王轩衡的脑袋按了回去。

沈拂的教室应该是尽头那间，那么就是十五班。

江恕所在的班级是七班，刚好和沈拂的教室是斜对角。

江恕看着她在走廊上孤零零的，一个人慢慢地挪，明显是怕发出噪声，不敢在地上拖。

江恕忍不住又掏出了手机，给两个朋友发去了信息。

没过一会儿，沈拂艰难地放下桌子，正回去要把椅子和书包搬过来，前面忽然跑来了两个男生，像是正在打篮球被叫了上来，还在淌汗。

那两人跑过来扛起她的桌子，转身就跑。

沈拂："！"偷桌子？她好不容易才搬到这里来的！

沈拂急得眼圈都红了，忙放下椅子追过去，却只见那两人把桌子扛进了她教室，放在了空位置上。

沈拂："……"

等她追过来，他们又搬她的椅子去了。

十五班正在小测的一班同学："……"

摆好桌椅后，两人擦了把汗，做好事不留名地走了。

沈拂在班上同学震惊的目光下，茫然地放下书包，坐下来。

她翻开试卷，匆匆写上自己的名字，坐在她前面的女生忍不住回过头，小声问："你是怎么认识七班的人的？"

沈拂没太明白什么意思："七班是哪个班？"

女生见她满脸茫然，不似作假，疑惑地回过头去了："没什么。"

见沈拂在试卷上写名字，任课老师匆匆走过来，对她低声道："沈同学，不用写名字，这样我们高年级的同学不好批改，用铅笔在左上角的表格里写上号码就行。班上有四十八人，你是第四十九个，就写四十九吧。"

这所学校的很多习惯和沈拂以前的学校不同，沈拂有点尴尬，忙不迭想用胶带把自己写好了的"沈拂"两个字粘掉，但没办法彻底粘掉，任课老师去讲台给她拿了一套新的试卷来。

前排的人扭头往后看，笑得更厉害了。

隔着很远的距离，江恕支颐往那边看，虽然听不见他们教室里发生了什么，但见前排的人频频笑着往后看沈拂，他的脸顿时便黑了。

一群傻子笑什么呢?

江恕现在看沈拂像看“鸟巢被台风吹跑，掉落在地上，因此无家可归、无父母可依靠的雏鸟”一样，看有人笑她，心里非常不痛快。

王轩衡正埋头看漫画书，忽然听见前面“哐”的一声，江恕气急败坏地打开窗户，扯下一张草稿纸揉成一团就往对面教学楼砸。

王轩衡:“……”怎么好端端的又发病?

中间隔着五十米呢，当然是没砸过去的，但在江恕站起来的一瞬间，一团纸砸中了王轩衡的脑袋，并弹到了地上。

讲台上的老师比江恕更暴躁，拍着桌子吼:“江恕、王轩衡，不想学就给我站到走廊上去!”

王轩衡:“……”

关他什么事啊!

两个高挑的少年站到了教室外的走廊里。

偶尔走过的人都忍不住朝他们看一眼。抛开是混世魔王不讲，这两个少年个高腿长，的确是一道帅气的风景线。

“这次是你连累我啊，”王轩衡道，“回去给我买游戏卡带。”

江恕懒得理他，对对面教学楼虎视眈眈，满脸写着“不痛快”。

沈拂坐的也是靠窗的位子。

小测试卷上的题目难度对她来说不大，虽然前几个月缺了很多课，但她去年就已经开始预习今年的课程了……那时候家里还没出事。

沈拂抬起头，看着陌生的教室、老师和同学，一时间有种恍若隔世的感觉。

她的视线不经意移向窗外。

她忽然发现在对面教学楼走廊上两个罚站的人中有一个非常熟悉。

沈拂:“?”

这边江恕正懒洋洋地屈起一条腿靠着墙，遥遥地盯着沈拂，忽然见她看过来，浑身一僵，反应过来后迅速转过身，面朝着墙背对着那边。

“干吗呢?”王轩衡不理解。

平时被罚站得还少吗?以前都不嫌丢人，今天脸皮后知后觉地薄了起来？

“别和我说话！”江恕恼羞成怒，并飞快地脱掉外套罩在了自个儿头上。

王轩衡：“……”

好在沈拂试卷还没写完，任课老师走了过来，她赶紧低下头继续写卷子。

她虽然狐疑，但也看不太清到底是谁。

下课铃声响起，江恕头上罩着外套一溜烟进了教室，进来坐下之后，才将外套从头上拿下来。

外套是出门上了车后，他在车上穿上的，沈拂没见过，应该认不出来。

他的俊脸全红了，白皙的额头闷了一层汗。

王轩衡真是被今天的江恕给弄得莫名其妙。

“古古怪怪的……”放学时他忍不住道，“今天我能去你家吗？”

江恕十分随意地将几本书丢进书包里，也不知道丢进去的都是什么，戴上耳机，拎起书包就往外走，拒绝得非常冷酷：“不能。”

“为什么啊？！”王轩衡号哭。

怎么好不容易培养起来的友谊一下子倒退了十年？

江恕想到沈拂晒衣服时，阳光落在脸上，耳垂几乎白到透明的样子，又想到好友可能对着她这样子觊觎的场景，心情就非常不爽。

虽然根本还没发生，但他提前狠狠地瞪了王轩衡一眼。

王轩衡：“……”

王轩衡还在试图挽救一下莫名消失的兄弟情谊，跟着江恕往校门口他家私家车的方向走。

他忽然见到江恕不知道朝哪边看了一眼，视线顿了顿。

他顺着江恕的视线看过去。

还没等他看到什么，江恕伸出一只手把他眼睛捂住了。

王轩衡：“……”江恕，我在心里骂你，你听见了吗？

沈拂正背着书包，闷闷地走到校门口，找来接自己的江家的车子。

江恕在人群中实在太显眼——身高显眼，俊美的样貌显眼，就连冷白的皮肤和不耐烦的表情都显眼。她想不注意到都难。

她一出校门，一眼便见到江恕和另一个男生打算上车。

江恕身上的外套……

沈拂陷入了疑惑。怎么那么像被罚站的那个人头顶上的那件？

注意到沈拂的视线，江恕眼皮子一跳。

他迅速把外套一脱，往王轩衡头上一罩，怒道："你的外套你自己拿，天黑了冷，快穿上！"

沈拂："……"

等王轩衡七手八脚地把挡住视线的外套取下来，江恕已经带着偶像包袱，将挂在脖子上的白色耳机戴上了。

他睨了沈拂一眼，打开车门，一脸冷酷地迈着长腿上了车，扬长而去了。

拿着他外套在风中凌乱的王轩衡：有病？？？

上学的日子漫长却又过得飞快，早间操，上课，下课，考试，放学……眨眼就到了深秋，学校外的梧桐叶变得金灿灿的。

沈拂三点一线，医院、江家、学校。

她在努力试着融入。

这所学校里，大家似乎都没有很认真学习，成绩却都很好，几乎所有人都有特长，更多的人全面发展。她如果不快点跟上，虽不至于被嘲笑，但难免有点不合群。

上学两周后，沈拂总算弄清楚了为什么提起七班时班上的男生女生都那么兴奋。

"江恕在七班啊！"

男生："听说江恕收集了全款战甲，羡慕死了。"

对于十几岁的少年们而言，有钱丢一边，还是机器人、鞋子、游戏、车子什么的更酷。

女生："他好帅啊，而且气质很贵，站在人群里闪闪发光，你不觉得吗？"

沈拂："……"

前面四个字她是认同的，但自从见过少年坐在餐桌旁慵懒地撑着脑袋，把碗里不够饱满的米一粒一粒往外挑，挑食得要命后，她对他的朦胧滤镜就已经碎了一地。

大家课间闲聊大都是抱怨“我妈非要给我加报射箭的补习班，我哪还有时间去”“这周末你们家去哪儿野营”之类的。

他们虽然很想让沈拂加入，但每次提及家里的事，沈拂都会缄默不语。久而久之，大家都觉得这个新来的漂亮女孩太端着，和她的话题也少了很多。

班上的学习委员下周末过生日，她人缘好，生日还没到来，一群女生就拉了个群开始商量怎么给她庆祝。

沈拂也被拉了进去。

她们七嘴八舌地讨论打算送什么，沈拂虽然在群里很沉默，但也打算准备一件礼物。学习委员是班上最早路过沈拂座位时和沈拂打招呼的人，如果不是她，其他人可能没这么快接受沈拂。

转到一个完全陌生且全都是富家子弟的地方，十五六岁的沈拂不知所措，她对于人情世故还不是很了解。

如果她妈妈在，她会和妈妈商量送什么才不失礼节，但现在，她不知道自己该问谁。

虽然周特助说什么事情都可以找他帮忙，但她上学两周了还没彻底融入，实在感觉有点狼狈和丢脸。

不知道为什么，可能出于一些敏感的心思，沈拂不想让周特助和江恕知道这件事。

尤其是江恕。

她默默地记下群里其他人提过的东西，然后查了下价格，几乎都贵得惊人。有些她见都没见过，滑雪套装、限量CD，还有什么以一串英文开头的碟子。

如果她送布娃娃什么的，可能又会引起笑话。

虚荣心谁都有，但沈拂思考后，还是决定这个周末先去市中心转转，看看能不能找到比较小众、不用花太多钱又让人惊喜的礼物。如果找不到，就还是送书好了。她总不能拿着江家的钱大手大脚地满足自己想要融入的小心思。

这些钱未来都是要还的。

江恕见她已经开始和同学互发微信了，好像有了新朋友，放心了很多，又开始把注意力放到和老爷子斗智斗勇上。

他也有自己的事情，整天一副少爷做派。沈拂晚上开着灯写作业，他和一群朋友在游艇上钓完鱼刚回来，眉飞色舞地让张阿姨过来把鱼取走杀了。

很快到了周末，沈拂没让江家的司机送，和周特助说了一声后，自己坐公交去商业街转转。

上次来商业街还是和周特助一块儿过来买衣服，当时所有东西的价格都贵得惊人，但沈拂想着总能有稍微便宜点的吧，于是先来了这里。

可万万没想到，她转了一上午，就没见到价格比较低的礼物。

全都是限量款。

沈拂穿着非凡，进去时导购员虽然见她还是个怯生生的小姑娘，但全都热心招待。

可她转来转去，半天什么也没买，手里居然一个袋子也没有。

久而久之，这边的导购员就不太耐烦了。

沈拂顶着导购员们异样的目光，硬着头皮离开，中午在快餐店随便吃了点，不得已开始用手机搜索哪里有比较平价的礼物。

学生论坛上有人说一中那几所高中附近的店很值得淘一淘，有一些女孩子喜欢的东西。

沈拂吃完便坐公交车去了那几所高中附近。

周特助见沈拂是早上出去的，下午还没回，心中不大放心，给江恕打了通电话："江恕，沈拂说出去给同学买生日礼物了。"

"哦。"江恕正和王轩衡还有几个男生打台球，漫不经心道，"她有朋友了，这很好啊……"

顿了顿，江恕冷不丁地问了句："男生女生？"

周特助道："应该是女生吧，她问我哪里有卖比较可爱的礼物。"

江恕心里莫名提起来的那点警惕稍稍放下，不耐烦道："那不就行了吗？你打电话过来干吗？虽然我们是'监护人'，但也要给人家小姑娘私人空间的，别整天像跟踪狂一样调查人家去向……"

他话没说完，王轩衡站在窗户边往下看，道："江恕，快过来，那几个不是对面教学楼你天天看的那个班的人吗？"

电话那边的周特助："？"

江恕迅速把电话挂了，真是提刀宰了王轩衡的冲动都有了。

他提着台球杆，愤怒地走过去："天天看你个头。我每天认真学习，恨不得四十八个小时都在听讲，我看谁了我？"

台球室下面是条小吃街，人来人往，几乎全是高中生，打游戏的男生一堆，手挽着手逛街吃小吃的女生也一堆。

从窗户往下看去，斜对面的一楼有家木门礼物精品店，此时那里聚集了一群人。王轩衡把窗户拉开，隐隐约约可以听见几个"偷东西""私立高中的学生"之类的词。

"窗户关上，吵死了。"江恕漠不关心，扫了一眼就要移开视线。

可他忽然瞥见隔着一道玻璃，店铺里面的少女身影隐约有几分熟悉。

他视线一滞，在心里暗骂一声，扔了台球杆，转身就三步并作两步飞奔下了楼。

王轩衡和几个男生刚听他的话把窗子关上，就见哪儿还有他的人影。

"不让我们看热闹，他自个儿跑下去看？"王轩衡不服输地带着人跟下去。

沈拂正被店老板堵着不让走。

她不知道事情为什么会发展到这个地步，白着脸，咬牙道："不是我，你可以看监控。"

"还说你没偷？从你帽子里拿出来的，难道有人故意陷害你不成？"老板拿着一张 CD 唱片咄咄逼人，"怎么长得这么好看，穿得这么好，还手脚不干净啊？你们有钱人都有点偷窃癖？"

沈拂没遇见过这种场面，又气又急："叔叔，我也不知道为什么会出现在我帽子里，麻烦你一定看一下监控。如果是我，我怎么会一定要求你看监控呢？"

"鬼知道你们这些小孩的心思？"老板每个月都会丢失一些东西，也恼火得很，心想干脆趁这机会讹一笔，"叫你家长来，现在就给你家长打电话，没爹妈教养的吗？”

他说完这话，面前的少女忽然死死地咬住下唇，盯着他的眼神像是被逼到墙角的小兽，随时要和他同归于尽。

店铺外面吵吵嚷嚷，都是在看热闹的人。

三个十五班的男生路过这里，认出来了沈拂是自己班上的人："那不是沈拂吗？"

"是不是有什么误会？"

"这周围都是一中的人，好丢人啊。"男生立了立衣领，小声道，"她在干什么啊？看起来不缺钱的样子，怎么被店老板抓住了？"

三人忽然被一道高挑的身影撞开。

少年仗着身高优越，伸手推开店外的人，径直推开半掩的玻璃门进去了。

"江恕？"三人震惊了。

匆匆跟着挤进去的还有王轩衡和另外几个七班的男生。

三人更加震惊。

"还有七班的人？"

"她说看监控就看监控。"江恕比沈拂还愤怒，气得发狠，"这种破 CD 我给她她都不要，会偷你店里的？"

眼前的少年身形高大，俊美的眉眼透着凶狠，别说站在少女旁边高了一头，就算站在啤酒肚的老板面前都犹如一团乌云压来，盛气凌人。

他身后还有同样个高的四个少年。

老板在这里做生意，多少听闻过江恕的名字。

他在气势上顿时就矮了一头，皱眉道："怎、怎么还是你们有理了？我没说什么，也没不让她走，只是让她道个歉。"

"看监控，快点。"江恕不耐烦地说，拳头已经攥了起来，"别逼我。"

老板咽了咽口水，道："你先让开。"

江恕让开路，对沈拂道："沈拂，你到我身后来。"

沈拂低着头，无比难堪，小声对他道："我没有……"

江恕把她往身后拽："废话，我当然知道。"

沈拂抬头，一愣。

那句“我当然知道”说出口，如同温暖的风吹拂冰面，沈拂绷着的情绪忽然有些绷不住了，心里某些东西忽然决堤。她走到江恕身后，一直强撑着没红的眼圈突然红了。

她用手背揉了揉眼睛，后面的王轩衡抓紧时机递过来一张纸巾。

沈拂接过来，小声道谢。

江恕：“……”

老板查着监控。画面上，沈拂站在货架前挑选音乐盒，背后一个一中的男生抽取CD时不小心弄掉了其中一张，它落在了沈拂大衣的帽子里。

秋末快入冬，穿得厚，沈拂毫无察觉，拿着音乐盒去结账。

自始至终，她都不知道自己大衣帽子里有一张CD。

老板自己先尴尬起来，道：“原来是误会，都散了吧。”

“散什么散？”江恕阴恻恻道，“刚才你怎么逼她道歉的，现在就举着监控去每一个围观的人面前向她道歉。”

沈拂抬头看了他一眼，江恕在店铺昏暗发黄的灯光下皮肤依然冷白，眉眼透着一贯的倨傲恶劣。

可能是沈拂泪眼蒙眬的缘故，他看起来又和那天暴雨初见时不太一样了。

远处一阵阵如潮水般令人眩晕的议论声仿佛都小了，沈拂垂下头，只依稀听到隔壁宠物店的狗“汪汪”叫了两声。

老板十分心虚，道：“这不需要吧，我也是误会了。”

“那一开始她让你看监控你怎么不看？就是想讹我们学校的人吧。”十五班的男生见有七班的江恕撑腰，忍不住挤进来道。

见围观的人越来越多，老板知道没办法大事化小，小事化了，他捧着有监控画面的手机，出去走了一圈，因为深感没面子，他走得极快。

江恕皱了眉，王轩衡和另外两个男生立刻出去盯着他，逼着他放慢速度，慢吞吞地让每一个路人看清。

完事后盯着他回来道歉。

“小姑娘，真的对不起。”老板讪讪的，“是我眼瞎。”

沈拂跟着江恕离开了礼品店。

接送江恕的车子就停在街对面，江恕拉着沈拂上了车。

几个十五班的男生看得瞠目结舌：“我们班的沈拂怎么和江恕认识？”

“别说出去啊。”王轩衡做了个“抹脖子”的动作，威胁道。

几个男生忙点头。

车子启动，江恕盯着沈拂手上王轩衡递给她的纸巾，不知为什么十分在意，努力强迫自己移开视线，他问：“来买什么的？”

沈拂抽噎：“礼物。”

江恕：“送给我的？”

沈拂：“……”

江恕也被自己冷到了，咳了一声转移话题，道：“刚才在店里看你和老板对峙没哭，怎么现在哭了？”

沈拂感到有些迷茫，哽咽了半晌，道：“我为什么这么倒霉？”

以前无论发生什么，她心里都有底气，因为知道爸妈是她的后盾和保护伞，可现在她身后再也没有了支撑她、无论怎样都相信她的人了。沈拂自来到江家之后，寄人篱下，融入不了班级新群体，各种情绪纷至沓来，她不知道该怎么办。现在、未来，靠什么支撑下去？

“怎么倒霉了？”江恕一脸不认同的样子，“你住在我家，我这么帅。”

沈拂抽噎得更厉害了。

江恕盯着她擦眼泪，视线又忍不住落在那张被她揉得稀烂的纸巾上，一下子没忍住，做出了一个自己也不知道为什么的举动——他抽掉她手里的纸，扔进车内垃圾桶：“别哭了。”

沈拂脸上的泪水更多了。

江恕一时间竟不知道她是为了刚才的事哭，还是被自己弄哭了。

开车的司机老王从后视镜里看了江恕一眼，那眼神仿佛在说：你是真的会孤独终老啊。江恕不由得有些恼羞成怒地瞪了一眼。

老王赶紧收回了视线。

江恕道：“这样吧，明天周日，我带你出去玩。”

沈拂没什么玩的心思，抽噎声渐小，小声道：“可我的作业还没写完。”今天已经浪费了一天，明天她必须把这周的作业写了，然后把下周要上的内容预习了。

江恕实在不知道怎么安慰人，绞尽脑汁想了会儿，道："你骑过马没有？"

家里出事之前，他们还在计划去草原旅游，在这之前，沈拂除了在动物园，还没见过活的能骑的马，她看着江恕，茫然地摇摇头。

江恕得意扬扬道："给你一个机会，待会儿下车后江恕哥哥背你。"她不就是想家想爸妈吗？他给她一个体验"父爱"的机会。

沈拂兴致寥寥，看向窗外："我想安静会儿，谢谢你。"

江恕恼怒得俊脸都有些红了。怎么回事啊？这么大的诱惑她都不感兴趣？那她还对什么感兴趣？他活到这么大，可从来没背过人。

他也不再说话了，扭头盯着窗外。

回去的时候沈拂经过一楼，脚步飞快，没和周特助打招呼。江恕双手插兜跟在后面，看出她不想让人知道她哭过，回头叮嘱了司机一句，这才跟着上楼。

张阿姨正在三楼打扫卫生，沈拂背着书包上了三楼，脚步一转，又下来了。

小孩子死要面子。

江恕靠在二楼栏杆上，好笑地看了她一眼："跟我来。"

二楼除了楼梯旁的露台，还有一间专门种植盆栽的半开式阳光房。当然，江恕从来对这些花花草草没兴趣，都是张阿姨在照顾。阳光房中间有一张大的原木色长桌，旁边有几张吊椅和沙发椅。

沈拂之前在楼下看到过，但只以为是边缘种了几盆月季和爬藤，没想到里面面积居然这么大，顶上还吊着白色的幔帐，这简直就是她小时候在作文里写的理想的家。

江恕走到墙边，把灯光开到最大。

一时间，整个花房的灯都亮了起来，吊灯璀璨夺目，桌上的台灯也开了。

沈拂看了江恕一眼，忽然有些理解班上女生对自己说的"闪闪发光"。眉眼俊美的少年在这样的环境中，依然让环境成了陪衬。

江恕倒没注意到沈拂的视线，否则尾巴都要翘起来了。他随手把书包扔在地上，道："坐吧，你可以在这里写作业。"

说完，他懒洋洋地找了张躺椅坐上去，戴上耳机，打开音乐，掏出自己的游戏机开始打呵欠。

沈拂点点头，把自己的书包放在一边，拿出本子和笔来。

她小心翼翼地用余光瞥了江恕一眼，思考了下，也悄悄地拿出自己的耳机，插在手机上，开了小小的音量，低头选了喜欢的歌，再开始写作业。

江恕闭着眼，像是睡着了，嘴角却提了提。

来家里一个月，总算自在了点吗？

江恕心想，这个时候的沈拂应该是需要人陪的，但他如果醒着，她大约会不自在。于是江恕索性头一歪，装作睡着了。

深秋就快结束了，外面的风一吹，叶子被席卷着哗哗掉落。上一个暴雨的夏天仿佛很遥远，下一个夏天却仿佛很近。

沈拂耳朵里是轻柔的女声轻歌，江恕那边声音则开得较大，她隐约还能听见他耳机里“刺啦刺啦”的电音。

沈拂写完一张试卷，揉了揉酸胀的手腕，抬起头来。

对面的少年似乎已经睡着了。

花房半开，环境清幽，却少不了有些飞虫什么的。

一只扑向台灯的蛾子撞了回来，落在江恕的衣服上，蛾子向上爬了会儿，又飞起来。

这一次，却落在江恕的眉心。

沈拂盯着他看了会儿，想起生物课上说有些蛾子的粉是有毒的，落到皮肤上要用清水冲洗干净。

沈拂出于好心，忍不住站起来，抬手挥了挥。

这一挥，蛾子倒是被吓得飞走了，但她冰凉的手指就落在了江恕的眉心上。

她一下站不稳，一只手撑桌，另一只手又在江恕脸上拍了下。

沈拂的心脏都快被吓得跳了出来。

虽然他今天对自己不错，但他性格古怪，谁知道自己趁他睡着了不小心扇了他巴掌，他会不会暴怒地把自己赶出去啊！

她赶紧缩回手，抱起自己的书本、草稿纸和笔，捡起书包，一溜烟跑了。

并没有睡着的江恕："？"

他震惊地缓缓睁开眼。对面的座位是空的，人已经跑了。

什么意思？趁他睡着了偷偷摸他眉心和脸颊？

翌日，吃早饭时，江恕难得没让周特助三请四请，自己套件睡衣下来了，黑发微乱，看起来一宿没睡。

沈拂捧着碗喝粥，偷偷抬眼，正好和少年的视线对上。

沈拂："……"

居然都气出黑眼圈了……

难道昨晚自己扇完他巴掌，他就醒了？但他为什么没当场发作？

沈拂心虚得很，移开视线，听着江恕拉开椅子坐下，她屁股在椅子上挪了下，飞快地起身给江恕盛了一碗粥，放在江恕面前："早。"

江恕垂眼扫了下面前热气腾腾的粥，脸上痛心疾首："不行。"

沈拂有点尴尬："我就是想道个歉。"

江恕抬眼看她，沉沉道："我知道你在想什么，但不可以。"

沈拂："……"她怎么感觉他不知道？

江恕推开面前的粥，拿来桌子上的钟啪地一下摆在她面前，少年眉眼严肃："专心学习，其他的，你想都别想。"

沈拂："……"

周特助坐在一边吃他的面条，一头雾水："怎么了你们俩？发生了什么？"

这能说吗？这显然不能让第三个人知道啊！

江恕怎么好意思说对面这小姑娘见色起意，趁他睡着了摸他眉心和脸颊？

学校里追他的不少，甚至还有运动会跑着跑着忽然摔进他怀里的，但江恕的防备心非常强，闪躲练得比游戏里还熟练，从来没和任何异性有过什么过分的肢体接触。

谁知道一时不备，第一次被摸脸这种事就被沈拂夺走了。

江恕如遭晴天霹雳，思考了一整晚。

江恕对沈拂没兴趣，但也不想太直白去伤害她的自尊心。毕竟，沈拂还是和别人不一样的。

在他心里，她有点像他在暴雨天捡回来的一只容易受惊的小兔子，就算踹他一脚，也是他养的兔子在踹他。

少年朝后靠，对沈拂虎视眈眈，一副威严做派："全神贯注地学习，记住了吗？"

沈拂还以为自己一巴掌按在他脸上，他会暴怒呢，谁知道就这？沈拂松了口气，道："记住了。"

江恕还打算再警告两句呢，结果沈拂居然这么从善如流地一口应下来，倒是叫他的话卡在喉咙里不上不下了。

怎么回头是岸得这么快？

江恕摸了摸自己的脸，莫名又有点不爽。

沈拂带上自己挑选的礼物，去给学习委员过生日。

KTV很热闹，有三四十个人买了生日礼物，沈拂发现自己纯粹是多心了。礼物在那里堆成山，多到没时间拆，没人会在意她送了什么，又怎么会嘲笑她送的太过廉价？沈拂跟着大家吃了会儿寿司，聚会还没结束，她提前回了别墅。

她写完作业，拎着水壶去楼下浇花，发现还是这里比较让她感到安心。

江恕正摆弄新到的头盔，听见楼下有动静，走到阳台上漫不经心地往下看了一眼。沈拂蹲在那里帮阿姨搬盆栽，看起来有点可怜。

他是知道沈拂班上那群人的，不玩到半夜十二点不可能罢休，沈拂怎么这么早就回来了？

沈拂送的生日礼物不算昂贵，但一定是最有心意的那一个，她为了送一个生日礼物转了多少地方。

不过那群人不知道她家里的情况，只以价格来衡量，未必会多看一眼。

"沈拂，"江恕叹了口气，双手撑在阳台栏杆上，说，"你是不是也想办生日会邀请同学来玩？"

按照资料，她生日也快到了。

夕阳半落不落，还剩一点余晖在天上挂着，天色已经昏暗。冷不丁听见有人在自己头顶说话，沈拂吓了一跳。

她拿着铲子，抬头看向江恕，忙道：“没，我不喜欢热闹。”

江恕看着她：“我家在市中心还有好几套房……”

沈拂嘴角抽搐，以为江恕又要炫耀，结果江恕道：“你想邀请同学来玩也可以，你挑一套，让周特助提前去准备……”

沈拂一怔，抬头看向二楼的少年。

江恕：“放一屋子气球还是公仔都随你，一定比你同学的生日会酷。”

沈拂顿了顿，才明白过来江恕什么意思。

她道：“谢谢你，不过不用了。”

江恕也不清楚她是真的不想要，还是又像那台钢琴一样，明明渴望却认为她不配。他微微俯身，蹙眉盯着沈拂，仔细分辨沈拂脸上的情绪。

分……分辨不出来。

少年高挑，长腿一踏就能踏过栏杆一脚踩空，夕阳余晖在他身后，他仿佛随时要掉下来。沈拂笑了笑，道：“真的不用了，你小心点，掉下来就该骨折了。”

江恕脸色一红。答应了专心学习，她怎么又开始担心他了？

江恕忙不迭逃进了屋内。

沈拂看着他背影，掏出手机，翻着朋友圈，看见大家热闹的合照，心中的怅惘却少了很多。

很快入冬，冬季校运动会要举办了。

江恕一向认为参加比赛在跑道上跑得满头汗实在太不拉风了，压根儿不想报名任何项目，奈何老爷子为了强迫他养成晨跑的习惯，一早就派人给他报了长跑的项目。

长跑项目都快开始了，他还在更衣室换鞋，老师简直气坏了，派体育委员来敲门。

直到枪声快要响起，江恕还没就位，老师见到他不耐烦地走过来，一把把他抓过来：“对你就一个要求，别反着跑。”

江恕：“……”当他傻吗？

运动会在学期初就开始报名了，沈拂算是新生，所以什么项目都没报，她和班上几个女生搬着矿泉水来到看台上，一眼就看到了蹙着眉热身的江恕。

少年穿着火红的球衣，个子高挑，五官俊美，实在太显眼，随随便便往那里一站就是人群的焦点。身边几个女生本来是给班上男生加油的，江恕一过来，话题不由自主全变成江恕了。

“他真的有缺点吗？我的天。”

沈拂：“……”缺点一大堆，写在清单上都可以绕跑道一圈好吗？

江恕的视线随意往看台上一扫，立刻和抱着两瓶矿泉水的沈拂对上了。

沈拂忘了自己手里还抱着矿泉水，对他不着痕迹地点点头。

虽然他要求自己在学校装作不认识他，但别人没看见的时候应该没关系吧。

江恕的视线落在她怀里的矿泉水上，立刻以为她的意思是她给他送矿泉水来了。

江恕：“……”

怎么还这么堂而皇之啊？！

江恕立刻向周围看了一下，运动会上说是人山人海也不为过。自己要是接下她的矿泉水，立刻会有人猜测她和自己的关系；自己要是不接，大庭广众下又让她很丢脸。

江恕为难又别扭地看了沈拂一眼。

沈拂：“？”

长跑之前需要补充适当能量和水分，教练让各班先给运动员把水送过去。沈拂拿着矿泉水跳下看台，正要朝自己班上的那个男生走过去，经过江恕身边时，手里却猛然一空。

再一抬头，短发漆黑的少年已经夺走自己的矿泉水瓶，拧开了盖子，喝了一口。

沈拂：“……”

班上的运动员男生：“……”

远处的看这边看不太清，但这边看台的人全都沸腾了。等沈拂一脸莫名其妙地把另一瓶水递给自己班的那个男生，返回看台时，一群女生追着她问：“啊啊啊，江恕为什么会接你的水啊？”

沈拂非常想强调——不是接，是抢。

她根本没有给他送水啊!

沈拂含糊道："他可能是脸盲，把我当成他们班的送水员了吧。"

身边的女生一脸狐疑："但以前他们班的女生给他送水，他也没接过啊。"

沈拂："……"态度这么恶劣?真当自己是小说男主?

沈拂道："你们多心了，真的，他可能就是口渴了，所以随便拿了瓶水喝。刚才我走过去他还瞪我来着，估计看我不爽。"

一群女生被沈拂努力糊弄了过去。沈拂虽然漂亮，但和江恕从无交集，看起来也不像以后会有交集的样子。

而且江恕刚才好像真的瞪她了。

江恕原本只打算随便跑跑，拉风帅气地拿个第二或者第三就行了，但没想到沈拂一直在看台上看着这边，像是来给他加油的。

枪声响起的时候，从看台传来排山倒海的喊声："加油——"

江恕冲出去时，风擦过耳际，不知怎的他就有了想追逐第一的心。他在最前面飞奔，额发被风吹起，阳光照在他精致的面庞上，一时间看台全是尖叫。

老师也不知道今天江恕为什么忽然用了全力，简直受宠若惊。难道比赛之前自己对他的鼓励让他受到了莫大的鼓舞?

江恕第一个跨过终点线，班上的人过来扶他，他和冲上来的王轩衡击掌，得意扬扬地挑眉望向看台。

结果根本没找到沈拂的身影。

王轩衡见他视线到处搜寻，道："沈拂他们班班长在那边参加接力赛，他们班很多人都过去为他们班班长加油了。"

江恕："……"

江恕拧开一瓶矿泉水从头上浇下去，甩了甩发梢的水珠，怒道："我们也过去。"

王轩衡："……"莫名其妙的，别的班比赛你去看干什么?

江恕怒气冲冲地走在前面，王轩衡和几个男生一头雾水地跟在后头，刚绕过人群，抵达另一个操场，江恕的脚步就停了下来。

王轩衡顺着他的视线看过去，见到一棵角落的树下，一个不知道哪个班的男生正把沈拂拦在那里，用双手递过去一封信，说话结结巴巴的。

王轩衡乐了："给你家的递情书？"

江恕靠在长方形的洗手池旁边，随手拧开水龙头，冲了冲掌心，不以为意道："这很奇怪吗？"

沈拂虽然还没长开，但漂亮的五官已经丝毫不逊色于电视上那些明星艺人的，她捯饬捯饬上屏幕，只会比任何人都好看。

"算这小子有眼光。"江恕得意道。

王轩衡搞不懂了："你不生气吗？"

江恕莫名其妙："我为什么要生气？"

王轩衡愤怒了："那我平时多看她一眼你都踹我。"

"不一样，"江恕懒得解释，慢条斯理地洗手，说，"反正她又不会收别人的情书。"

王轩衡更加纳闷儿了："你是她肚子里的蛔虫啊，你怎么知道她不会收？"

"要你管。"江恕冷哼一声，俊脸莫名还有几分可疑的红。

他当然知道了，深秋的时候她还偷偷摸他脸来着，摸了又摸——先摸眉心，再一路下滑摸他脸颊。

他就不信有自己这种大帅哥和她朝夕相处，她还能看得上别人。

夕阳染红操场，沈拂看着递到身前的信封。

信封上浪漫地用了火漆印，看得出来准备得很用心。

沈拂知道，这里面承载着单纯的心意。

"谢谢。"她伸手接过了。

这边，空气突然寂静。

王轩衡："……"

江恕："……"

"哗啦——"江恕猛然关了水龙头。

王轩衡缩了缩脖子朝他看了一眼，江恕一张俊脸已经黑得不行了。

江恕很生气。

他都不知道自己为什么这么生气。

他撸起袖子就要过去揪起那小子衣领，想问对方知不知道自己是谁，但还没走出两步就被王轩衡一把拦住："你这么激动干什么？"刚才还一副淡定的样子，敢情全是装出来的啊？

江恕怒道："换你你也激动。"

"换我我不激动啊。"王轩衡道，"你不是说沈拂马上要过生日了，就和咱们一个年龄了，有什么大不了？"

江恕："我怕影响她学习！"

王轩衡哈哈笑了："你这样的还怕人家学习被影响？"

江恕："……"

王轩衡道："你说不想让她委屈，但你现在走过去限制她在学校里的行为，不更让她觉得她寄人篱下吗？"

江恕突然冷静下来了。

是了，收一封情书没什么大不了的，又不是立刻答应和那小子谈恋爱。

说不定沈拂转头就会把对方的情书丢进垃圾桶呢。

江恕拽着王轩衡扒在洗手池后面看了半天，结果见沈拂不仅没把那小子的情书丢进垃圾桶，还叠了两次妥当地塞进了羽绒服口袋。

江恕身上阴郁的气息缠绕了一整天。

好不容易熬到了放学，他们在更衣室换完了衣服。

王轩衡把书包往背上一扔："走了兄弟，今天的'复活联盟'缺你不可。"

江恕眉眼冷冷的："不想去，你也滚吧。"

这是怎么了呢？怎么游戏都不感兴趣了呢？王轩衡跟过去又道："那你放学后干吗？"

江恕吐出两个字："回家。"

王轩衡道："人家养猫还要给猫一点独立呼吸的空间呢，哪有你这样的，恨不得二十四小时和猫贴在一起。你这样养猫迟早脸上要挨一爪子。"

江恕不合时宜地想起沈拂落在自己脸上的手，现在想起来竟然不知道她到底是摸他脸，还是趁他睡着了扇他脸。

江恕不耐烦地推开王轩衡："什么猫不猫的。"

王轩衡狐疑道："难道你就没感觉自从沈拂来你家后，你回家频率简直成倍增高？"

江恕："……"

"神经病。"他怒道，"什么时候？怎么可能？"

说完江恕大步流星地朝校门口走，火速钻进了江家的车子里。

王轩衡："……"就现在啊！

沈拂班上项目结束得早，她先回的家，帮张阿姨择了会儿菜后，调料没了。她穿上外套，拿着零钱出去帮忙买调料，换鞋时遇见刚回来的江恕。

少年穿带帽子的黑色羽绒服，外套拉链没拉，双手插兜立在她面前，眉眼沉沉，俊美的脸上沾染了些许外面冷空气里的霜，身形高挑，存在感十足。

"要换鞋进来吗？"沈拂往左挪了挪，让位置给他。

江恕却不进来，只堵在她面前，居高临下地睨着她。

沈拂："……"

相处久了之后沈拂也没刚开始那么怕他了，只当他有时候会犯病，避开就好。

于是沈拂自顾自地系好鞋带，从他和大门之间的缝隙挤过去，买调料去了。

江恕："……"

沈拂沿着下坡路朝远处的二十四小时便利店走，没走多远就感觉少年跟了上来。

江恕不远不近地跟在她后面。

沈拂一回头就看见路灯下一道长长的影子，对上少年冷冰冰又幽幽地盯着自己的一双眼睛。

又怎么了啊？

沈拂朝后瞥了两眼，忽然趁江恕不注意，拔腿就跑。

她抢先几步，但还是跑不过江恕，江恕大步流星地追了上来。

很快发展成两人在路灯下竞速跑。

等迎着冷风跑到便利店，沈拂已经扶着膝盖喘不上来气了："你、你干吗？”

她实在不想被路人看傻子一样看着了。

江恕怒道：“就你一个人能来逛超市？我不可以来？”

沈拂没好气道：“那你请。”

江恕：“……”怎么回事？怎么感觉她对他越发无所谓了？刚来时她还有几分敬重和畏惧，但现在说话都随随便便的，也没见她对学校里其他人这么说话啊。

江恕有点受伤，不高兴地转去零食区。

沈拂取了调料，结了账，趁着他不注意，转身就跑。

江恕：“……”等一下，他没带钱也没带手机！

在便利店收银妹异样的眼神中，江恕讪讪地把乱抓到怀里的零食放回原来的位置。

沈拂跑回家，周特助正在和老爷子打电话，见沈拂换鞋进来，从书房探出头来对沈拂招招手：“老先生想和你说两句。”

沈拂一阵紧张，忙不迭地放下手中的东西，跟着周特助进了书房。

江恕进门时，沈拂刚打完电话，把调料送去厨房，脸上的表情有些沉重。

看见他进来，她似乎想说什么，又止住了，转身上了楼。

“她怎么了？”江恕蹲下去换鞋，叫住周特助。

周特助推了推眼镜，合上文件夹，道：“快期末了，老爷子那边又收到了你们学校发去的邮件。”

江恕起身，问：“哦，老头子还没习惯？”

周特助：“……”你听听你说的是人话吗？

江恕又问：“那和沈拂有什么关系？”

周特助道：“老爷子让我把你的卡交给她，今后你缺勤，扣的不是我的薪水，而是你自个儿的零花钱了。”

说到最后，周特助微笑起来。

江恕边脱外套边冷笑：“你不要当着我的面就露出一副‘终于解脱了’的表情，我又不瞎。”

周特助：“……”

晚饭还没好，沈拂坐在书桌前，摊开试卷，却静不下心来。

老爷子让她没收江恕的卡，如果江恕再无故旷课，就扣江恕的零花钱。

光这第一条她就办不到。江恕那种混世大魔王怎么会听她的？

但她在江家住了这么久，老爷子从来没拜托过她什么事，好不容易对她提出一个要求，她做不到的话，担心老爷子会不悦。

江恕上楼，敲她的房门。

沈拂道："房门没关，进来吧。"

沈拂以为是周特助还有什么事没交代完，没想到进来的是江恕，她下意识就把面前的草稿本盖了起来。

上面可有一些她吐槽江恕时胡乱涂鸦的乱七八糟的东西。

江恕本来要说老爷子交代的事，想替她解决，一进来就看见她形迹可疑地把草稿本盖了起来，顿时敏锐道："你在本子上写骂我的话了？"

沈拂："……"他怎么知道？！

江恕："开玩笑的，你哪有那个胆。"

沈拂："……"

江恕见沈拂松了口气的样子，忽然又蹙起了眉头来，猛地提高音量："沈拂！"

沈拂被他吓一跳，站了起来："又怎、怎么了？"

江恕："你不会恋爱了吧？"

沈拂一头雾水："你在说什么？"

见沈拂一脸迷茫，江恕稍微放下了点心，随即又觉得自己舒这口气好没道理。

他拉了把椅子，坐下来道："这所学校的男生都不行。如果有人给你送情书，你一定要毫不留情地痛斥对方影响你。学生要以学习为主，恋爱影响学业，不要以为自己成绩好就放松了。"

沈拂虽然觉得有点莫名其妙，但还是点点头。

江恕不动声色地问："所以，最近有人给你送情书了吗？"

对上少年那双漆黑的眼，沈拂不知怎的有点心虚："没啊。"她总有点担心江恕会用这个做把柄，向江爷爷告状。

江恕："……"

江恕离开沈拂的房间，快要气死了。他都亲眼看见了她在外面“鬼混”，她还说没有。

他怒气冲冲地下楼，路过沈拂挂在玄关处的外套。

他顿了一下，忽然鬼使神差地走过去。

沈拂脑子本来就不算清晰，被江恕突然跑进来一通有的没的质问，这下更乱了。

她想起自己外套里的那封情书还没看呢。

虽然沈拂丝毫没有要恋爱的心思，但对于十几岁的少女来说，收到一封满载倾慕的情书，无疑是一种肯定，她还是想看看情书里都写了什么的。

她撕下草稿纸，揉成一团，扔进垃圾桶里。

她打开门下去。

她取下自己的外套掏了掏。

情书……不见了！

沈拂站在玄关处猫着腰到处找，却都没找到。

她又翻开自己的书包，书包里也没有。

就在她开始怀疑自己的记忆是不是出现了问题，是否落在哪里时，江恕站在楼梯上，叫她过去。

“老爷子是不是让你想办法从我手里拿走这个？”江恕拿着他的卡，居高临下地看着沈拂。

沈拂："你知道啦？"

江恕道："我可以给你，你还可以随便花我的钱，我不会告诉老爷子。"

沈拂抱着书包抬头看他，不清楚这人怎么忽然这么配合。

江恕："不过有条件，前提是……"

沈拂心想，让她做牛做马，还是跑腿什么的？

江恕冷笑："前提是你毕业之前不许恋爱。"

沈拂震惊："……"这算什么交换条件啊？！

这还不容易吗？这简直易如反掌！

沈拂转学来这里收到的第一封情书还没拆开看，就这么诡异地消失了。

之后她遗憾地翻遍了书包，还去运动操场附近找了很久，然而直到毕业那年也没找到。

接下来，无论是高年级的还是同年级的想要递给她的第二封、第三封情书，也都在出现在她面前之前，就已经被一股神秘力量提前掐死在腹中。

运动会结束后，沈拂再在学校遇到那个向她表白的男生，对方却不敢多看她一眼，拔腿就跑。

名为“爱情”的东西像学校外面的落叶，沈拂还没体验过，它就已经被步步紧逼的清洁工打扫得一干二净。冬天来了，堆积的东西变成了雪。

人生里头一回过生日没有父母的祝福，沈拂不是很想过了。

江老爷子提前让周特助往沈拂卡里打了一笔钱，让她带同学去吃饭。

沈拂查了下卡上的钱，吓了一跳。

老爷子显然是按照江恕生日请客的数额给她打的钱，别说请几个同学吃最贵的日料了，就算把本市最高的大厦包下来办一场七天七夜的无人机秀也绰绰有余。

沈拂没动卡里那笔钱，也没告诉班上任何一个同学。如果告诉的话，她应该也会收到一些公仔、钢笔、限量款 T 恤之类的礼物，但沈拂觉得没什么意思——热闹也就热闹一晚上，时间一过她依然得医院、学校、别墅三点一线。

那时的沈拂逐渐感觉到一种比车祸后一夜之间一片混乱更致命的东西，是孤单。

如果说人出生后和世界唯一的联系是父母的话，没了父母在身边，人和世界的情感联系还剩下什么？

她想，如果时间可以倒退回一年前的话，她愿意这辈子都不过生日。

大雪已经下了好几天，她一推开别墅的门，外面突然多了个雪人。

早餐的时候，张阿姨特地为沈拂煮了海带汤，沈拂喝了两碗汤，胃里暖洋洋的，低落的情绪总算有所缓解。

江恕前几天跟着学校里的带队老师去国外参加冰球比赛去了，本来应该周一再回来，不知道为什么提前回来了。

他昨晚半夜忽然抵达机场，一通电话打过来，别墅上下鸡犬不宁。

沈拂听见楼下的门开了好几次，周特助半夜被叫起来去接人，一边打哈欠一边抱怨。

偏偏江恕完全没有迫害他人的自觉，一回来倒头就睡，和带队老师沟通的事情全丢给周特助。

周特助焦头烂额，一夜没睡。

而江恕却神采奕奕地起了个早，戴上毛线帽和手套在院子里堆了个雪人，之后坐下来，跷着腿在沈拂对面喝粥。

他等沈拂吃完早餐。

他看了沈拂一眼："吃完了？拿上外套走吧。"

好不容易是个周末，不用上学，沈拂正盘算着吃完早餐睡个回笼觉，睡完先去医院，回来后溜进影音室把门反锁，窝起来找部电影看到半夜，当自己给自己庆生了，却听到江恕这么说。

她看向周特助，周特助困到眼睛都快睁不开了，已经趴在餐桌上了。她又看向张阿姨，张阿姨拿着要洗的碗碟进了厨房。

沈拂抬起头，一脸茫然："你和我说话？"

江恕："这儿还有第三个人？"

沈拂看向周特助。

江恕："他不算人。"

周特助："……"他还没困得昏死过去呢！

江恕拎着他自个儿的羽绒服，抖了两下，冷冷道："你在神游什么？不会还惦记着消失的情……"

沈拂一阵害臊，赶紧打断他："去、去哪儿？"

江恕对外面司机招招手，示意对方把车子备好，说："今天不是你生日吗？带你出去玩。"

说完他就等着沈拂面露惊喜。他最近根本没提过这件事，她是不是以为自己忘记了她的生日？才怪，他是打算给她一个猝不及防的大惊喜。

"还要出去玩？"沈拂震惊道，"可以不去吗？"

"不可以。"江恕穿上外套，面无表情，"我已经交了钱，不去就是浪费钱。再说了，你不好奇去哪里吗？”

沈拂还真没那么好奇，无非就是坐邮轮出海、坐直升机之类的，顶多就是游乐园。这几项都还算有趣点的了，沈拂比较担心江恕和王轩衡带自己去打游戏，她对“角逐毒圈名次”这种让男生热血沸腾的事实在不感兴趣。

“我想睡觉。”沈拂小声说着，转身就往楼上跑。

她还没跑几步，睡衣领子就被少年揪住了。

江恕比沈拂高一个头，力气又大，只是伸出一只手就轻轻松松拽住她的小熊睡衣，她宛如被定住了一般动弹不得。

江恕恨铁不成钢：“我的时间很宝贵好不好？”

他提前回来陪她过生日，她居然满脑子都是睡觉？

已经在江家住了半年，沈拂也不像一开始唯命是从了，开始小声地说出自己的想法：“我只想待在家里看电影。”

“看什么类型的？”江恕思考了下，的确，过生日也不一定非要去外面过，安安静静地看几部电影也挺不错。

他仍揪着沈拂后衣领，眉梢挑了挑：“你请求一下，我说不定可以和你一起看。”

他看平时沈拂喜欢看一些喜剧节目，看的电影应该也是这个类型。

虽然他不感兴趣，但过生日嘛，让小姑娘一个人待着指不定又要伤感了。

只要不是恐怖片就好。

沈拂不知道自己喜欢看什么，但对江恕的喜好憎恶无比了解。他怕鬼，不仅怕，还从来不看鬼片。

沈拂立马脱口而出几部经典恐怖片。

江恕怀疑沈拂是成心的。

但沈拂转了个身，瞅了他一眼，垂着眼睛，一副乖巧的样子，又像是没什么心眼。

“一定要看这些？”少年俊脸发黑。

沈拂叹了口气：“过生日嘛，就想看点喜欢的。如果你不想看，可以……”

“好，就看这几部。”江恕咬了咬牙。

沈拂：“……”

“来吧，穿上你的外套，先去医院，回来了我们就开始看恐怖片。”江恕一副舍生取义的大无畏样子，拉着沈拂走到玄关处，把她的羽绒服外套披到她身上。

沈拂麻木了。

她也怕看恐怖片，会做好几晚噩梦。

车上。

安静了一路，沈拂忽然开口：“要不我们还是按你的计划来吧？”

江恕虽然在听到几部恐怖片的名字之后俊脸一直发白到现在，但仍道：“是你的生日，我会迁就你，你想看多恐怖的都可以看。”

沈拂头疼，试图把一路走歪的事情扳回正轨，道：“但你已经准备好了。如果我不去看看你准备了什么，不是会辜负你的心意吗？”

江恕才不会承认自己精心准备了什么，怒道：“什么心意？我可没准备什么重要的东西。”

沈拂道：“但因为是你准备的，我还是想看一看。”

不知道为什么，她说完这话，车子里安静了一瞬。

怎、怎么了呢？

沈拂以为自己又把人惹生气了，连忙看向江恕。

不知道为什么，江恕面朝车窗外，冷酷又羞赧地用外套把脑袋罩了起来。

每次去医院情况都没什么变化，沈拂越来越不相信世界上有奇迹这件事。即便有，也不会发生在自己身上。

但出电梯的时候多了一个江恕。他抬手抵在电梯壁上，微微将她护在身前，沈拂心里那些丧的情绪好了很多。

他这个人什么都不做，只是站在那里，便像阳光一样，用他的意气风发和锐气感染身边的人。

两人从医院出去，外面又在下雪。司机停车的地方多了一辆车，一个穿得像培训机构工作人员的人打开车门出来，小跑过来迎两人过去。

沈拂搓了搓被冻僵的脸，纳闷儿地看了江恕一眼。难道他的生日礼物是送自己去学英语？

江恕一脸神秘："手套戴好，待会儿你就知道了。"

沈拂一头雾水地跟着江恕上了车。

第一站是美术馆，逛完后西装男带两人来到一个玻璃房画室。沈拂原以为江恕说带她出来玩，就是带她来画画，也觉得挺有意思，但没想到还有第二站、第三站……不知道多少站。

西装男紧接着又带着两人去参观了博物馆、重型机器建造工厂、电影制片厂、国家舞蹈首席团……

沈拂后知后觉发现每一站都不是从前门进的，而是从后门进的，带领他们参观的也全是管理层人员。

沈拂在舞台剧那一站看入了迷，不知不觉就到了傍晚，江恕就近找了个地方带她去吃饭。

雪下了一整天，到了傍晚，西边总算出了些天光。

坐在靠窗的桌子前，沈拂对令她眼花缭乱的一天感到茫然。是比她想象中的好玩一些，但为什么要转二十几个地方？

江恕把大盘海鲜挪到她面前，道："没有哪一站特别激发你的兴趣吗？"

穿得像培训机构的男人看了一下表，道："咱们在舞台剧那一站停留的时间最长。"

江恕挑眉："你觉得舞台剧最有意思？"

沈拂毫不犹豫地点点头："他们都很投入。我经过他们身边时，他们完全就是角色本身，仿佛在过第二人生。"

沈拂甚至记住了好几个演员的名字，其中扮演黑巫女的那位与沈拂对视时，沈拂完全被她穿透一切的眼神定住了，浑身起了鸡皮疙瘩。

江恕在手机上搜了下，道："下周就有沉浸式戏剧，期末考试完了可以去看。"

沈拂："什么类型的？"

"希腊神话。"江恕抬起头来，"你想不想试试？"

沈拂有点害臊，连忙摆手："看看就好了。"

江恕又低下头去，不知道在搜索什么。

沈拂顿了会儿，从一片迷茫中终于抓住了他的意思："所以，你的生日礼物就是帮我找到我的兴趣所在？”

江恕抬了下手示意西装男可以离开了，然后得意道：“对，怎么样？是不是与众不同？”

刚才可是沈拂来江家半年，头一回对某个话题多追问几句。

沈拂：“……”

见沈拂一副卡住了的表情，江恕上一秒还在自信，下一秒倏然就有点怀疑这个点子还不如带她去打游戏。

他前段时间问老爷子，一个人失去了很多东西后要怎么才能活得幸福快乐，老爷子说除了和周围人建立起亲情、爱情、友情，就是找到能支撑她一生的兴趣爱好。

他见沈拂来到江家半年，似乎始终没什么能让她情绪起伏的东西。或许以前有，她有朋友、幸福的家庭，但那一场变故之后，那些都消失了。

江恕恼羞成怒道：“你这是什么表情？就算觉得没意思，也不能表现得这么……”

“没。”沈拂摇摇头，“谢谢你。”

江恕怀疑地看着她，觉得她又在敷衍自己。

沈拂努力按捺自己的情绪，说道：“真的谢谢你，江恕。”

江恕皱眉：“那你为什么一副不开心且想哭的表情？”

沈拂：“……”

江恕为难道：“真不喜欢的话，赶紧吃完，晚上陪你看恐怖片。”

沈拂：“……”

本来是感动的，听到“恐怖片”三个字，她是真的想哭了。

这是沈拂这一年以来收到的最好的礼物。

她忽然感觉一直存在于自己内心的空荡荡的孤单感好多了，仿佛被什么填满了一样，或许是那一点燃烧起来的兴趣，又或许是眼前少年的心意。

余晖从落地窗玻璃照进来，落在餐桌上，雪后的夕阳带着点浅蓝色，江恕的眉眼俊美锐气。

沈拂想，她会记住这一幕很多年。

晚上还是看了恐怖片。

沈拂做了整整一周的噩梦。

第五天，三楼书架的书太多，又在咯吱咯吱响，她半夜没忍住，顶着黑眼圈去敲江恕的房门。

两个人尖叫了大半晚上，惊掉了外面还没南飞的鸟。

第六天，江恕正式搬到了一楼。

他把他的房间让给了沈拂。

眨眼寒假来了，周特助和张阿姨张罗着在别墅外贴上对联，还新买了十来盆冬青作为年宵花，往花园和阳光房露台分别摆了几盆。

江恕非常排斥这种俗气的大红色，但沈拂觉得这样还挺有年味的，还帮着忙上忙下，江恕也就忍了。

老爷子赶回来一天吃了一顿饭，给两个孩子加上周特助等几个工作人员发了大红包，又飞走了。

江恕的父母没回来，两人为了他们的理想在国外搞科研，好几年才回来一次，江恕已经不记得上次见到他们是哪一年了。

不过江恕也不是很在乎。

王轩衡跑过来蹭年夜饭，吃完又要拉着江恕继续打游戏，江恕却拉上沈拂，几个人一块儿去了远处的山夜爬，爬上去后在山顶放了烟花。

烟花璀璨，沈拂偷偷对着两个少年的背影拍了照。

存进手机加密后，她鬼使神差地把王轩衡的那一部分裁掉了，只留下微弱的光线中，那道糊成一片的高挑身影。

雪从年内一直下到正月结束。

这是沈拂记忆中过得最开心的一个年，也是她和江恕关系最融洽的一段时间。

初三过后，张阿姨和周特助都请了假回去陪家人，别墅里暂时只剩下江恕和沈拂两个人。

这个寒假，江恕想着法子带着沈拂出去玩，深夜和他的一群朋友跨越长桥、爬山、野营，还教了她几次打台球。

在射击方面，沈拂无师自通，在街边拿飞镖射气球直接让老板恳求他们别再来了。

一群少年在雪中笑了起来。

沈拂从中获得了一种最单纯、最原始的快乐。心无旁骛，只是竞技。

她表面上虽然看不太出来，但实际上开始喜欢上和江恕一块儿出去玩。不知道是因为江恕精通玩还是怎么样，他每次带她出去居然都有新的花样。如果她笑了的话，江恕会带她去买蛋挞，或是去不同的海鲜馆子“踩雷”。

抛开别的，沈拂对于江恕而言，也是一个很好的玩伴。她就像一个有点小心思的小跟班，戳一下动一下。少女脸上还带着点婴儿肥，包子脸上的表情虽然不多，但偶尔流露出迷茫或是恍然大悟都够江恕乐很久。

她重新开始笑、开始郁闷、开始有其他情绪，唯一的问题就只剩下她还不会和他发脾气。

江恕倒是一直希望她有一天能气急败坏地挠他一顿。

冬天过去，夏天来了。

又经历了一年树叶变黄。

期末考试沈拂考了第三，从学校那里领到了一千元奖学金，虽然不多，但也是很有意义的一件事。

她父母在医院ICU被江家照顾得很好，沈拂打算用自己的这第一笔奖学金来给周特助还有张阿姨买礼物。

她给周特助准备了一个脖枕，让他可以随时随地睡觉；给张阿姨买了一个护手霜套盒，里面有一整年护手霜的分量。

虽然都不是很贵的东西，但也是沈拂的一片心意，周特助和张阿姨收到礼物都很高兴。

奖学金发下来之前，听说沈拂要挑礼物，江恕在王轩衡面前得意了好几天，信誓旦旦地说一定有自己的份，而且自己的那件肯定是最贵、最大的。他表面上不在乎，但早就翘首以盼地等着了。结果沈拂送出礼物的这天，江恕望眼欲穿，然后……

“？？？”江恕竭力平静，“我的呢？”

沈拂抱着碗喝豆浆：“奖学金才一千，买了这两样后就只剩下三四百了，我想三四百块的礼物你也瞧不上……”

江恕：“所以你没买？”

沈拂歉疚地看了他一眼，小声道：“是的。”

江恕脸上的平静绷不住了，顿时奓毛：“沈拂，你怎么这样？！”

沈拂道：“对不起，没想到你会这么在意。”

江恕：“……”

沈拂又说：“不过，如果你实在想要的话，我待会儿拿着剩下的钱去给你买一件。”

还“如果实在想要”？怎么送别人礼物都是主动送的，到了他这里就像是他强求来的啊？江恕差点气得七窍生烟，拍桌子站起来离开：“我不要了！”

沈拂：“怎么不要了？”

江恕怒道：“说不要了就不要了。我告诉你，你求着我收下我也不要！”

他话刚说完，周特助和张阿姨都笑了，沈拂笑着拿出一个盒子：“是给你的。”

江恕这才反应过来，这三人逗他玩呢。沈拂也就算了，难得她有恶作剧的兴致，但这两人居然跟着看他笑话。

江恕瞪周特助和张阿姨一人一眼，板着脸接过沈拂手中的盒子：“送的什么？”

盒子里是一双鞋，足足四百四十五元。

江恕知道平时沈拂非常节省，尽管老爷子给了她和自己相同的零花钱，她也不多花一分，而且她似乎还在记账，打算以后还给江家。

在学校的时候，江恕就没见她去过超市或者小卖部。别的女孩子走在操场上总会拿着杯奶茶，她就从来没有过。

四百四十五元应该是送完周特助和张阿姨后她那笔奖学金剩下所有的钱了，对她来说，绝对不少了。

正因为知道沈拂的性格和情况，这份礼物才显得珍贵。

礼物珍贵，等于，他珍贵。

江恕心花怒放，但又说不出什么软话。他竭力绷着脸上的表情，努力不让自己眉梢和嘴角扬得那么高，冷哼一声，盖上盒子，转身进了房间。

逗江恕不是沈拂的主意，是周特助说要报打工人之仇。

沈拂立刻有点紧张，问：“周叔叔，我们这样，他不会生气了吧？”

周特助：“我倒是觉得他很高兴。”

江恕喜不喜欢这个礼物沈拂不知道，但那一天后，她没见过江恕穿过她送的那双鞋，甚至也没见出现在他的衣帽间里。

沈拂一度有点尴尬，以为是自己送的运动鞋太廉价——江恕虽然收下了，却连试穿一下的兴致都没有。

时间一久，她甚至都忘了自己送的鞋子是什么颜色的了。

只有王轩衡和周特助对那双鞋印象深刻。

期末到寒假的那段时间，江恕的大牌书包里什么也不放，就放那双运动鞋。他用报纸包着，下雨了还要把书包抱怀里，在学校还时不时打开书包看一眼，嘴角得意扬扬地翘起。

王轩衡耳朵都起茧子了，江恕一天找他炫耀八百回，害得他都对“沈拂”两个字起反应了，听到这两个字就恨不得拿耳塞把耳朵塞住。

有天早上周特助叫江恕起来，他一如既往地不耐烦地翻了个身，周特助一掀他的被子，发现他抱着鞋在床上睡觉。

“……”

要是几十万的鞋江恕这么抱着，他们也能理解。哪个有钱人没点与生俱来的怪癖，但这鞋子才几百块，他至于吗？

江恕说不一样。

具体哪里不一样，为什么不一样，他也说不出来。

年少时期的喜怒哀乐和心脏悸动仿佛一束捕捉不到痕迹的跳跃的火苗，在没经历火被狂风吹熄之前，他只知道看向那边会感到由衷的开心，却并不知道原来看向那边时，他的火苗在跳动。

沈拂第二年的生日是在家里过的。周特助和张阿姨都在，还请了王轩衡等一些之前一块儿玩的朋友。虽然都是江恕的朋友，但沈拂也是全都见过的。江恕板着脸给沈拂弹了一首钢琴曲。

沈拂刚来江家时，江恕弹得一塌糊涂，经过一年半的耳濡目染，他穿一身燕尾服勉强能冒充一下钢琴小王子了。

不过他还是弹得不怎么好，大家全都在哄笑。

周特助在旁边帮忙用拍立得拍照。

沈拂走过去。

周特助转过身来，发现少了一张江恕坐在钢琴前眉眼冷冽的照片。

过了这个生日，江恕的朋友几乎全知道江恕有一位每周只给他一百块零花钱的小青梅了，听江恕抱怨一周只有一百块，纷纷同情他被老爷子管得严，老爷子居然还专门让个小姑娘来管他。

只有王轩衡回家后立马让家里也找个沈拂那样的住进家里，然后被他哥揍了一顿。

就在张阿姨默默感到欣慰，感叹江恕总算不欺负沈拂了的时候……

十二月二十三日，江恕和沈拂忽然开始冷战。

起因是江恕捡起沈拂的书包时，发现她草稿本的十几张空白页上居然满满当当的，不知道画了谁。

有打篮球的、台风天进教学楼的，还有趴在桌子上睡觉的，脸长得特别奇形怪状，不过从身高勉强能辨认得出来是个男生。

江恕将散落的纸从地上捡起来，不敢置信地狂翻，在沈拂抢过去之前全部扫了一遍，确认真的是个男生后，他脑子里理智的弦如遭飓风过境，啪地一下就断了。

她画别人？她前脚给他送篮球鞋，后脚就画别人？！

而且居然有十几张，这是一场考试能画得完的吗？这得画了多久？

她暗恋上了一个人？

而这个人他还不知道？

从什么时候开始的？为什么他和她住在一个屋檐下却一点感觉都没有？难道是她班上的人？

江恕顿时失了控，揪住沈拂的书包和羽绒服不让她走："你这画的哪个歪瓜裂枣？"

沈拂："……"

江恕觉得受到了欺骗，怒道："沈拂，你答应过我毕业之前不恋爱，你忘了？！"

怎么千防万防还防不住？！

司机正在后面的草坪上洗车，周特助和张阿姨听见院子里的动静，全都从露台那边探出头来。沈拂对上周特助边喝茶边看乐子的眼神，尴尬得要死，做贼心虚，脸上一阵阵发烫："江恕，你放开我！"

"不放！"江恕道，"你说清楚，这小子是谁？"

沈拂也有点生气，抵死不从："我也不知道是谁，就是随手画着玩。"

江恕道："随手画着玩还十几张丑得如出一辙？分明就是同一个人！"

沈拂："……"

江恕越说越心塞，简直一口气堵在心口上，梗得要死。他借着身高优势又抢走沈拂怀里的画，翻得哗啦啦响，他的羽绒服拉链也跟着愤怒地哗哗响："这么多你画了几个月？该不会是——"

沈拂的心跳霎时间漏了一拍，一把抢回自己的本子："你别碰。"

还不让他碰？碰碰都不行了？这是有多看重？江恕不敢置信，愤然道："到底是谁啊？！"

"反正……和你没关系。"沈拂虎口逃生，乘人不备，赶紧跑了。

她飞奔上二楼就关上房门。

在院子里江恕还能听到一道给房门上锁的声音。

江恕站在原地，一时间气得眼睛都红了。

沈拂打开抽屉，将草稿本扔在里面，关上抽屉，上锁，心脏跳得飞快。

她蹲在地上，额头上都是冷汗。她无比后悔自己一时不慎将这玩意儿放进书包带了回来，更加后悔自己无聊涂鸦。

现在要怎么解释呢？连她自己都不知道为什么会画他。

她现在就像是迷迷糊糊偷了东西的小偷，一个不小心被抓住了，惊恐万分，一张嘴，一个字都解释不出来。

周特助端着茶下去，笑道："江恕，赶紧进来吧，洗个手要吃饭了。"

少年走到玄关，把书包砸在地上，瞪了他一眼，愤然道："你居然还笑？！"

周特助："也没有让我哭的事情啊。"

江恕指着二楼，怒道："她谈恋爱！你不管管？"

周特助道："顶多能证明小姑娘有欣赏的人了，也没证据能证明她和谁恋爱了啊。"

他看沈拂乖得要命，平时放了学就是去医院探望她爸妈，根本没有和别的男孩子有过密往来。

"这还不管吗？"江恕怒道，"整整十几页，画的全是那一个人！我看她已经鬼迷心窍了！再这样发展下去还得了？"

周特助："……"就算发展下去又怎么样了？怎么就不得了？那所学校里绝大部分男生都是百里挑一的，何况能被沈拂看上的，绝对不差，他怎么就如此暴躁？

周特助和张阿姨都觉得这事挺可爱的。这一年半以来，沈拂已经长开了很多，逐渐退去婴儿肥，成为亭亭玉立的少女。

在他们过来人眼里，十几岁的年纪，就算有暗恋的人，也是一桩美好的事，往后的岁月里回想起来，还能会心一笑。

整栋别墅只有江恕在愤怒。

他愤怒到晚饭都吃不下，回房间把头一蒙，不和任何人说话。

沈拂平复了心情，下楼吃饭。

江恕听见了外面的动静，轻手轻脚地跳下床，凑到门后去听。

周特助对沈拂道："江恕生气了，我看只有你能哄好，你去叫他来吃饭吧。"

这说的什么话？什么叫只有她能哄好？

目的性太强了吧？

江恕觉得有点丢脸，但不动声色地继续听下去，心里想着，要是沈拂过来敲门，他就给她一个面子。

沈拂犹豫了下道："你去吧，我不敢。"

怎么就不敢了？暗恋不知道哪个臭小子不是挺敢的吗？

周特助点了点头："那就让他饿着吧。"

晚上饿得受不了了自然会出来找东西吃。

江恕："……"他怎么觉得全家都被沈拂收买了？！

江恕气不打一处来，简直想出去把桌子掀了，逼问沈拂那小子到底是谁，但沈拂是吃软不吃硬的性格，想想就知道，越是质问，她越是躲着他。

江恕一晚上都没出去，无声地表达自己的愤怒。

翌日，他郁闷地去了学校，视线一直往对面教学楼瞟。老师说了什么，王轩衡在他后面叨叨了什么，完全都没进他的耳中。

他盯着那边，试图找出什么蛛丝马迹。

然而十五班座位两周一换，她早就不坐在靠走廊的位子了。隔着这么远的距离，江恕能看见的是乌泱乌泱的人头，根本看不见沈拂在哪儿。

但沈拂既然画了趴在桌上的画，说明那小子极有可能是她班上的人。

整个少年时期，江恕头一次如此魂不守舍。

一下了课，他就起身往十五班那边冲。

王轩衡虽然不知道发生了什么，但一看他这架势就知道和沈拂有关，头疼地问："沈拂又对你做什么了？"

江恕心想，沈拂性格冷，让她喜欢上谁比登天还难，她这次暗恋上那个人，八成也不是她主动的，肯定是那小子不知廉耻地招惹她。

他倒是要去看看哪个家伙这么大胆子！

王轩衡："……"

江恕个子高，气势汹汹，看来这次不是小事，王轩衡赶紧过去拦住："又不是沈拂和别人谈恋爱了，你怎么这么激动？"

江恕脸色铁青："再不拦着她真要和别人谈恋爱了！"

王轩衡勉强弄清楚了来龙去脉，道："那也先弄清楚那家伙到底是谁。弄清楚了你打算怎么样？"

江恕语气狰狞："棒打鸳鸯。"

"……"王轩衡摸了摸胳膊上的鸡皮疙瘩，又道，"那得瞒着沈拂私下干，不然……你想啊，沈拂肯定护着对方，搞不好还会因为这件事离家出走，和你断绝关系。"

"会吗？"江恕怒道，"我认识沈拂多久，那小子认识她多久？她怎么可能重色轻友？！"

王轩衡道："如果真是他们班的人，那你认识沈拂多久，那小子就认识了沈拂多久。平时沈拂在学校的时间是不是比在你家的时间还长？”

江恕脸色一阵青一阵白，焦虑得像被放在开水里面煮。

在他还没弄清楚自己的心情到底是怎么一回事之前，他的独占欲就已经先于他的理智操纵了他的大脑和情感，让他想要驱赶沈拂周围的所有人。

光是想到沈拂可能喜欢上谁，未来有可能因为谁而离开他身边，他就无比愤怒、烦闷……甚至痛苦、委屈。

江恕是学校的焦点，无论出现在哪里，都有许多人讨论。

而这两天，十五班的女生明显发现，他和几个七班的人频繁出现在他们班外面。

十五班和七班隔了一栋楼，中间连接两栋楼的桥也有五十米的长度，平时两栋楼的学生不是有事的话，是不会特地绕到对面的楼去的。

何况最近也没什么事。学校没有举办元旦晚会的传统，再过两周就要放寒假了。

江恕眉眼俊美逼人，一骑绝尘，他的几个朋友也并不差，很难不让人激动。

“不会是喜欢上我们班的谁了吧？”

“你自己想想这可能吗？完全没看到过他和哪个女生走得比较近。”

“如果是江恕的话，更可能是班上的谁得罪他了。”

十五班的人顿时由激动八卦变成了提心吊胆。

“你别吓我，是不是哪个男生？他不会报复我们全班吧？”

堵在后门处的俊美高挑的少年一瞬间仿佛提上了死神的镰刀。

虽然什么都还没发生，但由于他身上恶狠狠的气场实在过于强大，十五班的人已经先行脑补了一段“全班被他整得退学”的发展。一时间人人自危，甚至没人敢从后门那边出去了。

沈拂这周的座位刚好调到靠墙的位置。

下了课，她扭头往外看了一眼，掏出手机给江恕发短信：“你们班的人怎么又来了？”

他们班上的人都不敢去后门那边的厕所了，胆子大点的人还敢冲过去，胆子小的人全都憋着。

江恕回："不是来找你的。"

的确不是来找她的嘛，他就想看看她平时和哪个家伙走得近。

沈拂盯着这句话看了很久，抬起头来时，朝教室里的女生们扫了眼，不知道为什么心里有一种不太舒服的感觉。

"随你。"沈拂发，"我要去上厕所，你们能不能让一让？"

江恕回："你过来，刚好我有话要对你说。"

当初他让沈拂在学校装作不认识他，完全就是大错特错的一步棋，沈拂要是一开始就表现出和他关系匪浅，怎么可能还有胆肥的家伙敢背着他招惹沈拂？

沈拂收起手机，起身离开座位。

去年她一直都是一个人坐的，今年又来了个转班生，十五班的人数总算是双数的了。班长被分到和她做同桌。

有同桌，就有人互相批改试卷了，沈拂觉得没什么不好的，她和新同桌也相处得非常愉快。

班长摘掉了眼镜，正趴在桌子上睡觉，听见身侧的动静，抬头看了沈拂一眼。

沈拂小声道："麻烦让一让，我要出去。"

他点了点头，移了一下位置，给沈拂留出一条进出的通道。

江恕抱着手臂立在外边，怀疑地打量着这边，眉眼充满锐气和戾意，心情由衷地不爽。那小子趴在桌上……怎么那么眼熟？那些涂鸦的原型该不会是这傻子吧？

但看沈拂和他说话时面无表情，似乎对他和对其他普通同学没太大区别。

江恕决定再观察观察。

沈拂从后门走出去。

十五班不敢出去上厕所的人的视线一时都落在了她身上。

"我去。"

"好勇。"

江恕盯着她，正要开口说什么，就见沈拂从他身边面无表情地走了过去，视线都没朝他身上偏一下。

江恕指着她怒道："她过去了？她就这么走过去了？她不对我解释一下？"

王轩衡转身撑着栏杆，头疼地揉了揉眉心，吐槽道："不是你让她在学校别表现出认识你的吗？"

何况，要解释什么呢？

少年的心犹如一团乱麻，他自己都没弄明白。他的愤然、他的嫉妒，全都名不正，言不顺。

在江恕的理智给出指导之前，他的情感先行迫使他做出了一个举动。

他大步流星地朝沈拂走过去，三步并作一步追上沈拂，当着十五班众人的面一把揽住沈拂的肩膀，把她脑袋按在怀里，把她发顶揉乱。

"晚上老爷子要回来，你放学后哪儿也别去，乖，直接回家，顺便帮我把我房间里游戏机插头拔一下，不然烧坏了。我就是来说一下的，说完就走了。"

沈拂："……"

十五班众人："……"

什、什么意思？这信息量好大啊！！

两个人认识？而且竟然还住在一起？！

王轩衡："……"

没眼看了，太刻意了吧你，还"乖"，好做作啊！

十五班炸开了锅。

此后很长一段时间，班上的八卦话题全都围绕着他们两个人。

当然没有老爷子要回来这件事，什么游戏机没关也不存在，江恕完全是嫉妒得口不择言。

江恕宣示完主权，这事稍勉强解决了一半，另一半是他仍然不知道沈拂到底画的是谁。

沈拂仿佛铁了心把这当成她一个人的秘密，打算淹死在时光里。无论江恕怎么追问，她都不肯开口，甚至有一次还红了脸。

她越是表现得窘迫，江恕越是气得发狂。

虽然至今仍未揪住那小子，但江恕已经好几晚做梦梦见自己把那小子揍得鼻青脸肿。他心想，最好不要让他知道那人是谁，否则绝不会让对方好过。

几天后，江恕多少也冷静下来了，理智终于缓缓回归，夺回了被占有欲盘踞的大脑。

他决定不再追究这件事。

人年少时期多少都有点叛逆。就像他，老爷子越不让他出去，他越想尽办法偷溜出去。

如果沈拂本来对那小子只是有十分好感，被他这么惊天动地地一闹腾，变成一百分好感，铭记一生，那就完蛋了。

虽然决定就这么揭过，但江恕心中依然有点难受。

这种难受是某种怅惘，如同隔靴搔痒，因为找不到原因，所以无法根治。

又到了一年的深冬，窗外下起了大雪，到处白雪皑皑。每年都会下雪，但每年同一个位置落下的不是同一片雪。

时间在不断往前，大家也飞快地长大。

在学校，江恕想尽办法出现在沈拂出现的地方，但在家里，他和沈拂的冷战还没解除。

当然，冷战一开始是由他单方面发起的。沈拂蹲在玄关处换鞋，他拎着书包冷着脸从她旁边经过；沈拂弹钢琴，他在楼下把电视机开得震天响。

看起来是冷战，实际上是他在找存在感。

这样两天后，沈拂开始在餐桌上对他的眼神置之不理，下楼倒水喝见到他在客厅，直接转身退回去。

沈拂的冷战才是真正的冷战。

江恕："……"

他就不明白了，为什么节节败退的总是他。

战火已经蔓延到了别墅外面。

寒假第一天，王轩衡组了个局，叫两人来自己家玩。两人都同他说话，但互相绝不多说一个字、绝对不对视一眼。

江恕对王轩衡："你和沈拂说一下，辅助用东皇，先去对面拿个红。"

沈拂对王轩衡："你和江恕说一下，他腿伸得太长了，踢到我了。"

江恕对王轩衡冷冷的：“你和沈拂说一下，人长得帅又高腿又长，实在没办法，多担待。”

沈拂起身：“王轩衡，你和江恕说一下，他先帅他的，我先回去了。”

江恕：“……”

王轩衡：“……”

他把这两人叫来完全是一个错误，好不容易放了寒假，他为什么不能去发展一下自己别的兴趣爱好？实在不行，他随便联网个网友，不比在这两人的压迫气场中夹缝生存愉快？

沈拂离开后，江恕冷静的面容终于绷不住了，他扔了手机，仰面朝地毯上一躺，抓了抓漆黑的短发，烦躁得不行。

王轩衡哀号：“这都多少天了，你们还没和好？”

再不和好他也要睡不好觉了。

江恕怒道：“是她先画别人的，还不准我生气了？”

王轩衡换游戏的手停下，抖了一下：“我以为这事都过去了，你还耿耿于怀呢。你有什么好气这么久的？你这生气的时间都够猴子进化成人了。”

江恕坐起来：“你是说我小心眼？”

“不敢。”王轩衡忙变狗腿子，“但是你闹了那一出，就算有人想追她，恐怕也不敢了呀，你还气个什么呢？”

江恕恼怒道：“不是你家的你当然站着说话不腰疼，她是在学校画别人，万一影响学习怎么办？！”

这不值得生气吗？他作为“家长”都气坏了好不好？！

王轩衡嘀咕道：“那你告诉老爷子或者她老师，说她不专心，不就得了吗？至于千方百计地找出那小子是谁吗？”

江恕：“……”

王轩衡又道：“我感觉，你是不是……”

江恕霍地站起来，抓起外套就要往外走，骂道：“我不是，我没有，你别乱说。”

然而王轩衡还是忍不住把盘踞在心头一年多的疑问问了出来：“你喜欢人家？”

室内安静了一瞬。

江恕火气尽消，半转过身来，手还停留在门把手上，茫然地看着王轩衡。

窗外在下雪，下得漫天无际，浅淡的光线落在他那张俊美的脸上。

他的视线在好友脸上只停留了一瞬就抬眼去看外面的雪，看了好半晌，还没从仿佛被雷劈了的状态缓过来。

王轩衡："你傻了？"

江恕仍是愣愣的。

"喜欢"二字犹如漫长征途中的最后一把火炬，一下子燃烧掉他心里朦胧、模糊、纠缠不清的掩饰，剩下正中间的那个火种。

那个火种正清晰、有力、坚定地跳跃。

就在那一瞬，江恕垂在身侧的手指猛然动了动，触碰沈拂发顶时的温热感仿佛就在上一秒。当时将沈拂揽进怀里揉她脑袋，虽然是因为妒忌而一时兴起，但他心脏的确是狂跳不已的。

每个人心里都有最原始的欲望。

他的欲望表面上看起来是希望沈拂开心、快乐。

但实际上，在最阴暗深处的欲望只有他自己清楚——不想分离，不想她看着别人，不想她对除自己外的人产生好感。

所以，暗恋她的人，是他？

他抬手，捻了捻手指，喃喃道："原来是这样？"

王轩衡："……"

他以为江恕都喜欢沈拂一年半了，不然为什么当初他偷看沈拂，江恕就踹他？

敢情这家伙现在才后知后觉地意识到？

那他到底为什么挨了踹啊？

江恕感觉心里有什么正在生长。

令他快乐，可又让他怅惘和失落。

快乐的是他喜欢的人就在他身边，触手可及。

失落的是那些画。

沈拂喜欢的，好像不是他。

正在他望着窗外的雪发愣时，他外套口袋里的手机忽然响了起来。江恕看了一眼，抹了把脸，清醒了点，转身出去接电话。

王轩衡道：“怎么了？”

江恕头也不回，比了个手势。

王轩衡知道这意思是老爷子打来的，顿时不敢说话了。

要不说他佩服江恕呢，面对老爷子那么叱咤风云的人，江恕还能上蹿下跳，反抗权威，换了他，恨不得立刻跪下。

老爷子揍人那是真的揍。王轩衡有一次目睹了他对江恕的家教，从此去江恕家之前，都要先问一句老爷子在不在。

门外传来两声争执。

王轩衡迅速关了游戏，大气都不敢喘。

过了会儿江恕进来了，扔了手机，脸色看起来很沉郁。

王轩衡猜到了几分：“出国那事？”

江恕提过一次，说在江老爷子的计划里，去年是唯一他可以放纵的一年。到了今年，他就得转去国外，待在江老爷子眼皮子底下，一边上学一边着手了解家业。

王轩衡上面还有哥哥，压力没那么大。

但江家只有江恕这么一个独孙。

沈拂和王轩衡还可以随心选择自己的未来，但江恕能自由的时间也就年少时这么几年了。

“老爷子什么时候接你走？给你饯行。”王轩衡攥着游戏手柄，已经开始惆怅了。虽然江恕这人乖戾得要死，但也是他最好的朋友，他还怪舍不得的。

“走什么走？”江恕道，“我不打算去。”

以前提起这事，江恕虽然有点心烦，但并不是很在意。毕竟他们从小就几个国家来回飞，他父母也待在国外，这点距离只是一趟飞机的距离罢了，他烦的主要是需要接手江家的事业。

他这次明确地下定决心拒绝。

“不听老爷子的话，他不得飞回来教训你？”王轩衡摸了摸手臂，害怕得提前起了鸡皮疙瘩。

江恕不以为意："我家就我一个，总不至于打死我。"

下定决心后，少年托腮看向窗外，漆黑双眸炯炯有神，倒映着雪光，神采奕奕。

他有了很想要很想要的东西。

他也有了很想陪伴、很想保护的人。

但他得好好想想，怎么避免让老爷子知道他不想出国是因为沈拂。

如果老爷子知道了……可能会节外生枝。

意识到那原来是喜欢后，江恕的心情倒是好了点。

他心情一好，外面铺天盖地的鹅毛大雪也顺眼了许多，觉得的确是一幅美景。

不管怎样，现在总比之前那种烦闷不爽、患得患失、自己都搞不清自己在干什么的糨糊状态好多了。

他喜欢沈拂，那接下来让沈拂喜欢上他，不就行了吗？这还不简单？

他这么帅，不信略施小计还不能让沈拂对他产生好感。

在江恕的记忆里，那年寒假里下了一整月的雪。他勇敢追爱，表现完美，但在沈拂和周特助的回忆里，那段时间的江恕相当可怕，几个人做了好几晚噩梦。

那天江恕从王轩衡家里回来，就像变了个人一样，走到玄关处，把伞收起来，温和地放进角落的伞桶里——要知道他之前都是暴躁地随手一扔的。

他抖掉外套上的雪，换完鞋，进来后，和每个人打招呼。

不得不说，江恕不带怒气拧眉时，光看他那张俊美的脸，就像是随时可以上台发言的成绩优异的学生会代表。

那段时间很流行什么"惊艳岁月，温柔时光"的非主流言论，他性格突然好起来的时候，比那些令人牙酸的形容更胜一筹。

他从书包里掏出一本画册，上楼敲沈拂的门。

沈拂打开门后，他对沈拂微微一笑，不同于之前动不动的冷笑，也不同得意扬扬时眉飞色舞的笑，而是压着漆黑的眉梢、和煦温柔的笑。

少年声音非常低沉且有磁性："沈拂，送给你的，我亲手挑的，希望你睡前看一看，能睡得更好点。"

沈拂："……"

沈拂看着他，后退两步，惊悚地关上了门。

被夺舍了？还是这个人根本不是江恕？

江恕："……"

怎么回事啊？怎么一副见了鬼的样子？他温柔一点她还受不了了。她们女孩子不就是喜欢这种温柔类型的吗？

江恕差点绷不住脸上恼羞成怒的表情，但万里长征刚刚迈出一步呢。他强忍着，继续温和地敲门："沈拂，怎么了？是不是哪里不舒服？"

沈拂："你是江恕？"

江恕："对啊。"

沈拂："你别过来啊！"

江恕："……"

下了楼，周特助和张阿姨也是一脸震惊。江恕颔首含笑，一只手扶着楼梯栏杆，礼貌优雅地打招呼："请问晚饭做好了吗？"

周特助转过脸看向张阿姨："回来的是江恕？"

张阿姨暂停拖地机："好、好像是。"

周特助："那他怎么会用'请'字？"

江恕："……"

江恕猛拍栏杆，怒道："我人还在这里呢！姓周的，你就当着我的面嘲讽我？"

周特助看着江恕，松了口气："现在好像正常了。"

张阿姨："是的。"

江恕："……"

沈拂抱着书从楼上走下来，少年转过脸去看她，雪一般的俊美面庞上，对她露出笑容。

沈拂感到一阵惊悚，忙不迭跑了回去。

手里的书掉了一地她都顾不上捡。

江恕走过去替她捡起来，过去送给她，她冲回房间把门关了起来。

江恕：“……”

《英俊少男追爱手册》出的什么主意？这有个鬼用。

江恕坚持了几天就彻底放弃了。倒不是他决心不够，维持不住人设，而是他这样温柔了两天后，沈拂见到他就跑，一副见到英俊男鬼后魂飞魄散的表情。

江恕只好猜沈拂并不喜欢这个类型的，否则为什么对他这样半点兴趣都没有。

江恕又试了两招，包括但不限于晚上拿小石头砸沈拂的玻璃窗。

或是趁着打雷时捂住沈拂的耳朵。

全都是一些电影的经典场景。每次出现这样的情节，男女主角的感情就会进展一大步。

然而试完后，沈拂对他绕道走的态度更加明显了。

江恕很伤心。

他觉得不是因为这些招数没用，而是因为沈拂根本不喜欢自己，所以无论他干什么，沈拂都不能对他产生心动的感觉。

显然不是他的问题。他这么帅，不可能有问题。

是沈拂一开始就对他有偏见。

如果时间倒流，江恕想回到一年半以前接沈拂的那天，告诉那天的自己——你要接的是你注定喜欢上的人，千万不要在她面前掏出纸巾，擦的却是你自己的鞋。

这个年就这么打打闹闹、鸡飞狗跳地过去了。

到了正月初三，周特助和张阿姨照例请假回去和家人团聚。家里的两个司机轮流换班。别墅里一下子少了几个人，冷清不少，外面雪已经停了。

沈拂待在房间里写寒假作业，江恕被王轩衡叫去打游戏。

“怎么会没有用？”王轩衡也是不敢置信，“这不科学啊。我看电影里面打雷时女主角害怕，男主角千里迢迢地赶过去捂住她耳朵，女主角感动得一塌糊涂，最后两人还亲了呢。”

江恕拿着游戏手柄，噼里啪啦地杀怪，郁闷道：“我怎么知道？每个步骤都没少，但沈拂不仅没亲我，还把被子蒙在我头上，往我背上一通捶，把我赶出房间。”

王轩衡分析道：“是不是少了一个‘千里迢迢’的条件？”

江恕觉得有点道理，拧眉道：“但是我和她就楼上楼下的距离，我想千里迢迢也‘千’不起来。”

王轩衡道：“下次打雷天你先试试住在我家，然后在风里雨里赶回去？”

“你有病？”江恕虽然对谈恋爱一窍不通，就连追人的方式都是这段时间买书、看爱情电影恶补的，但也知道王轩衡这法子极度不靠谱。本来沈拂就总以为他脑子有病，要是他真这么干了，可能到八十八岁沈拂还要嘲笑他。

江恕怒道：“我怎么摊上你这么不靠谱的朋友啊？”

王轩衡也抓狂：“我也没有追人的经验啊，我之前都是被追的好不好？”

江恕嗤笑起来：“谁追过你？这么多年了收到的情书还没沈拂转学来一年收到的多。”

王轩衡：“……”

雪上午就停了，从下午开始，天一直黑压压的。新闻里有台风预报，但台风一直没来，看傍晚的天色倒是像要下暴雨一样。

江恕看了一眼天色，扔了游戏手柄，拎起外套站起来，打算早点回去：“天黑了怕沈拂一个人害怕。”

王轩衡跟着站起来送朋友：“你不是让你家司机开车子回去了吗？我让我哥开车送你吧。”

这段时间只有一个司机，江恕怕自己出来后沈拂要去哪里，于是让老王回去了。

“我忽然想到了一个办法。”王轩衡灵光一闪，支着道，“我给沈拂打电话，就说你在我家被狗咬了，看她着不着急。”

“什么狗屁办法？好做作。”江恕嫌弃道，“而且你家养的那两条狗她又不是没见过，见到我俩比见到你还亲，怎么可能咬我？咬你还差不多。”

王轩衡心想，这能有你当着人家全班人的面揉人家脑袋做作？

王轩衡耸肩：“你不想试探就算了。”

江恕又有点犹豫。

沈拂来他家快两年了，还没紧张过他呢。

喜欢一个人，就希望在她心里是特别的、有存在感的。

少年有点忸怩，又有点期盼，别扭地重新坐下来，咳了一声道："那就试试。"

打小都是江恕罩着他，江家接济王家，王轩衡还是头一回帮江恕出谋划策，见江恕一脸紧张，他也不由得油然而生一种当月老的使命感。

他接过江恕的手机，给沈拂打了过去。

电话还没接通，江恕的耳根已经红了，他宛如站在悬崖边，紧张又心跳飞快，他过去抢王轩衡的手机："要不还是别了——"他怕万一沈拂听到他被狗咬了的消息却非常淡定，甚至还拍手叫好，那他可能得气上半年。

王轩衡："嘘——"

两人争抢一番，结果电话根本没打通，对面传来一阵"嘟嘟嘟"的声音。

王轩衡差点笑出声来，道："沈拂是不是把你的号码设置了'阻止来电'啊？"

江恕一把抢过自己手机，愤怒道："怎么可能？"

江恕迅速给老王打过去电话，问："沈拂呢，不在家吗？"

老王道："下午她接到了一通电话，让我送她到一个小区去，北山街七十八号。好像是她二姨一家搬到锦城来了，打电话说想和她一块儿吃个年饭，我这儿正在楼下等着她呢。怎么了，需要上去叫她吗？"

江恕拧眉："几点出去的？怎么不告诉我？"

老王道："沈拂说去吃个晚饭就回去了，让我别和你说。她二姨人还挺好的，下楼接我们，还问我要不要上去一块儿吃饭，应该没什么事情，你别担心。"

江恕对沈拂的二姨有印象。

几个月前沈拂外公忌日时，她的一群亲戚闹事，他拦着沈拂不让她回去拜祭，但她二姨并不在那群亲戚当中。而且根据很早之前的调查资料，沈拂家里出事后，她二姨把她接到家里住过一阵。

沈拂去吃个饭就回，应该不会受欺负。

但江恕眉心还是一跳一跳的。她二姨该不会是想把她接回去吧？

江恕顿时坐不住了，看了一眼外面说下就下的暴雨，拎起外套出门，对王轩衡道："让你哥送我去趟北山街那边。"

二姨家并不富裕，不及以前沈拂家的十分之一，为了表弟读一所好学校才转到锦城来。

房子也是租的。不过二姨为人勤恳，将两室一厅收拾得干净整洁。

沈拂视线扫过泛黄的台灯、房门上的身高刻度线，以及墙壁上挂着的风景画，感到了一种久违的小家庭的温馨感。

吃着饭，二姨给她倒来一杯水："要是在那边住得不习惯，就来我这边住，我给你腾出一间房。"

沈拂心中一阵感激，开口："二姨……"

还没等她说话，坐在对面埋头吃饭的表弟抗拒道："我家哪儿还有地方？姐姐来了我肉都没吃上几筷子。别的亲戚来都带牛奶，姐姐什么都没带。"

二姨一巴掌打在她儿子后脑勺上，怒道："说什么呢？"

沈拂尴尬地住了嘴，赶紧道歉："我这次来得比较仓促。二姨，您给我打个电话我就来了，所以考虑不周到，待会儿我出去买些东西来吧。"

"不用不用，真不用。"二姨赶紧道，"叫你来就是叙旧的。过年叫你来吃年饭，怎么还让你一个小辈带礼物呢？大过年的又没地方买……"

沈拂给底下的王司机发消息，让他提了好几箱牛奶和礼品过来。

过年的确没地方买，但车子后备厢经常有一些周特助随手放在里面的东西，挑一挑还是能拎一些礼物上来的。

送沈拂出去的时候，二姨面露愧疚，但表弟显然很高兴，抱着小机器人去房间了。二姨的老公对沈拂的态度也比她刚进门时好多了，跟着送沈拂进电梯。

电梯门关上，沈拂独自望着下降的数字发呆。

她已经两年没拥有一个真正意义上的家了，所以在接到二姨的电话时一阵激动。

以前爸妈还健康时过年带她走亲戚，所有的亲戚对她全是夸赞和善意。哪想得到这样的他们之后会为了借她家的赔偿金而撕破脸皮。

二姨是在变故发生后，唯一接济了她的亲戚。

沈拂走进二姨家，看见几年前自己老妈送去她家的婴儿摇篮，还看到了另外几件熟悉的东西，心中淌出一些温暖，感到了一种虚幻的幸福。

但沈拂很快就被表弟的话拉回了现实……别人的家，到底不是她的家。

沈拂在电梯里就已经收拾好了脸上的所有情绪。

老王拿着把伞，在楼道里等她，说："没事吧？"

沈拂吁了口气，道："麻烦您了。"

楼道光线无比昏暗，一道狂风吹来，吹得沈拂差点走不动。沈拂只觉得气温又比中午出来时低了好几摄氏度，穿羽绒服都感觉手腕冻到了骨髓里，下意识地抱起手臂。

等到了单元楼下，才发现外面不知道什么时候下起了暴雨。

深冬的暴雨伴随着狂风，天仿佛破了个洞，水直接往下泼，外面的树被刮得东倒西歪，看着非常恐怖。

老王说："新闻说台风来了，忽然就下雨了，我只带了把伞，这可怎么办？这小区没地下车库，我车子停在那边，离这里有一段距离，咱们走过去身上肯定湿了。"

老王倒无所谓，就怕沈拂一个小姑娘淋得满身水，开车回去也有一段路，等回了别墅肯定感冒。

"你要不要上楼问问你亲戚有没有雨衣？有件雨衣要好点。"

沈拂有点犹豫，实在不想再上去。

她道："咱们挤一挤，赶紧跑过去，回去你也赶紧洗个澡，不能感冒了。"

老王撑开伞，正要和沈拂往外走，那边一个高挑的身影走了过来。

乍一看还看不清，只觉得身形和江恕有点像。

等人在黄色的路灯下大步走过来，才看清楚那眉眼不是江恕还是谁。

江恕穿着雨衣，打着一把黑伞。伞被狂风折断了，他越走越快，艰难地跑过来。

进了楼道，他摘掉头顶的雨衣帽子，甩了甩漆黑短发上的水。

老王吃了一惊："你怎么来了？"

江恕递过来两件雨衣，没好气地对沈拂道："从王轩衡家里拿的，赶紧穿上。”

沈拂接过雨衣，半天找不到正面。江恕伸过手来，三下两下给她解开，套在她身上。

他把雨衣往沈拂身上套，冰凉的手指不经意滑过沈拂的脸，水珠落在沈拂的脸上。

沈拂一个哆嗦。

江恕也感觉自己手有点凉，赶紧收回了手：“你自己来吧。”

沈拂将雨衣套上。

三人都穿上了雨衣，老王撑着伞先小跑过去开车。

江恕和沈拂撑一把伞。黑夜漫天的瓢泼大雨中，他把伞无限朝沈拂那边倾斜。

他们终于坐上了车。车子车灯打开，驶向江家的方向。

江恕来的路上一直提心吊胆，怕沈拂见到他开口说的第一句话就是要搬走，但现在见沈拂的表情，她应该暂时没这个打算。

他松了口气，给沈拂扔了条毛巾，道：“擦擦身上的水，回家了。”

“嗯。”

江恕擦着头发，没注意到沈拂低低地应了一声。

晚上沈拂回去后及时冲了热水澡，但还是有点发烧。

这两年的梦里，她不是出现在快要坍塌的废墟中，下一秒就失重坠落，就是出现在一望无际的黑夜国道上，下一秒一辆货车迎面冲来，她天旋地转，无力抓住也无法挽救任何事物。

但这一晚，她终于抓住了点什么，她不知道是她自己抓住的，还是正在被托举着。

她感觉自己终于站到了平地上，在昏暗的暴风雨里见到了亮光。

于是梦里那种惶恐无助的痛楚终于缓缓地如退潮般退去，变成了抓住她的手臂，带着她向前的安全感。

天亮了，梦醒了。

所有不真实的惶然都消失，只剩下某个人的模糊语气。

沈拂眼角全是水渍，不知道是汗水还是什么。

房门外有人敲门。她缓缓爬起来，过去开门。

江恕站在外面，托着餐盘，上面有牛奶等简单的早餐。

“快起来，不然等下要低血糖。”面前的少年的语气与她梦里的如出一辙。

番外二

素未谋面

二〇×九年沈拂用赚到手的片酬买了两套房。

用来住的那套是她亲自选的，复式，朝南，采光很好。五月的时候装修彻底结束，她总算可以从公司公寓搬出来。

搬家那天，她请梁晓春吃了顿火锅，感谢梁姐多年来对自己的照顾。

离开江家已经两年了，沈拂终于攒到了足够的钱，一次性打进了周特助曾经给她的那张卡上。

那张卡在她离开江家时，已经通过周特助还给了江老爷子。

尽管从来没人要求她偿还，但她从进江家起就开始记账，如果不还这笔钱，心里总会有道坎。

沈拂继续剧组、医院、家里三点一线。时间过得很快，要操心的也很多，需要和护工沟通、算钱、背剧本、上综艺、根据系统提供的信息做任务计划，她忙得不可开交，根本没时间想别的。

沈拂演的一部剧里有位主人公说过这么一句话——曾经的一切太美好了，回想起来的时候，只觉得一切仿佛都只是夏夜里的一场梦。

对于沈拂而言亦是如此。

在江家的那三年，仿佛朦胧月色下的一场酣眠，虽然全都真实存在过，也有旧的书包和照片作为凭证，但沈拂偶尔还是会觉得它非常遥远。

不知为什么，那段时光过得飞快，现在每一天却非常难熬。

年底时，周特助给她打过电话，寒暄了一些近况，问她要不要回去一块儿过年。

但绑定了系统，就意味着沈拂无法回到过去。她有她的事要完成，有她的路要走。

回去的话，她不知道要怎么解释现在自己正在做的一切。

系统也不经常出现，大部分时候沈拂都没人可交流。她本来话就少，现在逐渐变得更少，只有在医院时才会对病床上的父母说几句。

二〇 × 九年底，一部时装剧拍完，沈拂终于得到一个月左右的假期。梁晓春和助理回老家过年了，沈拂一个人待在屋子里，几乎一个月没出门。

这边到了深冬，每天都是连绵不断的阴雨，很少像锦城那样下雪，沈拂懒得打伞出去买菜，靠着冰箱里存储的东西过了冬。

她在家里待的时间不多，没办法养小动物，便在阳台养了几盆盆栽，但深冬来了，盆栽也死了，就连仙人掌都半死不活。

沈拂只好又花了一下午的时间，慢慢把死掉的植物挖出来，倒进垃圾袋，把花盆清洗出来，打算等春天来了再网购几盆。

她蹲在那里戳了一下午土，觉得自己像这几盆盆栽，离开江家后，又开始发霉。

作为艺人，她不方便自己收取快递。

沈拂在网上买东西，填的收件人手机号码全都是一个单独的号码，并每次都用变声器嘱托快递员直接将快递丢在自家门口即可。

这样就导致 2002 门口总是堆满了快递，有时候门都快打不开了。

年底之前，沈拂买了一面穿衣镜，快递员送货时把它靠在沈拂家门外。沈拂完全忘了这件快递，过几天开门时，外面的快递被推倒，镜子在大纸箱里摔得稀碎。

沈拂一边惋惜浪费了钱，一边将快递拖到角落。因为大件垃圾无法分类，她打算等开年后物业上班了，再叫人帮忙拖下去。

结果她第二天戴上鸭舌帽，下楼扔垃圾时，发现门外箱子里的玻璃碎片已经不见了。

可清洁工和物业都没上班。

沈拂疑惑之余，倒也没多想，只多看了两眼邻居的家门，以为是邻居嫌碍事，给弄下去了。

她买的复式房一层只有两户。

如果是一般人，自然是在搬进来时提前加邻居微信的。毕竟远亲不如近邻，万一发生了什么事，邻居还可以帮忙。

但由于职业特殊性，沈拂一直没干这种多余的事，甚至物业群都让助理进去，有什么消息再转达给她。

她没看见隔壁门开过，还一直以为里面没住人呢。

发生了这件事后，沈拂想道谢，特意让助理向物业问了一下2001的情况。

“是个年轻男人，物业说像是模特，和你职业应该差不多，一直都是另外的人和物业交接，物业从没看见过他的脸，只在监控看到过他个子很高。”

沈拂原本还想趁着过年送点东西过去，但听助理说他是模特后，立刻打消了这个念头。

模特和演员的业务范围多少有点重叠，她不想把生活和工作弄混。

然而她打消了念头之后，除夕那晚，倒是发现对方先送了一些礼物过来。

她一拧开门把手，就发现自家防盗密码门上被贴了一个倒着的“福”字，对方还擅自贴了对联。门把手上挂着一些卡通小礼物，有一束元宵花，上面龙飞凤舞地用认不清的毛笔字写着“送给邻居”。

沈拂：“……”

事后，沈拂向梁晓春吐槽过这件事：“怎么会有这种自作主张的人？”

梁晓春不知怎的有点尴尬：“那你是怎么处理对联的？”

沈拂：“立刻扯下来有点尴尬，只能默默忍了。”

梁晓春：“……”

这件事沈拂没有太放在心上，等到端午，她往对方门把手上挂了一盒粽子礼盒，就当回礼了。

过了几个月，又发生了另外一件事。

有天晚上，业主群里闹了起来，另外一栋楼发生了小偷入室事件。

消息转发到沈拂这一栋楼的群里来，沈拂看了，心里难免有点阴影。

她一个人住，还是单身女性，隔壁邻居又常年神龙见首不见尾。一到晚上她听到外面有响声，总忍不住开灯起来看看。

沈拂在网上下单了安全摄像头，打算装在家门口。

但怎么安装还是个问题。请来师傅却不能直接见面，还得让助理来一趟。

她不安了一晚上，结果翌日一起来打开门，就发现2001门口已经连夜安上了。

甚至还一左一右安了两个。

看来虽然住的是男人，但也是个胆小的。

不过这样一来，沈拂倒是彻底放心了。

有这两个摄像头明晃晃地对着两家门口，即便小偷有再大的胆子，也不敢撬锁了。

或许是因为素未谋面的邻居带来的这一点微妙的安全感，一直在这里住了几年，沈拂都没想过要搬家。

番外三

无限未来

综艺结束两个月后，网上忽然爆出来，当年真正炒作的是褚为所在的雷霆经纪公司。事后将脏水全都泼给沈拂，也是褚为的经纪人王霆所为。

现在沈拂火了，频繁上热搜，下了综艺后直接进组，热度不断，一飞冲天。

褚为却人设崩盘，名声逐渐变差。

背后的王轩衡暗示是时候翻盘了，在这种情况下，几家媒体争相把当年保留的一些证据拿了出来。

一时间，网上又添数十条热搜。

下了综艺后还有一些隐秘的 CP 粉在暗自嗑褚为和沈拂呢，这下完全嗑不起来了。这是 be 得凉透了啊。

常言道“常在河边走，哪有不湿鞋”，虽说早在褚为在综艺上崩人设时，他的经纪人和公司的高层人员就担心他们以前对沈拂做过的会被旧事重提，但谁能想到沈拂上升的势头这么快，以至于名声反转来得如此猝不及防。

王霆自然是气得跳脚，在公司堵住褚为，又劈头盖脸地将他骂了一顿：“知不知道现在网上怎么说你的？全都在说你没担当！”

褚为垂着头不吭声。可不是没担当嘛。他不得不承认，当年的确是他的错，要是当时他不懦弱，现在还有江恕什么事。

他心里郁闷，不想多说。

自从他下综艺之后，公司就隐隐表现出要扶持另一个最新出道的艺人的迹象，资源已经开始朝那人倾斜。

褚为表面上装作不知道，但背后悄悄有所行动——联络了其他的公司，打算解约。

当天晚上他就私自发了微博，承认以前犯下的错误，并话里话外表现出公司给沈拂和春秋影视那边泼脏水时，自己并不知情，等知情，已经晚了，所以上综艺才想挽回，可是事到如今才明白，错过就是错过了。

他这一番言论挽回了一点形象。本来他粉丝都在替他争辩，这下更有了理。

王霆被褚为背刺[①]一番，这才知道这小子藏得多深。以前签他的时候还真以为他多单纯呢，现在一步步走来，才知道他居然也一直因当年的事情对自己这个经纪人心怀芥蒂。

这个瓜的重点很快因为褚为的自爆而转移到他和雷霆经纪公司的撕扯上来，后面互相还发了律师函，打起了官司。网上的一群吃瓜群众看得不亦乐乎。

不过这些都已经和沈拂无关了。

她平时本来就不怎么爱上网，也不关注网上的腥风血雨，这下更不可能专门去看热搜上褚为和雷霆经纪的官司进展。

她正耐心地等父母醒来。

那天还没等她和江恕去医院，医院就打来电话，说她母亲好像有醒来的迹象。

接到电话后，两人迅速赶去了医院。

但等两人赶到时，她父母的脑电图恢复了平缓的线条，仿佛半小时前的剧烈波动只是一个偶然，或者只是机器监测出错。医生还没弄清楚到底怎么回事，正在给病人做检测。

怕沈拂失望，江恕还在安慰沈拂。

但沈拂内心激动不已。别人不清楚，可她知道，爸妈应该快醒了。

系统给的时间还差一个月，等一个月后，爸妈的脑电图应该就会出现比较高频率的波动。之前系统告诉过她，植物人不会忽然醒来，但是会一点一点恢复生命活动。

---

① 网络用语，意为背后捅刀子。

可能醒来后还有相当长的一段时间会处于瘫痪状态。

但是对于沈拂而言，她只盼一个团聚，已经等了这么多年，也不在乎再多等几个月或是半年了。

去医院时，天上下了点小雨，出医院时，雨已经停了，天边重新飘上了云。雨后太阳出来了，阳光给云镶上了金边。沈拂的心情也彻底雨过天晴。

江恕倾身过去给她系上安全带，端详她的神色："饿了吧，想吃点什么？"

沈拂："出来之前不是刚吃过？"

江恕思索了一下，缓缓道："沈拂，吃点东西可能会好受一点。"

沈拂觉得好笑："我又没表现出难过，你怎么这副表情？"

"我什么表情？"江恕朝后视镜看了一眼，才发现自己的眉头居然都拧了起来。

年少的时候沈拂没有发现，她每次红了眼圈的时候，少年江恕都皱着眉。那时候她不识好歹，以为江恕是嫌弃自己哭哭啼啼。

当然，那时候的江恕自个儿都没发现情绪总是被沈拂牵扯，总是旁若无人地盯着沈拂，总是因为沈拂不开心而烦恼。

"别皱眉啦。"他用这样的眼神看着自己，仿佛天塌下来了，有他撑着，沈拂心里有点感动，握住他的手，"我没有不开心。"

江恕反手和她十指相扣，垂眼盯着她，张了张嘴，还想说点什么。

他的沈拂受了很多苦，早知道……

沈拂冷不丁道："江恕！你到底要不要开出去？后面几辆车的喇叭都按得震天响了你都没听见吗？"

江恕："……"

教会了她凶，没想到她全部的凶都落在了自己头上。综艺上也是，她对别人都客客气气，对自己就不客气地回撑。

江恕简直痛并快乐着。

不过要是早知道她这是喜欢自己，他哪还能忍到现在？

江恕想到这里，忍不住勾了勾嘴角，心中又有几分满足。

沈拂："……"傻了吧？骂他他还笑。

江恕看也没看就知道她在想什么，冷笑一下："禁止在心里吐槽我。"

沈拂："……"

江恕亲昵又感慨地捏了一下沈拂的手，一脚踩下油门，车子驶了出去。

两个月后，江老爷子终于有时间从国外飞回来一趟。两人商量好，沈拂从剧组请了几天假，回了一趟锦城。

他们很久没回来了，再回来，又是盛夏。

梧桐树郁郁葱葱，阳光映在地上，洒下一地生机勃勃的光影。

开车经过车站时，沈拂侧头往窗外看，江恕看了她一眼，将车速缓下来。

沈拂把车窗降下来一点，吹进来的风带着绿意的凉爽。

沈拂说："以前这里有卖红薯的，现在都没了。"

江恕道："变化很大，你太久没回来了，几年前整座城市就不再允许支摊了。"

沈拂回头看江恕，江恕转着方向盘，感觉沈拂在盯着自己看，虽然略害羞，但仍绷住一张俊脸，酷跩地转方向盘。

沈拂看着眼前的他，脑海中不由得浮现刚见到他时的场景。

那个雨天，他撑伞来到自己面前，两人在雨中对视，现在回想起来有种恍若隔世的感觉。

那些年里他们从相识到情窦初开，经历了春夏秋冬，雨天、晴天、雪天，中间暗藏了多少秘密般的小心思，只有他们自己知道。

沈拂刚来江家时只觉得自己寄人篱下，处处小心翼翼，到后来彻底融入，甚至敢和江恕张牙舞爪，那些年里，是江恕一点一滴的无声纵容。

沈拂托腮，心想，真正喜欢上眼前这个人到底在什么时候，她也不太清楚。

他如果非要逼问她，她也答不上来。

或许是坐在靠窗的位子，无意识在白纸上涂鸦的时候。

又或者……是那天暴雨过后发烧，迷糊中被他叫醒，被连夜送去医院打点滴的时候。

甚至可能更早，早在他来接她那天，撑伞走在人群中，鹤立鸡群。

如果没有江恕，沈拂关于过去生活的记忆乏善可陈。

他的光芒锐气灼热，却并不刺眼，像一根绳索一般，在沈拂还未察觉的时候，将沈拂从水里湿淋淋地捞了上来。

沈拂此时回看过去，像被一阵夏天的风吹拂，当时年少敏感，只觉得酸涩，如今才发现酸涩之外的熠熠生辉。

“笑什么？”江恕发现沈拂托腮瞅着自己，摸了把脸，脸上也没什么东西，他道，“突然发现我帅了？”

“嗯。”沈拂闲闲道，“好像是。”

江恕竭力忍住想要翘起的嘴角：“为了生命安全着想，我开车时别对我说这种话。”

不然他很难忍住停下车将她按在座椅上亲一下。

车子经过学校，学生放了暑假，操场上还有人三三两两地打篮球。年少肆意，汗水都亮晶晶的。

江恕看起来和年少时如出一辙，神采飞扬。

沈拂笑了笑，看向校门外的树荫里，那里站着一对少男少女正在交换什么，女孩转过身时，手里拿着一封信。

沈拂忽然想起了自己那封莫名消失的情书：“说起来，我刚转学过来不久的运动会结束后，也收到过一封情书。”

江恕不动声色道：“是吗？你没和我说过。”

沈拂道：“为什么要和你说？你那时候凶巴巴的。”

江恕：“我哪里凶了？”

沈拂：“你现在就很凶。”

江恕放柔语气：“你回到以前的地方，对过去的怀念就只有那封消失的情书？”

“别看那只是一封情书，对当时初来乍到、人生地不熟的我来说，它是很大的鼓励好不好？”沈拂耿耿于怀，惆怅道，“可惜我都没看见过里面写的什么就弄丢了。”

“不看也罢，毛头小子罢了，遇到点挫折就退缩了，根本当不得真。”江恕有点郁闷。

车子在江家别墅前停下，江恕熄火，沈拂低头解安全带时他乘人不备凑过去。两人的唇碰在一起，那股郁闷才消失得无影无踪。

沈拂赶紧扭头看向车窗外："不是说好要见爷爷了，得正经点吗？"

来之前两人约法三章，不能在江老爷子面前任意妄为。

江恕是江老爷子的亲孙子，自然不怕他，但沈拂见了江老爷子心里还是有点发怵的。

被沈拂一控诉，江恕的俊脸倏地就红了。

他坐直身子，一本正经地揩了下嘴角："我亲我老婆怎么就不正经了？你怎么这么久了亲一下还害羞啊？"

沈拂瞪大眼睛："害羞的到底是谁啊？我的脸又没红。"

江恕："红，只是一种颜色，自然的反应，并不能表现人物的心理活动，我心里其实并不害羞。"

沈拂："……"

有病啊。

沈拂忙不迭地推开车门下去。

江恕："……"

来见江老爷子之前，江恕已经告诉过沈拂情况，说了一百次老爷子是无比支持他们的，饶是如此，沈拂还是有点紧张。

毕竟再怎么样，江恕都是江家唯一继承人，即便沈拂爷爷和江老爷子是旧交，江老爷子那一关也不会这么好过。

江老爷子气势逼人，江恕又怎么都不肯说他是怎么说服老爷子的。

但万万没想到进去的第一句话是这样的——江老爷子坐在沙发上看报，抬起头："要准备结婚啦？"

沈拂："……"

江恕牵着沈拂走过去坐下，挑眉："我说了吧，老爷子很赞成……"

他话没说完，江老爷子掏出一支录音笔。

江恕眉心直跳，迅速扑过去抢，然而已经来不及了。

江老爷子决心报一报每次打电话被念得耳朵起茧子的仇，让录音笔开始循环播放。只听江恕的声音在里面鬼吼鬼叫："不让我和沈拂结婚，我就从这里跳下去……"

沈拂："……"

江老爷子按下暂停键，说："这是十九岁时候的录音，我还有去年的，回头发给你，你慢慢听。"

"十九岁？"沈拂震惊，缓缓回过神来，有些忍俊不禁，"怎么会有人十九岁就惦记着结婚啊？"

江老爷子冷笑一声："你问他。"

江恕迅速起身，上楼。假装听不到，丢脸的就不是自己。

晚上睡觉时，沈拂和江恕被关在了同一个房间。

他俩自从谈恋爱以来一直很羞涩，最亲密的接触也无非是拥抱和接吻，没想到老爷子听说他俩甚至还没同居时"龙颜大怒"，比他俩还迫不及待，把房门一锁，逼着他们干出点什么来。

沈拂在行李箱里翻了半天睡衣，发现自己的睡衣不见了。是张阿姨帮忙把行李拿上来的，肯定将自己的睡衣拿走了。

睡衣不见了，行李箱里倒是被塞了一件江恕的白衬衣。

沈拂举着白衬衣，幽幽地看向坐在床上的江恕："不愧是你爷爷。"

江恕本来就红得滴血的耳根越发红了，他深吸一口气，霍地站起身，到处找自己的墨镜。然而他行李箱也被打开过，墨镜也被提前拿走了。

江恕："……"

沈拂先去洗澡，浴室雾气缭绕蒸腾，外面的人更热。江恕把空调温度降低了几摄氏度，却想到待会儿沈拂出来吹到冷风可能会着凉，又把温度升了回去。

沈拂出来时，江恕对着窗户看书，可是半天都不翻一页。

"我先睡了，你……"沈拂爬到床上去，用凉被盖住自己到大腿根的白衬衣，"你要不想打地铺的话，也可以不。"

江恕嗓子都哑了，低低地"嗯"了一声，快步走进浴室里去了。

沈拂盯着浴室看了半天，怀疑他冲的是凉水澡，不然怎么和自己刚才洗澡时恰恰相反，几乎没雾气。

江恕冲了两遍冷水澡，出来的时候沈拂看起来已经睡着了。江恕走到床边，蹲下来，端详她熟睡的模样，越看心里越喜欢，忍不住摸摸她的眼睛，凑过去亲亲她的嘴唇。

沈拂突然睁开眼："干吗呢？"

江恕差点一屁股坐在地上。

"你怎么装睡？"他怒道。

沈拂气笑了："怎么就装睡了？"

江恕："你闭着眼睛，我以为你睡着了。"

沈拂："我又不是鱼，试图睡觉当然要闭上眼睛。"

江恕："……"

"怎么偷亲我？"沈拂笑着问。

江恕掀开被子，爬上床，躺在她身边，半强迫地将她抱在怀里。

他将她的手按在枕边，正大光明地垂眼吻她。

唇瓣柔软，是一种美好的滋味，两人肌肤相贴，光是亲一亲，彼此都有些情动。

江恕的唇落在沈拂的耳郭上，他的呼吸逐渐变得有些急促起来，沈拂能够听得到他胸膛里强有力的心跳声，一声接一声，和外面的风声相呼应。

不过江恕还是克制住了。

黑夜中，只借着外面的一点月光，他静了一会儿，把沈拂抱在怀里，用下巴抵住沈拂的额头："沈拂，我爱你。"

非常……非常。

说完，他低头认真地看向沈拂的眼睛。

说爱总嫌庸俗。

但面对喜欢的人的时候，恨不得说千千万万遍。

年少时不懂，羞于说出口，如今才明白。

如今恨不得将一颗心交到她手上，好让余生再也不要有一点波折。

静悄悄的。

沈拂也感受到自己的心跳，如飞鸟归巢，喜悦又安心。

她道："我也是。"

婚礼定在十月十八日，非常有仪式感地选在了八年前两人见面的那一天。

周特助已经退休，打电话邀请他时，他对这个时间都没什么概念，只以为两人挑了个良辰吉日。

所有人，甚至全世界都不知道这个日期意味着什么，只有他们两人分享彼此的秘密。

这样一来，江恕和沈拂有种隐秘的欢喜。

好像在那一瞬间，全世界成为飞快滑动的黑白默片，只有他们分享着彼此的年少岁月，走向彼此。

彼时距离综艺已经过去大半年，沈拂父母已经醒了。以往也有多年植物人苏醒的病例，因此医院只当成是一种奇迹，然而只有沈拂知道其中到底发生过什么。

这将是沈拂一个人永远的秘密。

沈拂父母苏醒后，还未彻底恢复健康，大多数时候还住在医院，让僵硬，甚至萎缩的肢体进行一些锻炼。

不过沈拂婚礼时，他们全都在场。

婚礼在异国的城堡举行。

举行得较为私密。虽然事前上了无数次热搜，无数媒体记者试图拍到照片，却全都一无所获。

受邀进场的嘉宾除了受雇用的摄像师，全都被提前取走了手机，禁止拍摄。

这是老爷子的意思，也是沈拂所希望的。

婚礼上有自己的父母，她不希望自己父母的照片流出。

除此之外，婚礼在她心中也是一件很神圣的事情，她只想与最亲近的人分享这一天。

沈拂爸爸的腿还没能恢复行走，她也没有哥哥，是江老爷子搭着她的手，一步一步将她送到江恕的身边。

婚礼上，沈拂挑了一支弹奏得不是很完美的曲子。

其他人全都一头雾水，唯独江恕挑眉。

又是一个只有两个人知道的秘密。

是少年时江恕送给她的生日礼物，当时周特助帮忙录了下来。沈拂记得，那时她还鬼使神差地偷走了一张江恕的照片。

那年冬夜，那张照片上是黑白光影，他坐在钢琴前，遥遥地看向她，少年俊美的眉眼意气风发。

江恕看着红毯尽头，着一身婚纱的沈拂朝自己走来，心满意足之余，又不禁更贪婪地想，要是早在那时候就能牵着沈拂的手，将她拉到自己身边来就好了。

城堡外有了彩虹，微风吹进来，沈拂头上的白纱微微拂动。

她终于走到江恕身边。

两个人在神圣的誓词后，交换了一个吻，终于约定了彼此的后半生。

江恕喉咙微哑，握着沈拂的手，将戒指轻轻推至她指根。

幸好没错过。

他们还有很长很长的未来。

图书在版编目（CIP）数据

非夏日限定 . 完结篇 / 明桂载酒著 . -- 成都：四川文艺出版社，2025. 8. -- ISBN 978-7-5411-7270-0

Ⅰ . I247.5

中国国家版本馆 CIP 数据核字第 2025XV9161 号

FEI XIARI XIANDING.WAN JIE PIAN

非夏日限定 . 完结篇

明桂载酒　著

出品人　冯　静
监　　制　王传先　沐　浔
责任编辑　李小敏
责任校对　段　敏

出版发行　四川文艺出版社（成都市锦江区三色路 238 号）
网　　址　www.scwys.com
电　　话　028-86361781（编辑部）

印　　刷　河北鹏润印刷有限公司
成品尺寸　146mm × 210mm　　开　本　32 开
印　　张　9.375　插页 4　　字　数　290 千
版　　次　2025 年 8 月第一版　　印　次　2025 年 8 月第一次印刷
书　　号　ISBN 978-7-5411-7270-0
定　　价　48.00 元